圣手神偷

中国当代故事文学读本系列六

古今传奇系列

34

上海故事会文化传媒有限公司

图书在版编目（CIP）数据

圣手神偷 / 故事会编辑部编. -- 上海 ：上海锦绣文章出版社，2015.8

（中国当代故事文学读本. 古今传奇系列）

ISBN 978-7-5452-1670-7

Ⅰ. ①圣… Ⅱ. ①故… Ⅲ. ①故事-作品集-中国-当代 Ⅳ. ①I247.8

中国版本图书馆CIP数据核字(2015)第164048号

责任编辑：钟路曼

装帧设计：周艳梅

责任督印：张　凯

书　　名：圣手神偷

著　　者：《故事会》编辑部编

出　　版：世纪出版集团　上海锦绣文章出版社

出　　品：上海故事会文化传媒有限公司

（200020　上海市绍兴路74号　www.storychina.cn）

发　　行：世纪出版股份有限公司发行中心

印　　刷：上海中华印刷有限公司

开　　本：787×1092　1/32　印张8

版　　次：2015年8月第1版　2015年8月第1次印刷

书　　号：ISBN 978-7-5452-1670-7/I·662

定　　价：15.00元

编者的话

一、中华民族自古以来便有讲故事的传统。五千年的文明绵延不断，五千年的故事口耳相传，故事成为中华民族弥足珍贵的精神财富。

二、创刊于 1963 年的《故事会》杂志是一本以发表当代故事为主的通俗性文学读物。50 年来，这本杂志得风气之先，发表了一大批脍炙人口的优秀作品，许多作品一经发表便不胫而走、踏石留印，故而又有中国当代故事“简写本”之称。

三、50 年来，这本杂志眼睛向下、情趣向上，传达的是中华民族最核心、最基本的价值观。

四、为让读者在最短的时间内阅读最大面积的精品力作，同时也为纪念《故事会》杂志创刊 50 周年，故事会编辑部特组织出版《中国当代故事文学读本》丛书。

五、丛书共分六个板块：悬念推理系列、幽默讽刺系列、惊悚恐怖系列、言情伦理系列、古今传奇系列、社会写真系列。并按系列逐年推出若干部作品集。

六、古人云：登东山而小鲁，登泰山而小天下。对于喜欢故事的读者来说，本丛书的创意编辑将带来超凡脱俗的阅读体验。

《故事会》编辑部

目录
Contents

目录
Contents

人间·沉浮录

renjian chenfulu

人生是场华丽的冒险，沿途有美景也有荆棘，总会从中得到一些领悟，让你感叹人生不虚此行。

烤芋高人

城北菜市场小食摊儿挺多，市委办秘书高健每天都在那吃早点。这天一早，高秘书刚到菜市口，就看到一胖一瘦两个光头吵了起来，眼看要干架。一个高举扁担要劈下来，另一个操着从肉铺上抢来的杀猪刀，杀气腾腾地要捅过去，那架式，吓得围观的人退得老远。

高秘书一个箭步冲上去夹在两个人中间，举着公文包挡住刀子，叫着："别打，别打！我有话说。"高秘书跨上一步凑到瘦子的耳边，动了几下嘴皮，瘦子就垂下了刀；再转身凑到胖子耳边叽咕一番，胖子也收回了扁担。然后，两个光头都狠狠瞪了对方一眼，转身头也不回地走了。

高秘书摇着头正想走，却看到边上一个烤山芋的老头在朝他招手，老头看上去六十多岁，穿着粗布衣裳，却很是干净利落。高秘书走了过去，说："老人家，有什么事吗？"

老头一边夹山芋，一边说："最后一个了，送给你吃吧。"

高秘书忙要掏钱，却被老头拦住了："钱我不要，只是想问问你刚才是不是用了一骗二唬的手段，把打架的拦住了？"

高秘书有些得意地说："我对两边都说了同样的一句话：'对方那人我认识，是黑社会里玩命的货色，刚从大牢里放出来的，跟他斗，划不来！'雕虫小技，不值一提啊。不过，这菜市早就该扩建了，这么挤能不吵架吗？哎，您是怎么知道的？"

烤芋老头淡淡一笑："我还知道你是秘书呢。"

高秘书吃了一惊，怎么也想不起自己认识这个人。

"你的确不认识我，可你平时穿衣服，后襟短前襟长，定是秘书不带长。当秘书的，跟领导接触时间最多，整天弓着腰，天长日久成习惯，腰自然有些弯，穿衣必然如此。"

高秘书乐了，这老头说的真是那么回事儿，又问："那秘书长呢？""秘书长不一样，挺着肚子后襟长！手中有权嘛。"

高秘书"扑哧"一声笑起来："佩服，佩服！"

这时，老头边说边把一个芋头放在炉面上，高秘书饿得慌，伸手去拿，"哎哟"一声，烫得扔掉芋头直甩手。

老头直摇头，说："不通，不通。"

高秘书莫名其妙地说："什么不通？"

"你官运不通，"老头解释道，"小伙子，今早上这条街上，你算是个人物，先是体恤民情，有官德；关注民生，有才识；临危不乱，有勇谋；是块当官的好料。但手中无权难办事，虽有大志也枉然。你得先有'位'，才能有'为'。你不会吃这烤芋，自然官运不通，遗憾啊。"

见老头说得有板有眼，高秘书认真起来了："请高人指点！"

老头指着那根刚出炉的大芋头，边说边示范："这烫山芋好比官儿，你若想用最短的时间吃下它，得练好几手‘功夫’：一是要学会‘捧’，你得把山芋搁在手心里，捧上捧下，这样散热快，不能心急，否则会像你一样，丢了山芋伤了手。二是学会‘拍’，烤山芋难免有点焦，你得方方面面细细拍周全，轻重适度，它自然皮松肉软；三是学会‘吹’，你得对着芋肉使劲吹，边吹边吃，吹得越用劲，吃得越快，要不烫坏了嘴巴，山芋也自然吃不成了！”

老头说得头头是道。高秘书竖着耳朵眼也不眨，若有所思，抬手一看到上班时间了，忙点头道：“多谢指教，改日再来拜访。”说罢，匆匆忙忙走了。

第二天早晨，高秘书一早去访烤芋高人，那烤芋摊却不见了。向邻摊一打听，说老头儿自称要到别处去“渡人”了。此后，老头便无影无踪……

几年后，高秘书已成了高副市长。这年秋天的一个晚上，高副市长饭局后坐着轿车匆匆往宾馆赶。车到宾馆门前“吱”的一声停住了，他微睁醉眼，迷迷糊糊看见车前有个老头，站在落叶中举着双手拦车，忙叫司机下车问问怎么回事。司机回来说有个卖烤芋的老头说他是市长的罪人，要当面向市长谢罪。市长一惊，酒醒了许多，张头望望，正是当年那位烤芋高人，赶紧下车接见，吩咐司机把车开进了宾馆。市长说：“原来是恩人啊，何罪之有？”

“罪人！老头有罪啊！”路灯下老头面色苍白，十分痛心地说，“唉，当年你忙着去上班，我也一时大意，忘了告诉你吃烤芋的大忌，酿成今日大错！”

“大忌？”市长又一惊，说，“高某现在洗耳恭听。”

“太迟了。”老头摇摇头，“烤芋味儿虽然香甜，但不可太贪食，否则必伤肠胃，肠胃一伤，臭屁必多，走到哪儿，都臭不可闻啊！”

高副市长这五年虽是青云直上，官、财、色运亨通，但已感深陷淤泥而不能自拔，现在似听出老头弦外之音，一身冷汗，警觉地问：“你这话什么意思？你到底是什么人？”

“我的意思，你心里明白，”老头凄凉一笑，说，“还记得十年前金湖市委钱书记因收受贿赂坐了牢的事儿吗？我就是那个钱书记，我提前释放后，就继承了家传的烤芋手艺，在市井中混日子。那天我从你身上看到了我年轻时的影子，一时没忍住，想助你干番事业，不想却害了你。这烤芋你是不能再吃了！”

高副市长愣在那里，老头叹了声气，摇着头走了，边走边唱着：“秋风凉，芋叶黄，一茬新芋又飘香。”

（袁　翼）

（题图：黄　勇）

三绝壶

民国年间，羊城西门有家如意茶庄，经营茶叶和茶具。茶庄里有两个伙计，一老一少。老的叫黄师傅，有五十多岁，负责店里的买卖；少的叫阿康，是个杂工。

老东家在世时很倚重黄师傅，黄师傅看茶从不问客商，更不用品，只需抓起一撮茶叶放在掌心，然后双手合拢，猛地呵上一口气，捂紧。少顷，放到鼻端，眯着双眼，用力一嗅，便能报出：武夷头水岩茶、安溪明前铁观音、福州香片六月白、杭州龙井……一席话说得供货商大眼瞪小眼，服服帖帖地按黄师傅报的价结账。

现在老东家下世了，少东家做主，就有点嫌黄师傅碍眼。这也难怪，黄师傅背驼了，头发也白了，除了眼睛，身子骨一年不如一年，站在店里怎么看都有损门面。

阿康看出了少东家的心思，一日，趁黄师傅不在，阿康就向少东家提出：他想跟黄师傅换换位子，而工钱只拿黄师傅的一半就行。少东家起初有些犹豫，怕阿康不懂行情。阿康说："做买卖这活，全靠眼睛灵活，俩钱买三钱卖，薄利多销，胜似利高。"少东家见阿康说得头头是道，才慷慨应允。黄师傅一回来，看阿康脱了粗布短褂，穿上长衫在店里招呼客人，心里马上就明白了是怎么回事，长叹一声，拿起扫帚走向了后房。

这一换，黄师傅还真有点吃不消。毕竟是上了年纪的人，遇到挑水劈柴搬煤球的重活，常累得汗流浃背，气喘吁吁。少东家像没看到似的，有时还一个劲地催他快些。黄师傅心里明白，这少东家是变着法儿在撵自己走呢，算算日期，离过年还有近三个月的时间，就想咬牙坚持干到年尾再走。不想半个月下来，黄师傅就病倒了。这下可吓坏了少东家，黄师傅万一有个三长两短，自己不但贴钱贴物，而且还会沾上一门子的晦气，那才叫偷鸡不成蚀把米。直到请来的郎中说这是急火攻心，休养一段时间就会好的，少东家这才放心。

等黄师傅病愈后一结账，不但几个月的工钱被扣完，而且欠下少东家 20 个大洋。少东家显得挺仁义，说："看在你跟我们家几十年的份上，这些欠的钱就不要还了，病好后，你早日返乡养老吧。"

黄师傅很平静地看着少东家说："欠钱是要还的，否则我就是到了阴间也不会安宁的。这样，三天后你的店再让我打理一天，我若能比平时多卖出钱来，就算还债和路费如何？"

少东家一听，心里立刻盘算开来：三天后是什么节日？冬至过了，阳历年没到，跟平日没什么两样呀。不如做个顺水人情，也好让黄师傅死心塌地地走，于是就点头同意。

到了第三天，少东家怀着好奇的心情也早早起了床，在大街一溜达，就看见许多洋行门口贴了一个戴红帽的老人像，一打听才知道，原来是西方的圣诞节到了，据说这一天洋人买东西都很大方的。少东家暗道：好险，差点被黄师傅占了便宜！他回到店里，就见黄师傅已换上一身干净的衣衫，精神抖擞地和阿康站到了一起。你还别说，这天来的外国客人确实比以往要多，但一个个都被阿康抢在前头拦住了生意，有时忙不过来，少东家亲自出马，故意不让黄师傅接待客人。黄师傅只有一脸的苦笑。

到了下午，来了一个鹰钩鼻子蓝眼睛的洋买办。少东家认识，这个洋人叫吉姆逊，是个有名的中国通。吉姆逊先闻茶叶，再看茶具，看完一圈，摇摇头，嘴里直叫 No，显然是没有看到中意的东西。跟在他屁股后面的阿康忙把吉姆逊领到了精品小柜前，那里面摆放着几件清朝年间的朱泥小壶。吉姆逊挨个拿起，敲敲，闻闻，又用手背在壶底来回摩擦几遍，然后大大咧咧地说："这些都是赝品，声杂，味腥，有毛刺，我要真正的宜兴陶器。"几句话，全说到点子上了。阿康蔫了，少东家也无语。吉姆逊一耸肩，就要跨出门去。正在这时，黄师傅说了一声："吉先生请留步。"吉姆逊转过头来，很纳闷地看着黄师傅。黄师傅笑着问："吉先生，要是好壶，你可出得起价钱？"吉姆逊指指外面的洋车，得意地说："钱是不成问题的。"黄师傅点点头，转身进屋，不一会儿，拿出一把壶来。看到这把壶，差点没把少东家和阿康笑掉大牙。原来，这把壶是几年前宜兴一个供货商送给老东家六十大寿的贺礼，壶送来后，老东家已经过世了。这壶表面好看，但壶底有一条裂纹，虽不漏水，也没人会买。少东家准备扔掉，黄师傅却收了起来，当了自己晚上备用的痰盂缸。没想到经过几年唾液的浸润，这裂纹竟自动愈合了，现在这把洗得乌黑锃亮的小壶就放在吉姆逊的面前。

吉姆逊一看，眼里顿时放出两道蓝光。这是一把紫砂小壶，形同鼓肚，耳把浑圆，壶身上面划有二十四行行草，壶底篆刻五个小字："平生一片心"。吉姆逊用中指的戒指轻叩壶身，发出清脆之音。他又用手背轻拂壶口，除了有平滑如玉的感觉外，而且还带有一丝凉气沁人肌肤。再看看那些诗文，如鬼斧神工，笔笔流畅有力。吉姆逊看完，沉吟良久才说："这是一把'三绝壶'啊。"

吉姆逊这么一说，少东家和阿康都感到莫名其妙。黄师傅却微微一笑，问道："不知吉先生能否说出是哪三绝呢？"吉姆逊不假思索地说："第一绝就是这壶式，为乾隆年间的宰相陈鸿寿所绘，经宰相之手，土木野草都要贵上三分；其二绝就是壶身上的诗是唐朝诗人卢仝所做的'七碗茶诗'，这些字可谓铁画银钩，力道逼人；其三，这把壶是宜兴制陶大师叶时春所制。这把壶集了陈鸿寿的款、卢仝的诗、叶时春的手才得以问世，故称'三绝壶'。"

一席话，少东家和阿康听得如同天书，不知是真是假。黄师傅却竖起大拇指道："吉姆逊先生果然是个中国通啊，对中国的茶文化了解之深，让人钦佩！"

吉姆逊又要求用茶一试，这是检验好壶最有效的办法。

黄师傅挽起袖子，随便舀出一勺茶叶，放在壶内，加水烹煮。不一会儿，热气升腾，蟹眼过后鱼眼，茶味从壶嘴喷出，刹那间满室飘香。黄师傅倒了一盅递给吉姆逊，吉姆逊慢慢品尝了一下，只觉一道热浪过后，腹腔甘甜，口舌生津，不禁连声赞道："好茶，好壶！"

吉姆逊问黄师傅这把壶卖多少钱，黄师傅不说话，只伸出一个指头。少东家一看，心里连叫乖乖，一把破壶竟想收人家100个大洋，真是异想天开。不料，吉姆逊点点头："我买下了。"说着，一下子就掏出1000块袁大头，放到了柜台上！这下把少东家和阿康都喜得头脑发晕了。

黄师傅倒不见得怎么高兴，朗声道："这把壶确实不错，不过吉先生你看清了，这是把赝品壶，由后人仿制的，并非真正的'三绝壶'，你出这么多钱，不怕被我骗了？"少东家听了这话，好像三伏天被兜头浇了一瓢冰水，差点没昏过去，这天下生意人哪有主动承认自己卖假货的啊！

吉姆逊直视了黄师傅一会，哈哈大笑道："黄师傅这样磊落的人，真是难得一见啊！这把壶若是真正的'三绝壶'，那就是国宝了，以黄师傅的为人，也断然不会轻易出卖。我早就看出来，这把壶是赝品，但它仿造的工艺绝对值这个价钱。更主要的是，这把壶让我找到了了解中国茶文化的钥匙，这才是无价之宝。黄师傅，冲你这份坦诚，我决定了，以后洋行所有的茶叶都到你的店里来买！"

吉姆逊说完，收起茶壶，驾车走了。黄师傅也提起早已准备好的包裹，朝少东家作了一个揖，只从柜台上拿了10个大洋，就大踏步出门而去。

好半天，少东家才醒悟过来，叫阿康赶紧去追。

阿康撇撇嘴，说："洋人的汽车跑得那么快，怎么追得上？"少东家跺脚道："你真是个笨蛋！我让你去追黄师傅，他才是真正的无价之宝啊。"

可门外早已不见了黄师傅的踪影。

（肖建国）

（题图：俞跃庭）

南方有佳酿

只卖二两酒

台商海先生最近遇到了一个大麻烦，啥麻烦？还不是为了刘五爷家拆迁的事。海先生在镇上投资办了个厂，眼看就快施工了，可刘五爷还钉在那儿，他是软硬不吃，成了雷打不动的钉子户。

这天，海先生一大早从省城赶了过来，他要亲自会会这个倔老头儿。

临近中午的时候，海先生在孙镇长的陪同下，来到了刘五爷家开的小酒馆。小酒馆门面不大，地段也一般，生意却十分火爆。海先生好奇地问：“这小酒馆怎么那么吸引人啊？”

孙镇长说：“这叫‘酒香不怕巷子深’啊，你到周末来看看，市里都有专门开车来的呢。”海先生乐了，说:“你这么一说，我倒想进去尝尝。”

见镇长陪客人来酒馆，刘五爷的儿子刘满福连忙亲自过来，把两人引到靠窗口的小桌落了座。不一会儿，酒菜端了上来，刘满福亲自当招待，他拿出两只印有春燕归来的细瓷青花酒盅，然后小心翼翼地斟满酒，顿时一股清新酒香扑鼻而来。

海先生抿了一小口，顿觉清香醇正，入口柔绵，不由一连喝了几大口，酒盅便见了底。他笑道：“这酒太好了，见笑，见笑！”说罢，抬眼望望刘满福，意思是再斟些酒，哪知刘满福却一动不动地站着。

孙镇长见状笑道：“海先生，您有所不知，来这儿的客人，每人只供应二两酒。”

海先生一听，若有所思地轻声说：“哦，早就听人说起过……”孙镇长连忙问：“海先生，难道您以前听说过这家小酒馆？”

海先生摇了摇头，并不回答，却站起身，走到酒馆门口，盯着“崔氏小酒馆”的牌匾看了看，接着又看看刘满福，疑惑地问:“你明明姓刘，为何门面叫‘崔氏小酒馆’啊？”

刘满福答道：“酒馆最初是家父开的，我也曾问过家父这个问题，可他老人家总是沉默不语，从来不说原因。”

海先生听后不再言语，呆呆地站在那里，好像有满腹的心事。

重金买破屋

孙镇长见海先生神情有些异常，马上关心地问怎么了。海先生这才回过神来，连忙说：“没什么，联想起一些事，可能我多心了。算了，还是办正事吧。”

刘满福听说要找父亲谈房子拆迁的事，马上客气地在前面带路。大家出了酒馆后门，走了一段路，来到镇郊一大片空地上，这儿就是海先生投资建厂的地方。海先生放眼望去，这儿的居民全拆迁了，就剩下一座农家小院孤零零地在那里，显得特别碍眼。走近一看，哪是什么院子啊！不过是几间低矮的土坯房，而且也不知经过了多少次的加固修补，早已破败不堪了。

海先生转过身，惊讶地问道："刘先生，您父亲就住这样的房子？"

刘满福脸一红，无奈地说："其实并不是咱没能力翻盖新房，只是家父说，这儿是生他养他的土坯房，住着习惯。"

此时，满头白发的刘五爷正半躺在屋前的一张竹椅上，笑眯眯地看着屋檐下几只飞来飞去的家燕，手里还捏着一条小虫子摇晃着在逗燕子，直到一只燕子过来把他手中的虫子叼走了，他才回过头来，看到来造访的客人。

刘五爷今年八十多岁了，可看上去很精神，听说来者意图后，他马上站了起来，大声说："我不是早就说过了吗？这房子不许拆！"

海先生笑了笑，说："刘老先生，您看我出二十万买下这老屋怎么样？"谁知刘五爷听了，仍是不为所动。

海先生上前一步，走到刘五爷面前，拿出一张纸晃了晃，说："刘老先生，这是一张四十万的支票，这下总可以了吧？"

孙镇长先是一惊，马上使劲给刘五爷使眼色，意思是这么高的价钱，见好就收吧。可刘五爷全然不顾，一张满是皱纹的脸憋得通红，说："就是给我一个亿，我也不卖，想让我搬走，除非等我死了！"

海先生吃了一惊，和孙镇长对视一眼，正感无奈，刘满福突然"扑通"一声跪在地上，说："爹，您是个明白事理的人，可这次为啥变得这么固执呢？您看，要是咱镇上建成这个厂，能带动多少人就业致富呀！今天人家都出这么大价钱了，您还是不答应的话，恕儿子直言，您就是想讹人家钱，也不能太过分呀！”

一生在等谁

刘五爷听完，却没发火，只是叹了口气，苦笑一下，然后扶起儿子来，说：“唉，我又何尝不知道有人在我背后戳我的脊梁骨啊！算了，今天当着孙镇长和海先生的面，我把话都说开了吧。”说完，他望了望身后的那几间土坯房，深情地说，“不是我不想住新房子，我这是给恩人守家呢！”

刘满福惊奇地问：“爹，谁是咱家的恩人啊？”

刘五爷抬手，指着堂屋屋檐下的燕子窝，说：“这些年，镇上拆旧房时，把燕子窝都给捣毁了，燕子们只好另觅居处。别人家可以不要燕子，可我不能啊，因为这些燕子是咱家的恩人哩！”

刘五爷抓着儿子的手，又说：“儿啊，要不是从南方飞来的燕子给咱送来了制酒配方，我这没有半点长处的老汉咋能开得了酒馆啊！”说着，他颤巍巍地从贴身的衣兜里掏出一张发黄的小纸条，看着院里飞高飞低的几只燕子，回忆起来：

那是1945年的春天，这天刘五爷从地里回家，发现一只从南方飞来的燕子，腿上绑着一条胶布。他好奇地抓住燕子，解开胶布，里面竟然藏着一个写有制酒方法的纸条。除了配方，上面还说事情紧急，不便解释，请一定保存好这个秘方，写信人叫崔自强。当时，刘五爷不知道写信人到底发生了什么事，但从那条胶布来看，事情不一般。于是当年秋天，燕子飞回南方时，刘五爷就写了一个纸条，绑在燕子腿上，想让燕子带回去交给它的主人。纸条上写了刘五爷的地址，并告诉对方，自己一定把这个秘方好好留着。

第二年春天，燕子再飞来时，刘五爷惊喜地发现，燕子腿上的那条胶布不见了，他想纸条肯定让对方留下了。于是刘五爷等啊等，一直等到新中国成立，燕子再也没有带来任何消息，也没有人来取这个秘方。再后来，由于家境贫困，刘五爷只好试着用秘方上的方法酿起了酒……

听到这儿，刘满福恍然大悟道："爹，我明白了，怪不得咱这酒馆姓'崔'呢！"

风雨燕归来

海先生在一边，听得满眼泪花，唏嘘道："唉，快半个世纪了呀，我终于替父亲找到了家传的秘方！"说着，他从口袋里掏出一小片发黄的小纸条，交到刘五爷手里，说，"请您看看这个。"

刘五爷一看，马上激动起来："这、这不是我当年写的那张纸条吗？啊，怎么上面只有一个省份？另外的字呢？还有，这个纸条怎么在你手上？"

海先生叹口气，说："很遗憾，几十年前我父亲的书房起火，把这个夹在书本里的纸条烧得只剩下一小片了。要不，我们早就和您相聚了！"

接着，海先生又说："刘老先生，这个故事您只说了一半，下面我接着补上另一半，好吗？其实，这张纸条是我父亲发现的，当时，我的爷爷，也就是那个给您写下秘方的崔自强，已经被杀害了……"

那是 1944 年的冬天，当时日本鬼子侵占了崔自强的家乡，烧杀抢掠，无恶不作，还霸占了崔自强的酿酒作坊。当时领队的日本小队长喝了酒后，顿起歹意，把崔自强关起来，逼他写下酿酒的配方。后来，没得到只字片语的鬼子残忍地把崔自强杀害了。

到了1945年秋天，鬼子战败撤出中国，崔家的酿酒作坊重新开张，可是秘方只有崔自强一人知晓，他一死，秘方也就失传了。可有一天，崔先生的儿子无意间发现了酒坊屋檐下的一只燕子，腿上竟然绑着一条胶布。他捉住燕子，发现胶布里面有张纸条，这张纸条就是刘五爷写的。

"老天保佑！"刘五爷高兴地抢着说，"我明白了，你爷爷当时在关他的地方捉住了一只燕子，于是悄悄把秘方写好，用胶布粘在了燕子的腿上……"

海先生点了点头，又继续说，到了后来，内战爆发，海先生的父亲随着一个远房表舅辗转去了台湾。因为地址不全，来大陆寻找祖传秘方的事情也就搁置下来，这成了海先生父亲的一桩未了心事。

说到动情处，海先生拉起刘五爷的手，说："这些年，我一直把这个小纸片带在身上，一边在大陆做生意，一边到处寻找配方。没想到，终于让我找到了。刚才，我听说这个酒馆每人只供二两酒，就想起我父亲讲过，以前我们家在南方开的那个酒馆也是这样的规矩，原来是一个制酒做法啊！"

刘五爷听完，颤抖着连声说："好，好，我盼你们盼了多少年啊！这些年，其实我心里明白，当年的燕子不会再来了，但只要我这屋子在，人总会来的，这不，终于把你给等来了！"突然，刘五爷又想到了什么，"海先生，你为什么不姓崔啊？"

海先生说："刘老先生，我们是兄弟二人，大哥跟父亲姓，我跟母亲姓。"说罢，海先生哈哈笑着说，"其实姓什么都一样，因为咱们都是炎黄子孙，一家人嘛！"

（曹景建）

（题图：魏忠善）

真气和神气

从前，河北沧州有位武林高手，人们只知其姓氏，却不知他名啥。因为他武艺高强，大伙都称他“不过招”，意思是说他面对敌手，不用出手过招，便可将对手征服。可他自己却不这么认为，不过招哪能征服对手？怎能分出胜负？于是他自号“不过三”，并声言，不管谁，只要躲过他三招，他便拜对方为师。可他走南闯北，却找不到一个敢于和他过招的对手，这使他觉得非常苦恼。

这一天，打关东来了个年轻人，说要跟不过三讨教讨教。不过三一听乐了，心想：我正苦于找不到对手，你居然送上门来了，欢迎欢迎。但他一向小心谨慎，不敢马虎大意，当即运足气，只一掌便把小关东打得跟风车儿似的旋出去老远。

不过三笑笑："小兄弟，看样子你的功夫还真不错，刚才我是运上十分气力，要是换个人，怕是早就倒下了。你还好吧？"

小关东头一昂："你不过胜我一局，没啥了不起的，用不着教训人。告诉你，我不服，咱们三年后再见！"说完，扬长而去。

不过三暗想：真是初生牛犊不怕虎呀！于是拱拱手说："小伙子，我等你再来！"

三年过后，小关东果然又来了。不过三一看那架势，明显地感觉到对方的功夫大长，因此在进招时多了几分小心。他那一掌劈出去可是够厉害的，软如绵，硬似刀，虚中带实，实里藏虚，挟雷裹电，掌花乱飞，横竖左右，向对手压去。你躲得过横的，却中了竖的；避开了竖的，横的正冲着你来。任何人只要中其一掌，非死即伤。

其实，不过三并不想伤害面前这个不知天高地厚的年轻人，只是觉得此人非同一般，才使出了看家本领。哪知小关东一闪身，竟然躲过了这一招。不过三不由得失声叫道："好！"

他一边为对手叫好，一边又想着如何出第二招以镇住对手。刚才那十几掌他是一口气甩出去的，上三路真气已经用完，身体大幅度向对手怀里倾斜，想要缩回身子再度出手已经办不到。这时，对手只要用一个指头在他背上那么一点，轻则倒地，重则丧命。可他不过三毕竟是武林高手，等的就是这种时候。只见他前掌劈出去后立在空中像扶栏，后掌接着按上如攀栏，而双腿则凌空倒竖。就在这一立一竖间，他真气复原，于是以迅雷不及掩耳之势，用双脚夹住小关东的脖子顺势一扭，将他抛向空中，又重重地摔在了地上。

不过三上前一看，只见小关东脸色煞白，连个"哼哼"的声音也没有，觉得情况不妙，急忙将他拉起来，往肩上一背回了家，又是熬汤，又是煎药，精心调理了好多天，才见好转。

不过三对小关东说:“小兄弟，照我看，如今天下的武功就数咱俩了，你不如留在这儿，咱们朝夕相处，那该多好。”

小关东摇摇头:“不,虽说我这次又输给了你,但我还是不服。我敢说，三年后绝不会再是这样的结局。”

不过三笑了:“小兄弟，我实话告诉你，如今没有人能躲得过我第三招的，连我自己也没法化解。我一出手，对方必死无疑；如果万一有人逃过这一招，那我的性命也就完了。咱们何苦自相残杀呢?”

小关东“啪”地站了起来:“你别吓唬人，我不怕，等着吧，咱们三年之后再见!”说完就走了。

一晃三年又过去了。这天黄昏，不过三觉得心里发闷，便独自上了后山坡。来到山冈上，只见月影下立着个人，细细一瞧，就是那三番两次上门比武的小关东。他双手一抱拳:“前辈，后生在此等候你多时了!”不过三问道:“小兄弟，你不到寒舍，却在此等候，这是为何?”小关东呵呵一笑:“怕前辈不肯赏脸，只得在此恭候。”

显然，他要逼不过三比武。

比就比吧!两人打了照面，不过三依然按部就班地出招。第一招被小关东躲过，第二招也让他躲过。第三招是什么呢?只见不过三在空中扭过头来，吐出一口气，这口气细如丝，硬过钢，能破石裂玉，直冲对手而来。小关东躲避不及，“哎哟”一声摔倒在地。

不过三知道情况严重，急忙落地站稳，将他揽在怀里，失声大哭:“小兄弟，你为啥不听大哥我的良言相劝，为什么咱弟兄间非要拼个你死我活?如今你搭上了性命，我欠下了良心，这叫我以后怎么做人呀?”

可奇怪的是，小关东却不肯咽气，身上始终是热乎乎的。不过三不由得惊叹:“好小子，吃了我这口真气，居然还留得残生，真是不简单!”

不过三将小关东抱回家里，放在炕上，又是揉，又是捏，但总不见他醒过来，也不见他咽气。面对他那双目圆睁、一副不服气的样子，不过三心里默默地说：“小兄弟，你死得屈，我知罪了。我求你咽了这口气吧，来世我还你命债就是。”可小关东还是眼不闭，气不断。

从此，不过三一闲下来就坐到小关东炕前，一遍又一遍地唠叨自己练真气的经过和感受。他多么希望小关东能活转来，跟他一起习武练功，可是过了一年又一年，小关东依然不死也不活。

这一年，不过三听说东北某地出了个武林高手，也号称“不过三”。不过三不相信真有此事，决定去会会他。于是他雇了个人，要他代为精心照顾小关东，然后便出发了。

他到了关东，边走边访，但只闻其名，却不见其人。半个月过去了，也没找到那个号称“不过三”的人影。

八月十一那天晚上，他正借着月光行走在一个偏僻的山沟沟里，半道上突然闪出个人影，拦住了他的去路。不过三一看对方身手，知道来者十有八九就是那位自己要找的人，当然不敢怠慢。

就这样，两人什么话也没说，就交上了手。不过三抢先出手，但是头一招却让对方轻松地躲过，第二招也没有见效。当他运足真气要来第三招时，哪知对方来了个先声夺人，借势伸出二指，点在不过三喉间的穴位上。就听“哇”的一声，不过三吐出一口鲜血，当即倒在地上。

但不过三毕竟是武林高手，倒地之后又腾身跃起，见对方已离他而去，便大声喊道:“好汉留步，我有话要说。”对方站住了。不过三追上去说:“承蒙好汉手下留情，未置小人于死地。从此后，我再也不称什么‘不过三'，更无颜在武林中立足了，但请好汉留个姓名，以便今后报答。"

对方这才开口说话："前辈，你别这么说，当年你不也曾几次饶我不死么？其实我是你的手下败将，只不过没有服输罢了。"

"那你就是小关东？"

"不错，小关东就是我。"

不过三看相听音，面前站着的确是小关东。这怎么可能呢？不过三说："你别开玩笑，小关东当年吃了我一口真气，如今还躺在炕上，怎么会在这儿呢？"

"这你就不必多问了。"对方冲不过三说，"反正我在你面前连输三阵之后，终于看出了你的破绽，于是就在这里终日研磨，才学成刚才那一手既不伤人又可胜你的招式。大哥，人生如梦，我也是大梦一场，如今醒来，也该去了。前边村寨里，住着我的妻小，就拜托大哥照应了。"小关东说罢，只听"刷"的一声，人不见了，只留下一堆衣服和一汪鲜血。

不过三眼见得小关东没了踪影，伤心得大哭了一场。天亮后，他将小关东的衣冠包好，来到村里，打听到小关东的住处后，直到夜深人静时才翻墙入院，扔下大把银子，然后赶路回家。

他到家一看，果然，炕上的小关东已死去多时。雇来照顾小关东的人告诉他，小关东就是在八月十一晚上断的气。

不过三听罢，对着已经闭了眼的小关东说："兄弟，我练的不过是真气，而你凭的却是神气，我服了你啦！"后来，他厚葬了小关东，离开沧州，远走高飞。从此，不过三在武林中销声匿迹，他那口真气也随之失传，再没人能练得出来了。

（顾文显搜集整理）

（题图：黄全昌）

路在何方

从前，在清石镇上住着一个姓何的郎中，曾治愈过不少疑难杂症，人称“活半仙”。这郎中的妻子刘氏贤惠能干，两个女儿都生得端庄秀丽，大女儿如珍憨厚老实，小女儿如玉聪明乖巧，一家四口的日子过得热乎乎的，何家唯一感到不顺心的是膝下无子。

活半仙医道高明，药到病除，登门求医的人踏破了门槛。

深山中住着一个采药的老翁，姓黄，身边做伴的仅有一个孙儿，名叫聪俊，活半仙和黄老翁相交甚好，每隔十天半月，黄老翁总是带着孙儿聪俊下山给活半仙送药去，顺便买些柴米油盐带上山来。在活半仙家里时，闲不住的聪俊总是帮着煎汤熬药，挑水砍柴，十分勤快，深得活半仙夫妇的喜爱。

女儿如珍和如玉也挺喜欢聪俊，一个叫他“聪哥”，一个叫他“傻哥”。

多年的交往，两家的关系如水乳交融，孩子们也长大成人。这年夏天，刘氏和活半仙商议，准备把聪俊招来入赘，可是不知怎么的，直到深秋还不见祖孙两人的面，活半仙着急，刘氏担心，姑娘们更是牵挂……

正在一家人不知如何是好时，那天中午，聪俊一个人背着一筐药草来了，全家人脸上都笑开了花，聪俊寒暄了几句后便哭诉道：“爷爷身染重病，从夏天起就让我边采药边给他治病，可病却一天比一天重，这几天更不行了，他硬逼着我送药来……”一家人听了顿时愁云上脸，活半仙忙着打点行装，挂牌停诊，立即跟着聪俊上山去了。

翻过好多大大小小的山岗，跨过不知多多少少的溪流，聪俊终于陪着活半仙来到了黄老翁的病榻前，活半仙一边忙着切脉诊病，一边轻声埋怨道：“为什么不早叫我呢？”

黄老翁已经奄奄一息了，他微微地叹了口气，说：“我这把老骨头已经没用了，就让孩子借这把骨头练练本领吧！再说，路难走啊！”

“路再难走我不也到了吗？”“不，我说的是人世间的路……”黄老翁没有答理活半仙，却把聪俊叫到身边，抚着他的头说：“天外有天，人外有人，出去闯闯吧……”黄老翁说完就与世长辞了……

聪俊安葬好爷爷的尸体，谢绝了活半仙一家人的挽留，只身出外闯荡去了。他游历江湖，风餐露宿，遍拜名师，博采众长，收集了不少民间草方，终于学就了高超的医术。他无论到哪里，都不为富贵荣华动心，不为花容月貌折腰，年近三十，仍是孤身漂泊，四海为家。

一天黄昏，聪俊不知不觉地来到了清石镇。多少年来，这里的一切始终牵挂着他的心，他加快脚步来到那座熟悉的宅子前，便惊异地看到：屋门紧闭着，墙头上长满了荒草，一片萧条的景象，只有从房顶飘散出来的袅袅炊烟，证明这里还住着人。

“砰、砰、砰……”聪俊急切地敲门，“开开门！我是聪俊呀！”

过了好一会儿，“吱呀”一声，房门开后露出了一个苍老的面孔，一双昏花的老眼打量着聪俊：“啊，孩子，你终于回来了……”

聪俊进屋后，只见房内空空，没见其他人影，不觉满腹狐疑：“大娘，怎么就你一个人？大伯呢？如珍、如玉妹呢？”

老人的声音显得十分凄凉：“走啦，都走啦！”

“都到哪儿去了？为什么把你一人留下？”

老人叹了口气：“女人不像男人，想走什么路就走什么路……珍儿走了她不该走的路，玉儿走的是她不想走的路，我这老太婆留在这儿，也是无路可走才走的路啊！”“什么是不该走的路？什么是不想走的路？大娘，您怎么又是无路可走才走的路？快告诉我吧！”

刘氏拗不过聪俊，便把事情的经过一一道来：自从聪俊出走后，活半仙家就断了药草，上门求诊的病人越来越少，日子越过越艰难。一家人望眼欲穿地盼着聪俊回来，可聪俊一去音信杳无。债主天天逼债，拿走了家里可拿的一切，还强要两个姑娘去抵债。可怜的如珍、如玉，心里只有聪俊，她们一次次地倚门翘首，推窗远眺，却一次次地失望。为了保全全家，如珍被迫做了债主的姨太太，不到半年，她就投井自尽了。债主又打起如玉主意，活半仙再也不能把心爱的女儿推入火炕了，父女俩就离乡背井，外出躲债。留下刘氏，守着空房等他们，也是为了等聪俊归来……

听完大娘的话，聪俊不禁失声痛哭，一头扑进刘氏怀里：“娘，我就是您的儿子……我再也不走了，我要等他们回来……”

刘氏用袖子揩了揩满脸的泪，捧起聪俊的头：“孩子，我的儿啊！”

聪俊用身上所剩的钱添置了一些生活用品，整理了一下铺面就挂牌行医了。不久，凭着他超凡出众的医术，救了不少垂危的病人，老百姓都称他是“神医”。每天清晨，求医者都从四面八方赶来，清石镇车水马龙，好不热闹。

一年后，聪俊还清了所有的债务，活半仙的家业比以前更兴旺了。

一天夜晚，“天下客”客栈里的店小二来到何家，请聪俊到客栈为一个客人出诊。聪俊到了那里，昏暗的灯光下，一个青年男子将他带到床榻前，从帐帘里伸出了一只苍老的手。聪俊认真地切完脉，说：“无妨，无妨，老先生可以不用药。”

一旁的男青年冷冷地问：“难道我爹爹无药可治？”

“令尊只是气郁结于内，饮食不周，无须用药，只要好言开导，静心调养即可。”聪俊说完准备起身辞行。

“哎哟，哎哟！”此时老人开始呻吟起来。

那青年立即堵住房门道：“我爹爹成天处于痛苦之中，也许生命将息，你不设法解其痛苦，算是什么神医？现在你要是撒手不管，我就死在你面前！”说完从腰间拔出佩刀，将熠熠生辉的刀刃对着自己的咽喉。

聪俊大惊失色：“小兄弟，别鲁莽啊！”他无可奈何地又坐到了床前，再次把了脉，对着帐内轻声问：“老伯，你可有什么想不开的事？”

老人有气无力地说：“我丢失了自己的路，无法寻回，有劳你告诉我如何解脱吧！”

聪俊缓缓站起了身，在屋内来回踱着步，思忖着这奇怪而困难的问题该如何回答，良久，他才娓娓道来：

东边有个渔翁，捕鱼有方，能随时在门前的小河里捕到大鱼好鱼。一年冬天，从未有过的严寒使小河封冻了，他再有天大的本事，也捕不到鱼了，直到冻死在破烂的茅屋里，才得以解脱。

南边有个樵夫，身强力壮，为人勤快，因为柴的质量好、分量足，在集市上不用叫卖就能很快卖完。一天，他看见路边有顶破旧的乌纱帽，拾起来戴在头上挺暖和的，从此这顶帽子便不离头了。可每天挑柴来到集市上，总会引来一片讥讽之声："哪家奴才不像话，竟让他们老爷来此卖苦力！"从这以后，没人再到他那里买柴了，他身无分文，饥饿难捱，这时他才想起捡到的那顶乌纱帽，顿时如梦初醒，他从头上摘下帽子扔得远远的，终于返璞归真，重操旧业，找回了自己的路……

西边有个猎人，一手好箭法，只要箭一离弦，飞禽走兽都难逃厄运。别的猎人打猎时刀枪剑戟全副武装，而且都是结伴而行，唯独他自认为有百步穿杨的本事，只带弓箭，孤身出没于深山老林之中。不巧有一次他遇上了一对饿虎，一箭射去，雌虎倒地，他正待拔箭再射时，雄虎已扑到身边，一技之长来不及施展，最后被老虎一口吞下才得以解脱。

北边有个裁缝，不用量体就可裁衣，在行业中鹤立鸡群。他一心想在同行中称霸，所以看家的本领连门徒都不传授，可聪明的徒弟，能从师傅交给他缝制的布片中领悟，久而久之也就无师自通了。那裁缝还蒙在鼓里，以为缺了他不行，有一次故意不作交代，外出几天不归，不料徒弟心中坦然，竟将师傅接下来的活精心完成，客人穿上后非常满意。师傅回来后大发雷霆，将徒弟撵走了，而且再不收徒，从此事无巨细，活无轻重，都亲自料理。不料终日劳累，反因人手紧缺，工期太长，生意越来越差。正在这时，那徒弟带着礼品求见，恳请收留，裁缝也就顺水推舟答应了。从此以后，徒弟忠心耿耿地为师傅出力，师傅也索性让徒弟独撑门户。这样一来，顾客盈门，生意红火，雄风重振，那裁缝不仅被同行们尊为"祖师爷"，而且反从繁忙的事务中解脱了出来。

聪俊说完，走到帐前轻声问道："老伯，容我胡言乱语了，不知这几条路中，可有您丢失的路？"

帐中朗声笑道："是的，我找回了自己的路，但东南西北我都不去，孩子，我已经到家了，哈哈……"

听见老人的笑声，聪俊如释重负，不免回头看那青年，谁知那青年手中的刀早已收起，头上的包布也已摘去，一头亮丽的乌发散落下来，一对闪闪的大眼里含着两滴泪珠，正痴痴地望着他，这不是如玉妹吗？聪俊终于认出来了，禁不住心花怒放，忙转身掀开帐帘，老人已经坐起了身，聪俊忙跪下叩拜："大伯，可安好？"

老人笑吟吟地说道："孩子别多礼了，快快起来……"一旁的如玉姑娘面如桃花，娇声说着："傻哥啊傻哥，你真傻！还不快扶爹爹回家！"

聪俊起身，欢声嚷着："我们回家喽！"

黑夜中，一对青年男女搀扶着老人，缓缓地踏上了归家的路……

（甘畅颖）

（题图：黄全昌）

我拿青春赌明天

票子：一夜之间的财富

阿乐是一名普通的公司职员，这天，他下班后，照例想掏钱买一份报纸，可这一掏，却掏出来一张名片大小的广告卡片。

阿乐不知道这小广告卡片什么时候被人塞进了他的口袋，现在这些派发广告的人也太厉害了，简直防不胜防啊！

阿乐最烦这种广告了，正准备扔掉，突然，被卡片上的一行文字吸引了："无界限电讯公司为您推出最刺激的'我拿青春赌明天'服务，拨打电话热线7777777，无论您有什么人生目标，我们都能立刻帮您实现！心动不如行动……"

阿乐觉得可笑，这真是天方夜谭，世上哪有这样的好事，那大家都不要奋斗了！不过，说不清为什么，阿乐把广告卡又重新揣回了口袋里。

晚上，阿乐一个人在出租屋里喝着闷酒，想想自己都28岁了，却仍一事无成，什么都没有，喝着喝着，阿乐不经意间，手又碰到了那张广告卡，他心里突然浮出一个想法：也许，这电话……于是，阿乐的手鬼使神差地拨打了7777777。

一阵《潇洒走一回》的音乐过后，一个甜美的女声响起："嗨，朋友，欢迎您进入'我拿青春赌明天'服务，人生的梦想有很多，请把您目前最想实现的人生理想告诉我们，想发财请按1，想升官请按2……"

阿乐心想：反正就是玩玩，他不假思索地按了1，只听电话那头继续传来《潇洒走一回》的音乐，伴着甜美的女声："您现在很想发财，您觉得金钱比青春重要，说明您生活中也许遇到了困难，没关系，我们会为您排忧解难。请输入您的身份证号码……"

阿乐按要求输入了，"非常感谢您的配合！按您的年龄折算，10年内，您的青春单价为4万元人民币。本公司忠告玩家：青春一旦换出去，无法从头再来，要换请按1，不换请挂机。"阿乐想，这游戏还真刺激，他毫不犹豫地按了1。

"好，既然您已决定了，请按下您需要金钱的数目，注意，以1年为单位，10年为限，请按键。"

阿乐算了算，目前他需要按揭一套房子，一辆低档车子……差不多28万吧，于是阿乐按下了7。电话那头说："您已经拿7年青春换来28万人民币，请输入您的银行账号。"

阿乐突然有点害怕了，这不过是游戏啊，搞得这么真实，难道……可阿乐的手还是不由自主地把自己的账号输了进去。

"好，非常感谢您的配合！28万人民币我们将在24小时内划到您的账上。请记住，现在您的实际年龄是35岁。请记住我们的热线电话7777777，有困难，打热线……”

阿乐挂了电话，松了一口气，这个游戏太无聊了，他以后再也不玩了。

第二天上班后，同事告诉阿乐，说这个月的工资发到卡里了，阿乐一听乐了，这几天房东的脸一直黑着，这回工资发了，阿乐总算可以交房租了。他跑到银行取钱，一看吓一跳，自己卡里竟然多了28万块钱，阿乐明白了，那个电话不是游戏，他一次性拿7年的青春换来了28万。自己一下老了7岁，不过既然换了，也没得后悔了，该咋办就咋办吧！

妻子：最熟悉的陌生人

很快的，阿乐买了房，买了车，他处处精打细算，因为这些钱是他用青春换来的。

这时，阿乐又意识到自己该找个老婆了。可这个年代，谈恋爱似乎比什么都难，自己都35岁了，不能再浪费时间了。他又想到了那个热线电话，还是电话省事，不就再付出一点青春嘛！

这一次阿乐是轻车熟路了，电话那头又响起甜美的声音："您已经是我们的老客户了，按您的青春价值，您只需付出5年时间就可以得到一位正常水平的妻子，我们将在24小时内把您要的人送到。若对妻子的条件有特殊要求，请按1……" 阿乐心想：老婆嘛，普通就得了，于是他挂断了电话。

第二天早上阿乐一觉醒来，忽然发现枕边多了一些头发，短短的，是从他头上掉下来的。他拿过镜子一看，呆了，自己的头发稀疏了不少，有些已经变白了……天哪，40岁了！

这时，门铃突然响了，阿乐开了门，一个陌生女人站在门口，手上拎满了菜，阿乐还没开口，女人径直走进厨房，把东西放下，甩甩手说："妈呀，累死我了，你也不帮一把。"

阿乐呆呆地看着这个陌生女人，突然想起来：她就是那热线电话发给我的老婆！她怎么这么快进入角色了？天哪，这事也太"速配"了，阿乐还没做好准备呢！他仔细打量着这个"老婆"，不高不矮不美不丑不胖不瘦……

阿乐叹了口气，心想：这老婆实在太一般了，唉，算了，好歹自己也有老婆了，有人帮自己烧饭做菜，这也不错。

晚上，阿乐看完电视，打开衣柜想拿条内裤去洗澡，一本红色的结婚证映入眼帘，他急忙拿起来，打开一看，里面贴着他和"老婆"的合影，再看老婆的名字，原来她叫王翠花。

阿乐叫着老婆的名字："翠花，我们睡觉吧！"老婆很乖地钻进了被子，几分钟后，只听阿乐喃喃道："不好意思，翠花，我……我可能最近太累了。"

阿乐的老婆笑道："呵，客气啥？都 40 岁的人了，我还能要求你咋的？正常发挥就行了。"

位子：想说爱你很容易

日子就这样一天天过去，阿乐想，要是有个儿子就好了，这样想着，老婆的肚子真的一天天大起来，阿乐如愿以偿地有了个儿子。

接着，阿乐开始不满意自己的工作了，他想升官，他不想总是受公司主任的百般欺压，于是阿乐忍不住拨通了热线电话 7777777，他用 5 年的时间换来了一个公司经理的职位，刚好可以压住那个令人讨厌的公司主任。

第二天，阿乐一觉醒来，忽然觉得牙疼得厉害，他捂着腮帮子跑到洗手间一照镜子,天哪,抬头纹足足多了一倍,原来,自己真的45岁了!

牙疼得厉害，阿乐没吃早饭就上班去了，走到车库一看，原来的那辆低档车不见了,变成了一辆崭新的奥迪,一看车号,是他们经理开的车!

阿乐突然一拍脑袋，原来他已经是经理了。

阿乐兴高采烈地来到办公室,那个以前经常欺压他的主任走了进来,点头哈腰地说:“经理，优秀员工的名单请您批一下。”

阿乐拿过来一看，将主任的名字圈掉，扔还给他说:“就这么定了。”主任呆了一下，却不敢说什么，毕恭毕敬地退了出去。

阿乐开心极了，当领导的感觉就是爽! 他惬意地在椅子上转了360度，心想:什么时候找个茬把那讨厌的主任给废了。

这时，阿乐的电话响了，是老婆打来的，说儿子出事了。

阿乐赶到医院，医生说他的儿子恐怕救不活了，阿乐突然冲出医院，不顾后面众人的呼叫，他风驰电掣般地往家里赶去。

一进门，阿乐就拨了7777777热线电话，等听到电话里说“想为家人消灾祈福请按5……”阿乐立马按下了5。电话那端说:“用生命为家人换来幸福，是一个有责任感的人明智的选择。您是我们的老顾客，您已经是第4次使用我们的热线电话了，我们的资料显示，您目前只有5年的时间有交换价值，这也是本服务的最低限额，请您谨慎! 决定交换请按1……”

阿乐冷汗直冒，再交换，他就是50岁了! 可是不换的话，一个45岁的男人，如果孩子没了，那……于是，阿乐庄重地按了1，那一刻，他觉得像在完成某种仪式……

“非常感谢您的配合，请您放心，您的孩子很快就会没事的。由于您可供交换的年龄已用完，我们的合作自动终止，祝您下半生过得幸福！祝我们来生合作愉快！”

儿子：长使英雄泪满襟

阿乐颓然地倒在床上，50 岁了，一晃就 50 岁了！阿乐突然觉得悲伤不已。这时，门突然打开了，明显老了几岁的老婆带着一个大男孩走了进来，那是长大了 5 岁的儿子。

阿乐茫然地看着这对母子，叹了口气。老婆见阿乐发呆，忙走上前来，怜爱地摸摸他的头发，说：“哎，这些年辛苦你了，头发又白了不少！但你也没白操劳啊，儿子都长大了。”

阿乐问道：“儿子刚才，不，5 年前他得了病，后来是怎么……”

老婆笑道：“你是老糊涂了还是怎么了？当年还是你输的血救了儿子啊！”

阿乐走到镜子前，望着自己衰老的面容，又陷入了悲伤。这时，儿子走了过来，懂事地问：“爸爸，您没事吧？”

阿乐努力地挤出一丝微笑，说：“爸爸没事，爸爸有事了你怎么办？爸爸还不老，还能看到你上完大学呢！”说着说着，眼泪涌上阿乐的眼眶。

老婆见了，忙说：“好了，好了，喜庆的日子，你伤感什么呀！”阿乐糊涂了，问道：“啥喜庆日子？”老婆娇嗔道：“今天是我俩的结婚纪念日啊！我已经准备好了，走，我们一家人到天台上摆个家庭酒宴，破例让你喝两盅！”

阿乐来到天台，仰天长叹道：“苍天作证，我阿乐，年方 28，可是，我今天50岁了,房子、车子、妻子、儿子都齐了,你说,我该长笑还是痛哭?”老婆说:“老公,你醉了!”阿乐一摆手说:“我没醉,这虚拟的22年来,我从没这么清醒过!我花了7年的时间换来了房子和车子,又花了5年的时间换来了你,再花了5年的时间换来了一个经理的宝座,最后花了5年的心血换来了儿子的平安……可是今天,我没得再换了,谁关心过我曾经失去的青春?”

老婆不满地说:“老公,哪个做父亲的不是这样?再说,不少人奋斗一辈子还得不到你的一半呢!”阿乐悲伤地说:“可是、可是他们有过程啊,过程才是享受,可是我呢?”

那一夜,阿乐真的醉了。第二天醒来,阿乐忽然听到儿子在对老婆说:“妈妈,好奇怪,我口袋里突然多了一张卡,是一个什么热线电话的广告,7777777……”

(作者:子　野　推荐者:戴　辉)

(题图:安玉民)

一小时之前

后悔药

小安失恋了，他痛苦万分，一天到晚像丢了魂似的。

小安没钱没房，也没个正经工作，女友的父母强烈反对女儿与小安恋爱。女友虽然很爱小安，但还是迁就父母，向小安提出了分手。

这天，百无聊赖的小安在网上闲逛，他看到一个帖子，说是卖后悔药，小安觉得很有趣，便打了帖子上所留的电话，问后悔药是什么意思。

对方告诉小安，他们是一家搞药物科研的私人公司，后悔药是他们最新的科研成果；所谓后悔药，就是谁吃了这种药，就可以回到一小时之前，这样他就可以把一小时前做的后悔事情重新做过。

小安觉得好笑，随口说了一句："这年头骗子真多。"对方听了，不但没生气，反而笑了起来："对，大家都是这样想的，我们在网上发帖子已经一个多月了，只有你一个人打来电话。这药我们还在实验阶段，现在白送给你，一分钱也不收，这样你不会说我们是骗子了吧？"

"既然如此，你就把后悔药寄给我一些吧。"小安把地址告诉了对方。他很好奇，想看看后悔药到底是什么东西。那人记下了地址，叮嘱道，这后悔药很珍贵，千万不要随便吃，而且一定要按说明书上的方法服用。

过了几天，小安果然收到了一盒东西，他打开一看，是八粒药片，四粒白的，四粒黑的，还附有说明书，上面写着后悔药的用法：吃白的可以回到一小时之前，想回来时再吃黑的。小安觉得可笑，说得跟真事似的，他随手把说明书揉成一团扔到了窗外。

下午，小安和几个朋友喝酒，他心情不好，多喝了几杯，有些醉了。回到家后，他看见了后悔药，心里合计：我吃一片看看会发生什么。仗着酒劲，小安按着说明书所言，拿出一粒白色药片吃了下去。神奇的事情发生了，他真的回到了一小时之前！他发现自己正坐在酒桌边，几个哥们正在推杯换盏。小安惊呆了，他赶紧又吃了一粒黑色药片，很快，他回到了现在。

好神奇！小安想再多要一些药，他给卖药的人打去了电话，却是空号，上网一查，卖药的帖子也不见了。小安看着剩下的六片药，暗暗庆幸，多亏没有扔掉，现在还有六片药，有三次回到一小时之前的机会，一定要好好利用，发几笔横财，到那时，也许女友的父母就不会反对自己和他们的女儿恋爱了。

发财有道

如今最快的赚钱方法自然是炒期货，看哪只期货品种涨得多，回到一小时之前去买，那就可以大大赚一笔。小安没有本钱，不过这没有关系，可以去找有钱人。小安在期货公司找到了一个姓黄的老板，黄老板手里的资金有几百万，小安把自己的想法和黄老板说了，黄老板半信半疑，不过他表示愿意合作，事后五五分成。商人嘛，不会轻易放过任何一个赚钱机会。

黄老板告诉小安，要等行情有大的波动时再买，到时他会给小安打电话，小安就赶过来实施计划。黄老板卖了手中的所有期货品种，等待时机，两天过去了，仍没有什么好机会。

这天，小安路过证券公司，他走了进去，想看看行情怎样。刚进证券公司，就听到喊声："有人晕倒了！"小安挤进人群一看，只见一个四十岁左右的男子直挺挺地躺在地上，人事不知。小安一打听，晕倒的人姓刘，今天上午买了一只股票，快到涨停板时买的，结果一会就跌停板了，一天损失20%，他一急，心脏病突发，晕倒了。

不一会，救护车来了，医生检查了一番，对证券公司的工作人员说："不行了，人已经死了，赶紧通知家属吧。"

小安很惊讶，他挤过去问医生："这人没救了？"医生点了点头，叹了口气："太晚了。"

这时，小安的手机响了，是黄老板打来的，他告诉小安有行情了，让小安赶紧过去。小安看看倒在地上的刘先生，心想：不行，得先救人。

小安把这里发生的情况告诉了黄老板，然后挂了电话，立刻吃了一片药，回到了一小时之前。

在一小时前的时空里，小安找到了刘先生，刘先生正准备买股票呢，小安上前一把拦住了他："千万不要买！"

刘先生一愣，小安说："这只股票买不得，我是从一小时之后来的，那时你因为买这只股票突发心脏病而死，所以你不能买。"

刘先生哈哈大笑，他根本不信小安的话。小安急了，一把抓住刘先生，大喊："抓小偷，这人偷了我的钱！"保安闻声急忙跑来，刘先生气得把衣兜里所有的东西都掏了出来，对保安说："我没偷，你看，哪有他的钱包，这小子胡说八道，八成是个疯子。"

保安又询问了一番，见小安也没证据，就让他们离开了。等保安走远了，小安对刘先生说："对不起，其实我根本没丢钱包，我只是不想让你买那只股票，不信你看，它已经大跌了。"

刘先生来到电脑前，只见他想买的那只股票已经飞流直下，眼看就要跌停板了，刘先生冷汗都下来了，他看了看小安："你真是从一小时之后来的？"

"当然，一会你就知道了。"

小安吃了黑药，回到了现在，只见刘先生两眼迷离，还在想着刚才发生的事。

这时，黄老板也赶来了，他想看看小安是否真的能回到一小时之前，他看见刘先生死而复生，知道小安所言非虚，不由对着小安连连摇头："这次时机已过，可惜可惜，只能等下一回了，以后切不可为了别人浪费了咱们的机会啊！"小安点了点头。

又失机会

第二天，小安陪着一个亲戚去海边玩，就在他们要回去的时候，一辆出租车开到了海边。车停了下来，从车里下来三个人，一男一女带着一个小女孩，小女孩四五岁的样子。那女人一下车就问小女孩："前面就是大海，你看见了吗？"

小女孩说："我看见了，大海真漂亮！"小女孩虽这样说，但她的眼睛所注视的方向根本不是大海！女人见状脸色一变，她一手把女孩抱了起来，另一只手伸向了女孩眼前，女孩却毫无反应，原来她根本看不见！女人哭了："都怪妈妈，连你这个小小的愿望都实现不了……"

女孩说："妈妈不哭，看不见没关系，我可以听，我听见大海的声音了。"

看样子女孩是失明了，小安看着挺揪心，便想离开，他和亲戚钻进了那辆出租车，可司机却还在愣愣地看着那三个人，许久他才回过头来，拍拍自己的脑袋说："没有来得及，遗憾啊遗憾！"

小安好奇地问怎么回事，司机边开车边向小安讲了事情的经过。

原来，这个小女孩患了眼疾，眼睛就要失明了，她最后的愿望就是想看看大海。父母带着她跑了几百公里来到这里，女孩上出租车的时候还能模模糊糊地看见东西，哎，就差了一会儿啊！小安问道："是什么事耽误了？"

司机重重拍了拍自己的头："这事都怨我，我财迷心窍啊！我是在火车站遇到他们的，当时有一个乘客已经上了我的车，他们一家三口说想去海边，我便想拼客。其实他们和那个乘客去的是两个方向，我送完那个乘客再送他们，路上又堵车，这一来就耽误了很多时间。要是我早知道他们的情况就好了……"

小安心头一动，自己何不用后悔药帮小女孩实现愿望？这样，自己还能剩最后一次机会。

不巧的是，这时黄老板的电话来了，他告诉小安，有行情了，赶快过来，越快越好。小安有些犹豫，黄老板听他说话吞吞吐吐，就问："是不是又想管闲事？我跟你说，天天有死人的，你管得过来吗？赶紧过来吧。"

"可这次是个孩子，我要帮她实现看大海的愿望。"

"你疯啦？为了看一眼大海就浪费一次机会，你不想找你的女朋友了？"

这句话说得小安心里一动，他愣了愣，还是断然告诉黄老板，自己不过去了，再等下次机会吧。黄老板还要再说什么，小安挂断了电话。

小安告诉司机，他有办法让女孩实现愿望，让司机马上载自己去女孩上车的地方，司机半信半疑，但他还是向小安要了一张名片。

车子很快开到了火车站，小安吃下药丸，时间回到了一小时之前，只见那一家三口正走出车站，出租车也来了，正是刚才的那个司机，他的车上还拉着另一个乘客。小安立刻走了过去，向司机把小女孩的情况说了，问能不能让他们先走，那乘客通情达理，立刻下了车，一家三口上了车，小安怕路上出什么事，也跟着上了车。

这回，他们一路顺风，很快到了海边，女孩面对大海，拉住了父母的手，说："爸爸妈妈，我看到了，大海真美呀！"孩子的父母顿时泪流满面。小安看着他们，觉得一切都是值得的：毕竟，这可能是孩子人生的最后一眼呀！

接着，小安吃下黑色药丸，回到了现在，匆忙赶到了期货公司，可这次又晚了。小安暗想，最后一次机会一定要把握住。

收获爱情

晚上，小安刚回到家中，黄老板打来了电话："今天晚上我请你吃饭，酒和烧鸡都买好了，我去你家，在家吃氛围好，我马上过去。"小安只好告诉了黄老板自己的住址。

不一会，黄老板来了，大包小包拎了不少好吃的，还有两瓶白酒。黄老板不停地劝酒，小安酒量不行，不一会就醉了。这时，黄老板提出，要看看小安的后悔药，小安把药拿了出来，黄老板问："这药怎么用？"

小安头很晕，嘴皮子也不利索了："把药吃下去就、就行了，先吃白的，后吃黑的，这样就可、可以了。"说完，他一头栽倒在床睡了起来。

直到次日中午小安才醒来，他睁眼一看，黄老板已经走了，桌上有个纸条，纸条上压着张银行卡。小安拿起纸条一看，是黄老板留下的："你的药我拿走了，银行卡里有十万元钱，算是我买药的钱，我怕你又拿药去干别的事。"

小安大惊，黄老板也太黑了，他拿了药，转眼就能赚几百万，却只给自己十万，不行，得把药要回来。他给黄老板打电话，对方却关机了。他跑到期货公司，也未见黄老板的踪影。

小安暗叹，这回完了，他心里不断地骂着黄老板，无精打采地回到了家。刚到家门口，他就惊喜地发现，门口站着两个人：一个是他的女友，女友后面还跟着一个人，就是那个海边遇到的出租车司机！女友指着司机说："我给你介绍一下，这是我父亲。"

小安先是一愣，接着忙不迭地问好。

司机说："昨天我回家后把你的名片给女儿看了，这才知道，原来你就是她的男朋友。"

女友盈盈一笑，告诉小安："爸爸同意我们的关系了。"

小安高兴得几乎要跳起来："真的？"

司机说："当然是真的，我看中的，是你的人品，为了让一个素不相识的小女孩看看大海而放弃赚上百万的机会，这样的人不多了，把女儿嫁给你，我放心！原先看你没正经工作，我还以为你是个混混呢。她妈妈的思想工作我已经做通了，走，咱们回家去！"

三个人欢欢喜喜地正要出门，小安的手机响了，一看，竟然是黄老板打来的："小安啊，我吃了你的药，怎么没到一小时之前啊，我不知道我来到了什么地方，这地方好可怕，一个人都没有。"

小安先是一愣，随即赶紧问："你吃的是黑药还是白药？"

"我按你说的吃的，先吃白的，后吃黑的，没错呀！"

"你是不是吃完白药马上就吃黑药了？"

"是啊！"

"哎哟，这下完了，应该先吃白的，这样你就会回到一小时之前，想回来时再吃黑的，黑的就会把你带回来。根据说明书上写的，如果一起吃了，白的就不起作用了，而黑的会把你带到一小时之后，你现在是在我们的一小时之后了。"

"那、那我怎么回来呀？"

"你永远都回不来了，药已经没有了，你就在未来的时空里给我们探路吧。"

"可这里一个人都没有，我好害怕。"黄老板声音发颤。

"一个人好，这样你就不用再贪钱了，整个世界都是你的了！"

（郭振宇）

（题图：谭海彦）

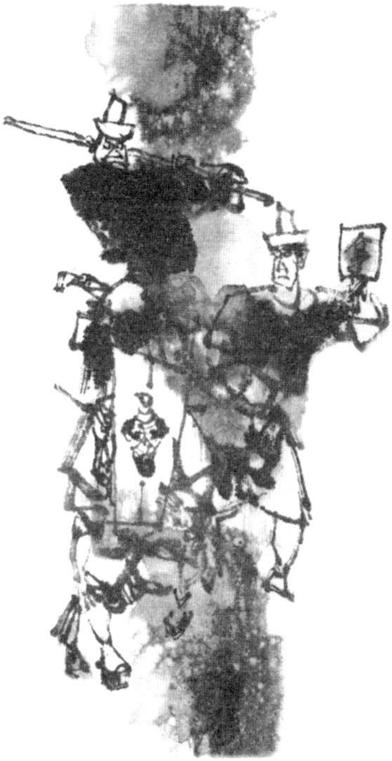

皇亲国戚不敢当

糊里糊涂成王爷

洪武初年，廊坊城有个卖草鞋的，叫马六。这天一大早，马六背着草鞋耙子刚要去赶早市，几个衙役突然如狼似虎地扑过来，二话不说就把他押上了公堂。廊坊府尹升堂，拍着惊堂木朝他喝道："大胆刁民，你姓甚名谁？何方人氏？为何侵吞刘大官人的地儿？还不快从实招来！"

府尹说的"刘大官人"名叫刘一本，是廊坊城里有名的大户。一个多月前，刘一本扩建后花园，想用仨瓜俩枣打发马六搬家，因为马六家的土砖房紧靠着刘家后花园的墙脚。可马六夫妻俩好不容易才置下这处遮风避雨的地方，怎么肯搬呢？刘一本心不死，于是就索性来了个恶人先告状。

马六瞥见刘一本站在那里的得意样子，又惊又气，他跪在地上，哭着朝府尹喊道："回青天大老爷的话，就是借给小人十个胆子，也决不敢占刘大官人的地儿啊！小人姓马名六，祖籍安徽宿州，一向靠卖草鞋为生，不信大人可以去查。"

"什么什么？你叫马六？"府尹狐疑地瞪着马六。马六点点头："回大人，小人一出生就姓马，在家排行第六。"府尹一听，霍地就站了起来，又追问了一句："你真是安徽宿州人？那怎么来的廊坊？"马六赶紧解释："回大人，小人是为了躲避兵祸，打前年才从宿州马家庄来。"

谁知马六话音刚落，大堂上的气氛突然就掉了个儿。府尹居然三步并两步从堂上下来，亲自将马六扶起，又把脸一沉，朝目瞪口呆的刘一本大喝一声："大胆刁民，你强抢邻居家产，居心何在？"说着，朝两边衙役一挥手，"来呀，把他给我押下去，先打三十大板！"

随后，府尹毕恭毕敬将马六请进后堂，倒头就拜："马王爷，圣上找得您好苦啊！"他告诉马六说，朱元璋自打平定天下后，就分封儿子、儿孙到各地为王，连后宫那些嫔妃的家人也都一一受了封。这一来，马皇后马秀英很是郁闷，因为马皇后自幼父母双亡，娘家没什么人，所以此刻更感孤苦。朱元璋看在眼里，突然记起马皇后曾经说过，有一个叫马六的堂叔，小时候常给一点米粥接济她，可后来堂叔就流落他乡不知去向了。朱元璋便瞒着马皇后命吏部发文书查找，想给马六封个异姓王爷，好让马皇后高兴高兴。

马六听府尹说了来由，惊得半天没合拢嘴巴："我那个可怜的大脚侄女儿还在人世？还当了皇后？""是啊，马王爷，当今皇后就是您侄女儿啊！"府尹巴结道，"马王爷，看您这面相大富大贵，日后必定飞黄腾达，您可别忘了提携提携老弟啊！”府尹说罢，命人做了一桌子山珍海味，将马六好好招待了一番，这才把他送出府门。

马六前脚刚走，那个刘一本后脚就兴师问罪来了，指着府尹怒道：“你今天是怎么回事？我平日里给你的银子都喂狗了？”府尹一听这话，脸上就挂不住了，正色道：“你大祸临头了还懵懂不知，我今天要不打你这三十板子，你死定了！”

刘一本一听，如坠云里雾中：“此话怎讲？”府尹于是就如此这般说了一番，刘一本顿时大惊失色，他做梦也没想到，马六会突然咸鱼翻身成了王爷。刘一本“扑通”一声，朝府尹跪了下来：“大人，您一定要想办法救我，救我啊！”

府尹朝他微微一笑：“要说办法，倒是有一个……”他附在刘一本耳边咕哝了一番，刘一本一边听一边像鸡啄米似的点着头，末了连连说：“高！高！还是大人高啊！”

当了王爷不一般

却说马六在府衙里喝得酩酊大醉，腾云驾雾般回到家里，头一挨枕头就鼾声如雷地睡着了。第二天一大早醒来，想起昨天的事儿，还以为是在梦里，起床后草草喝了一碗小米粥，就背上草鞋耙子要去赶早市。可他开门一看，却吓了一大跳：只见廊坊府尹正笑吟吟地候在门外，身后还有一群衙役，肩上都挑着一担担礼盒。府尹一把拉过马六，说：“马王爷，您咋还干这个？您这不是丢大明朝的脸吗？”

马六老婆闻声赶了出来。府尹一见，马上朝她深深一揖，说：“想必您就是王妃了！下官给王妃请安！”马六老婆惊得嘴巴都合不拢，待弄明白原来是这么回事，正要对马六说什么，这时刘一本来了，只见他打着赤膊，背着荆条，手捧红木礼盒，见过马六夫妇就“扑通”跪倒在地，痛哭流涕地说：“是小的有眼无珠，今日我给二位请罪来了！”

看着往日神气活现的邻居这副模样，马六夫妻俩一时慌了神，连忙要将刘一本扶起，可刘一本却赖在地上怎么也不肯起来，非要他们狠狠责罚自己不可。马六夫妻俩吓得手足无措，只好求救似的看向府尹。府尹当即从刘一本身上抽了一根荆条，狠狠抽了他一下，训斥道：“你小子确实该打。今儿知错了？”

说来也是奇了！这刘一本挨了揍，却反倒像受了赏赐似的，他捧着小礼盒，低声下气地对马六说：“小的知错了。这是小的一点薄礼，希望能将功赎罪，万望马王爷笑纳！”

马六懵懵懂懂地接过礼盒，打开一看，大吃一惊，连忙又塞了回去：“不行！不行！我怎能受你如此大礼？”原来，这是刘一本家后花园的地契，他要将整座后花园送给马六，还要在花园里为马六建造王府。

马六夫妻俩顿时就惊呆了，傻傻地站在那里，不知如何是好。府尹看了会心一笑，将地契塞回马六手中，说：“这是刘大官人孝敬您的，马王爷，您就收下吧！万一哪天皇后动了思亲之情来看您，您就忍心让她住在这茅屋陋舍之中吗？”马六想想也有道理，便不再推辞了。

这刘一本也真会办事儿，没多久，就硬是把马六一家接进了新落成的马王府。这是一座一进三重的府宅，宅内富丽典雅，正庭偏房错落有致，花园里花团锦簇，曲径通幽。马六一看，乐得喜笑颜开，可他老婆却皱起了眉头：“这哪是我们住的地方，别说这么多花花草草要打理，单是这么多屋，打扫起来也够忙上十天半个月的，还不把我累死？”

刘一本在一边赶紧打躬作揖：“哎呀呀，我说王妃，你坐享清福就是了，哪里还需要亲自动手？”他一击掌，一群貌美如花的丫环和身材壮实的男佣立刻鱼贯而出，一个个低眉顺眼地站在面前，听候吩咐。马六老婆擦擦眼睛，又看看刘一本，疑惑道：“他们是……”刘一本献媚说：“他们以后就是您的奴才，您说往东，他们决不敢往西，死活全凭您一句话。”

刘一本这个马屁真算是拍到家了，这一来，府尹当然也不甘落后。这天，他吩咐随从牵来两匹快马，带着马六风驰电掣般跑出廊坊城。此时正是五月时节，城外良田千里，麦浪滚滚。府尹带着马六来到一个山坡上，勒住马缰绳，说：“马王爷，我们不如以半个时辰为限，比一比脚力，看谁跑得远。”说完，一挥马鞭就冲下山坡，沿着河岸边疾驰而去，不到半个时辰竟跑出了五十里地。

府尹勒绳下马，回头看了一眼气喘吁吁紧跟上来的马六，指指刚才来时一路上经过的大片农田，说：“马王爷，您看田里收成如何？”“那当然没得说，”马六内行似的回答说，“这地儿攥一把土也流油，抽一把穗便淌金！”

府尹哈哈大笑道：“从现在起，这千亩良田就是您马王爷的田产啦！”马六简直不相信自己的耳朵：“什么？这、这地里不都还有人在耕种吗？”府尹走过来，拍拍马六的肩膀说：“马王爷，您就放一百二十个心吧，这些田都是无主的官田。”

马六虽然胸无点墨，但他知道大明法度森严，侵占官田是要杀头的，当下吓得脸色刷白，怎么也不敢收受。府尹说：“马王爷，大明江山都是皇上的，这点田地能算什么呀？再说了，马皇后小时候孤苦伶仃，如果不是你日常周济，她能有今天吗？你拿这么一点田，她会不肯给？”听府尹这么一说，马六觉得似乎有些道理，便渐渐心安理得起来。

黄粱一梦转头空

房子有了，田也有了，马六再也不用为生计发愁了，于是就整日里与廊坊城里的一些达官贵人迎来送往，茶馆里进，酒馆里出，好不逍遥自在。后来在刘一本的撺掇下，他居然花花肠子也动起来了。

就在马六喜滋滋地准备迎接“第二春”的时候，突然传来天大的喜讯，洪武皇帝朱元璋的圣旨下来了，着令廊坊府尹随同马六一起，进京听封受赏。这下，刘一本等一干人便越发刻意奉迎起来，还专门打造了一只雕梁画栋的官舫，送马六和府尹走水路进京。

船行至途中，这一天突然从岸上杀气腾腾地追来一队持枪披甲的御林军士，那领头的锦衣太监站在官舫船头一宣诏，马六顿时吓得冷汗直冒。原来就在几天前，马皇后因立储之事与皇上发生争执，失手碰翻烛台，伤了龙体，皇上龙颜大怒，治了她一个后宫干政、忤逆犯上的罪，还令廊坊府尹协同捉拿马氏九族，打入天牢，秋后问斩。

之前还欢天喜地的马六，就这样突然祸从天降，被押解到了京城，打入天牢。马六在牢里前思后想，真是连肠子都悔青了，心里对马皇后无比怨恨：你当你的皇后，我卖我的草鞋，我是你八竿子打不着的堂叔，找什么找？现在倒好，你犯了大罪，连我也遭殃！他越想越伤心，忍不住号啕大哭起来。

正哭着，只听牢门“哐当”一声响，一个宫装丽人在宫女、太监的簇拥下走了进来。马六抬头一看，惊讶道：“你是……”妇人朝他深深一揖，说：“六叔，我是你的侄女儿秀英呀，你不认识我了？”马六不相信自己的耳朵：“秀英？不是说你被打入冷宫了吗？”

这时，马六老婆突然从马皇后身后钻了出来，指着马六的鼻子直骂道："瞧你这乌鸦嘴，秀英好着呢，皇上怎么舍得把她打入冷宫。""可是……"马六还没回过神来，他老婆又数落道："可是什么！你也不想想，自打你被他们一伙人捧成了王爷，人就变了，不仅强占官田，强抢民女，还受不义之财，你和那戏台上的奸臣有什么两样？我是替你着急，才修书一封偷偷让人送到京城，让秀英想法子治治你。"马六这才恍然大悟，埋怨道："要治就治，可也用不着用这样的办法，吓死我了！"

马皇后命人搬来凳子，扶起马六，挨着坐下，说："六叔，不是侄女想吓你，依你现在犯下的罪行，够杀几回的了。那刘一本表面上送你府宅，背地里却打着我们叔侄的旗号贩私卖私，干尽了坏事儿；还有那廊坊府尹，他送你千亩官田，却又以你的名义占下更多的田……你的这些事儿，御史们闻风言奏，是皇上看在我的面子上才给压了下来。"

马皇后的这席话，马六听得是毛骨悚然。马皇后顿了顿，又轻声说："六叔，伴君如伴虎，保不定哪一天侄女儿稍一不慎，真的被皇上贬了，现在演的可就都变成真的了。自古以来，皇家外戚有几人落了好下场？"

马六直听得脖子上凉飕飕的，他苦笑着说："秀英啊，这王爷该享的福我算是享了，该遭的灾我也算是遭了，这皇亲国戚我是再也不敢当了！你就让我回去卖我的草鞋吧，落得个平安逍遥。"马皇后点点头，当即把马六从天牢里接出来，又上折子请求皇上免去马六的爵位。

消息传出，那些王子皇孙、后宫嫔妃们，再也没有人敢争风吃醋、讨封请赏了。朱元璋深感马皇后的德行，在马六夫妻俩临行前，特意赐给马六一块铁券丹书，让马六替他在民间访贫问苦，闻风言奏。

从此，民间就流传下来这么一句话：皇帝都有一门草鞋亲。

（王应良）

（题图：黄全昌）

心中的乾坤

二胡遭嫌

有这么一家子，老少三代都喜欢二胡，爷爷在世时，是老人家亲自给孙子小宝传授琴艺。爷爷去世后，父亲杨铮给小宝报了几个二胡兴趣班，可都是没学几天，就被老师婉拒了，老师说，小宝的二胡水平太高了，在这个小城里，没有谁能教得了啦！

以前，杨铮以为父亲教小宝拉二胡，也就是图个祖孙俩乐呵，现在听老师这么说，他开始对小宝重视起来。杨铮先是带小宝报考了省音乐学院附中，小宝不负父亲的期望，很轻松就考上了，这一下杨铮没了退路，在开过一次家庭会议后，他背上二胡，带上小宝，来到省城，开始了他全程陪读的日子。

来到省城，杨铮才发现，像他这样的陪读家长，在学校附近的出租屋内到处都是。他费尽周折，才租到一处小阁楼，日子算是安定下来了。渐渐地，杨铮跟一些陪读家长也熟悉起来，通过交流他才知道，人家的孩子除了上学，还都报了辅导班，一位热心的家长悄悄对杨铮说："要给孩子报班，就报张斯里的，他是音乐学院的教授，不但教得好，关键是报他的班，还有更大好处……"

杨铮听了，觉得新奇，就问还有什么好处，那位家长"嘿嘿"一笑，说道："这个嘛，以后你自然就知道了。"

杨铮觉得报教授的班，学费肯定便宜不了，一打听，果然如他所料：小课堂是一对一教学，一小时一千块；大课堂是放群羊式的，一小时也要两百块。杨铮夫妇都是普通教师，家里本来没多少积蓄，"拼"不了"爹"，这次来省城，家底几乎全花光了。一想到儿子就要输在起跑线上了，杨铮还是咬咬牙，给小宝报了大课堂。

杨铮怕坐吃山空，就近找了份送水的工作。他是当老师的，身体单薄，现在每天扛着水桶楼上楼下地跑，觉得有点吃不消，每当这时，他就想想儿子美好的将来，这样，再苦再累，也能扛了。

这天收工后，杨铮揉着酸痛的腰腿爬上楼，一进家门，小宝跑过来，说："爸爸，老师说我的二胡质量不行，他要我换二胡。"

听了小宝的话，杨铮的心猛地一沉：这把二胡，是去年刚买的，花了一万多块呢，怎么会质量不行？小宝又说："老师还说了，要换二胡，就到他那里去买，如果我们到别处买，质量无法保证，他就没法教我了。"

杨铮心烦意乱，犹豫了半天，他还是拨通了教授张斯里的电话。张斯里在电话中说，孩子到了这个级别，换二胡是必须的，他那里有好多档次的二胡，从两万到二十几万都有，家长可以视情况自愿购买。合上手机，杨铮傻了眼，就目前这经济状况，别说二十几万，就是换把最便宜的，两万块钱，也没法筹措呀！

小宝很懂事，见爸爸脸色凝重，便轻轻拿出二胡，躲到一边练习曲子去了。杨铮心里乱糟糟的，直到响起了敲门声，他才回过神来，急忙去开门。来人是房东赵大爷，赵大爷是个清瘦的老头，就住在杨铮楼下。杨铮觉得赵大爷是个难得的好人，因为他从不嫌小宝练琴吵人，要知道，有些孩子练琴跟做贼似的，要瞅房东不在家时，才能偷偷练一会儿。

杨铮急忙把赵大爷让进屋，赵大爷摸了一下小宝的头，笑呵呵地说："小子，今天练琴怎么老是跑调？是不是心都跑回老家了？"赵大爷说完，小宝的脸一下就红了。杨铮一愣，急忙问道："大爷，您也懂二胡？"

赵大爷笑而不答，轻轻拿过小宝怀里的二胡，调了调内外弦，说："二胡因为有两根弦，又叫二弦琴，传说是音乐鼻祖嵇康所创，所以又叫嵇琴，盛唐时期传入胡地，被胡人发扬光大，所以又叫胡琴，流传至今，最终被称为二胡了。"赵大爷说完，随手拉了一小段曲子。杨铮对二胡虽只是喜欢而已，可做了这些年的陪练，赵大爷一出手，他就知道是啥水准了，他坚信，赵大爷就是隐藏在民间的二胡高手，肯定懂得二胡，于是问道："大爷，您看看，这把二胡质量怎么样？需不需要更换？"

赵大爷端起二胡，仔细端详了一遍，说："这把二胡质量不错，要想换，等以后孩子大了，走上专业演出道路后再换也不迟。"

赵大爷一番话，证实了杨铮的猜想：张斯里要求换二胡，质量问题只是托词，从中牟利才是目的。杨铮一时无语，小宝却对赵大爷说："爷爷，您说我的二胡好，可张老师说不行，他要我爸爸给我换二胡，可是我爸爸没钱……"

谁知赵大爷听了小宝的话，突然变了脸，他猛地站起身，气呼呼地走下了楼。

杨铮顿时呆了，想不明白赵大爷为什么生气，正在疑惑，却见赵大爷又回来了，只是手里多了把二胡。赵大爷把二胡递给小宝，说："小宝，你明天把这把二胡拿给张斯里看看，我倒要让他说说，这把二胡的质量怎么样！”这把二胡，显得有点陈旧，琴身上甚至有些明显的破损。

小宝抱着二胡，仰脸问赵大爷：“爷爷，这把二胡比我的那把好吗？”赵大爷挠挠头皮，说：“怎么说呢？区分一把二胡质量的好坏，没有统一标准，这要看它在主人心目中的分量了。小宝，爷爷给你讲一个关于二胡的故事，你想听吗？”

小宝连连点头，赵大爷便坐了下来，开始讲故事了……

来之不易

清朝时候，有一位高人，他制作的二胡，做工精良，音质优美，上至宫廷御用乐师，下至民间流浪艺人，都争相购买、收藏。

后来，那个高人得了重病，眼看病入膏肓，他却久久不肯闭眼。高人有三个儿子，他们都很孝顺，每天都侍奉在父亲的病床前。这一天，高人要三个儿子到密室中把平时收藏着的所有二胡都拿来。儿子们不敢怠慢，赶紧从密室中拿来了二胡，放到了病床前。看到二胡，高人不知哪来的力气，他猛地支撑起身子，抓起二胡，一把把地全都摔在地上，砸坏了。砸完了，他高喊几声：“乾坤希音，乾坤希音……”

儿子们这才明白，父亲死不瞑目，是因为遗愿未了——所谓“乾坤希音”，是传说中最顶尖的二胡，从古至今，也只是个传说，没有人能真正做出来。这位高人，一生致力于二胡的研究与制作，能制作一把“乾坤希音”，一直是他的夙愿，可现在，眼看就要离开这个世界了，看来是壮志未酬身先死呀！

第二天一大早，三个儿子来到父亲的病床前，跪在地上，磕了三个响头，然后匆匆离家了。女儿哭着告诉父亲：哥哥们去寻找制作“乾坤希音”的材料了。高人热泪盈眶，儿子们的孝心，让他十分感动，但他更知道，“乾坤希音”难得，就是因为制作材料难寻，儿子们这次离家，吉凶难料啊……

兄弟三人，先说老大。老大的任务是寻找老紫檀木。一般人都知道，制作二胡，最好的材料就是紫檀木，但是，新紫檀木中有一种胶质物，它会影响琴身的震动、发音，而随着时间的消逝，这种胶质物会逐年减少，时间越久，胶质物越少，所以，制作“乾坤希音”，必须是百年以上的老紫檀木。

老大告别了两个弟弟，奔着京城去了，因为他知道，老紫檀木物稀价高，只有在天子脚下的京城，或许能觅得。老大奔波了近一个月，才到达京城，他来不及投店歇脚，就去寻访各个木器行，不料所有的木器行都问遍了，得到的答复是：这年头，王公贵族们都争着买紫檀，现在，别说是百年老紫檀，就是新紫檀木，也很难买到。

想想躺在病床上的父亲，老大急得坐立难安。这一天，他失魂落魄地走在大街上，突然，迎面跑来一个叫花子，把他撞了个趔趄，等叫花子跑远了，他才发现肩上的包裹没了。老大一下变得身无分文，就在他绝望的时候，发现不远处有人在围观什么，他挤进去一看，墙上贴着一张皇榜，上面写的大意是：今大清太上皇寿辰将至，有擅于二胡琴艺者，速到内务府报名，如能博得太上皇欢心者，定有重赏。

老大想了想，一咬牙，上前揭了皇榜，跑到内务府报名去了，那些看热闹的顿时一片哗然：“哪来的傻小子，这不是去找死嘛！”老大是外来人，他不知道其中的凶险：没人揭皇榜，不是京城内没有二胡演奏高手，而是另有原因。

再说那老大，自小受父亲影响，二胡做得好，演奏也精通，经过一番测试，他顺利地进入了紫禁城。

太上皇寿辰这天，整个皇宫张灯结彩，热闹非凡。太上皇兴致很高，他先点了几出昆曲，又看了几样杂耍，最后，该老大上场了。老大演奏的曲目是《普天同庆》，这首曲子节奏明快，很是喜庆，老大拉得激情飞扬，竟然把现场气氛推向了高潮。或许老大拉得太卖力，就在他拉完最后一个音符时，只听“嘣”的一声，二胡的外弦断了，现场顿时一片寂静。

老大的冷汗“刷”地就下来了，这是什么场合呀，太上皇的寿诞，琴弦断了，太不吉利了，这可是犯了大不敬的死罪呀！果然，皇上一下变了脸色，就在老大认为自己必死无疑时，突然听到有人鼓掌喊“好”，他抬头一看，竟然是太上皇在鼓掌。别的人一看太上皇都鼓掌了，也都跟着鼓掌喊好，皇上不好发作，只得阴着脸，也拍了几下巴掌。

后来，太上皇宣旨，要老大到养心殿过夜，说要让他再演奏几段曲子。老大来到养心殿，先是拉了几段曲子，然后陪着太上皇说了几句话，最后就胆战心惊地把自己进京的目的说了。太上皇听后，不由得感叹道：“你还是个孝子啊！”他说完，对身边的太监吩咐了几句，太监出去后，不一会儿又来了两个侍卫，他们七手八脚，围着太上皇睡觉的龙床忙活开了，干吗？卸下一条床腿。老大正看得稀里糊涂，太上皇却指着床腿，说：“我这张床，就是百年老紫檀木做的，送你一根床腿，足够做一把二胡的了。”老大听了，感激涕零，跪在地上“嘭嘭”地磕头。太上皇一挥手，那两个侍卫拉起老大就走。

趁着夜深，两个侍卫喊开城门，其中一位把一匹马交给老大，说：“快快逃命去吧！”

老大哪里知道，其实，皇上早起了杀他之心。原来，虽然皇上已经登基，但实权还掌在太上皇手中，皇上对两个皇帝共掌朝局的现状不满，但又不能轻举妄动。太上皇喜欢二胡，皇上就恨二胡，因为在京城的方言中，“二胡”和“二皇”是近音。二胡有内外两根弦，内线略粗，被称为老弦；外弦略细，被称为子弦，而老大拉断的，恰恰是被称为子弦的外弦，而太上皇偏偏又在这个时候鼓掌，皇上见了，就觉得老大是冲他来的，他能不生气吗？

都说知子莫若父，太上皇早看出了皇上的心思，于是就让老大到养心殿过夜，以保安全。就这样，老大不但捡了一条命，还因祸得福，得到了梦寐以求的老紫檀。他背着太上皇赐予的床腿，快马加鞭，连夜朝着老家的方向飞奔而去了……

赵大爷正说得起劲，这时，赵大妈爬上楼来，冲赵大爷喊道：“你个臭老头子，一说起二胡，就什么都忘了，还不快回家吃药去。”赵大爷站起身，冲小宝做了个鬼脸，说：“小宝，一定要好好练琴，练好了，爷爷还给你讲老二、老三的故事。”

福从天降

第二天早上，小宝背着赵大爷的那把旧二胡上学去了，整个上午，杨铮一直忐忑不安。中午，杨铮送完水回家，刚爬上楼，就看到小宝怀里抱着琴盒，噘着嘴坐在门口，一看到他，小宝咧开嘴哭了：“老师看到赵爷爷的二胡，一下子就发火了，说我有高人指点，以后就不要去上他的课了。”

杨铮的头“嗡”一声就大了，这时，赵大爷似乎是听到了动静，急忙上楼，他一看这场面，急忙问小宝：“小宝，这是咋啦？”

小宝抹了一把泪，又把情况说了一遍，赵大爷听后，气得浑身抖成一团。杨铮见状，急忙把赵大爷扶进屋坐好，给他倒了一杯水。赵大爷喝了一口水，情绪才渐渐平和下来，开始讲他和张斯里之间的那些事。

以前，赵大爷也是音乐学院的二胡教授，有一天，有个年轻人跑上门来，要拜他为师。那个时候，喜欢二胡的人原本就少，一看到有年轻人爱上二胡，赵大爷很高兴，他想都没想就答应了。那个年轻人，就是现在的张斯里。

张斯里很聪明，又肯用功，在赵大爷的精心栽培下，终于考上了赵大爷所在的音乐学院。后来，他由于成绩优异，毕业后就留校任教了。

赵大爷跟张斯里的关系，原本情同父子，可是经过一件事后，两人变得形同陌路，甚至恶语相加。原来，张斯里出名后，就办了个辅导班，收费很高。一开始，赵大爷虽然有意见，也不好说什么，但后来家长的怨言越来越多，赵大爷坐不住了，找到张斯里，批评他只顾赚钱，不顾师德。这时，张斯里已经很有名了，哪里还能受得了赵大爷的指责？他反驳说："我有付出就该有回报，这是天经地义的事。"

赵大爷没想到张斯里敢反驳自己，当场气得浑身发抖，他说："当年我教你二胡，向你要一分钱了吗？"

谁知张斯里认为赵大爷在揭自己的短，他恼火了，说："当初你不要钱，是你自己的事，如果现在你想要，我可以补给你。"赵大爷是正人君子，清高得很，哪受得了这样的话？他气得当场倒地，脑中风后被送到医院，直到现在腿脚还有点不利落。后来，张斯里也来看过赵大爷一回，可被赵大爷拒之门外，两人就这样杠上了，杠到最后，彻底没了师徒情分。

说到这里，赵大爷拿起那把旧二胡，说："当年张斯里家里穷，买不起好的二胡，我就把这最好的给他用。今天我让小宝将这把二胡拿给他，是想让他睹物思情，能有所悔改，看来我赵冬阳这三个字，在他张斯里眼里是一文不值了！”

赵大爷说完，杨铮父子顿时惊呆了，直到这个时候，他们才知道赵大爷竟然就是在全国二胡界赫赫有名的演奏家“赵冬阳”！一直以来，杨铮父子都把赵冬阳作为心中偶像，谁也想不到心目中的圣人，此刻竟然就坐在他们面前！

赵大爷回过头，和颜悦色地对小宝说：“小宝别怕，他张斯里不教你，我来教你，怎么样？”其实，自从张斯里那件事以后，有很多家长带着孩子找上门来，要拜赵大爷为师，都被他一口拒绝了，因为他早被张斯里伤透了心。现在，赵大爷答应收小宝为学生，一是他觉得张斯里将小宝除名，是因为自己的缘故；二是他觉得在二胡方面，小宝是个可造之材；更重要的是，杨铮父子为人厚道，不会像张斯里之辈。

这一下，小宝高兴得差点蹦起来了，杨铮也是激动得满脸通红，说：“大爷，有您教小宝，是我们父子俩的福气呀，不过这学费，我们该怎么交就怎么交。”一提学费，赵大爷却变了脸，说：“以前我跟老师学琴，谁都不敢提一个‘钱’字，现在呀，艺术全被钱给亵渎了！”杨铮一听，不敢再提学费的事，他想自己能做的，也就是以后多帮赵大爷家干些体力活了。

蟒口余生

在赵大爷的指导下，小宝的琴艺进步很快，赵大爷暗中吃惊：这孩子，比当年张斯里还聪明，照这样发展下去，前途不可限量。

这一天，赵大爷陪小宝一起练琴，刚练了一会儿，小宝突然停下，觉得琴上似有异常，端起琴来看了又看，果然，他在琴皮上发现一小片凸起，就想用手去扯，一旁的赵大爷急忙制止："别扯，这是翘鳞了，我给你修理一下。"

赵大爷拿过小宝手中的二胡，仔细看了看，又说："一般的二胡，琴皮都是蛇皮，好一点的是蟒皮。既然说到了琴皮，今天爷爷给你接着讲讲老二的故事。"前几天，小宝就被赵大爷讲的老大的故事迷住了，一听现在要讲老二的故事，他急忙支起耳朵，全神贯注地听了起来。

赵大爷一边修理着琴皮，一边开始讲故事——

老二的任务是寻找百年雪蟒的皮。制作"乾坤希音"，必须得用百年雪蟒的皮，因为这样的皮厚薄适中，韧性十足，弹性也是众多蟒皮中最好的。

那一天，老二告别了大哥和三弟，朝着盘龙山进发，因为这百年雪蟒，只有盘龙山上才有。老二长途跋涉了一个多月，才来到盘龙山，他逢人就打听百年雪蟒的事，得到的答复却是众口一词：百年雪蟒？很久以前这里倒是有过，不过它的皮太珍贵了，早被人捕杀殆尽。现在别说百年雪蟒，就是一尺长的雪蟒，也见不到了。

老二不死心，他想盘龙山这么大，说不定在哪个角落里，就藏着一条百年雪蟒，自己何不亲自去找找看？有了这想法，老二一头钻进莽莽的盘龙山，他在山里钻了半个月，不但没见到半条雪蟒的影子，好几次还差点丢了性命。

这一天，老二已经累得筋疲力尽，他一抬头，在这荒郊野外的，竟然发现了一家客店。或许太累了，老二想都没想就进了这店，要了间房，他头一挨到枕头上，就打起了呼噜。不知过了多长时间，老二做了个噩梦，又觉得浑身不舒坦，睁开眼睛一看，顿时吓得七荤八素：自己被人剥光了衣服，手脚也被绑在案板上，嘴里还被人塞了块臭抹布，一个满脸凶相的歹人，正手拿剃刀，给自己剃头。

老二心想，坏了，这是遇上杀人劫财的黑店了！现在手脚被绑，歹人又手持利刃，自己能做的，就是老老实实躺在那里装睡，然后寻找机会，死里逃生。

歹人给老二剃净了浑身的毛发，然后提来一桶热水，把他的身子冲洗干净，最后，歹人又端来一盆鸡血，涂在老二身上。做完这些，歹人又出去喊来几个壮汉，他们抬起老二，走出客店，七转八拐后，钻进了一个黑漆漆的山洞。老二进了洞，立刻毛骨悚然，因为他看清了，在山洞最里面有个大铁笼子，笼子里蜷缩着一条大蟒，这条大蟒粗如水桶，浑身雪白，正是一条百年雪蟒！

老二最害怕的事还是发生了，歹人们打开铁笼子，把他扔进去，然后又锁好笼子。其中一个歹人对老二说："可怜的短命鬼，让你死个明白吧，以后要找人索命，也好找对人。这条百年雪蟒，是我们总督大人养的，为了养身好皮，每年都得喂个活人。算你命运不济，喂完你以后，总督大人就要剥了它的皮，进京送给皇上，你也算是为国捐躯吧！"

歹人说完，或许是他不愿看巨蟒吃人的血腥场面，便带着几个同伙走了。

很快，鸡的血腥味吸引了巨蟒，它探出了头，冲老二爬来。老二躺着，大气不敢喘一口，因为他知道，这个时候只要自己稍微一动，巨蟒就会把他缠住，到时候不等被巨蟒吞进肚子，就已经窒息而死了。

说时迟那时快，巨蟒张开大嘴，把老二吞进肚子，毕竟是一个人啊，那巨蟒一下变得粗如水缸。巨蟒正缓慢地爬行着，突然，它狂暴地翻滚起来，似乎是剧烈的痛苦使它无法忍受了，也就在这时，一把利刃破膛而出，一下把巨蟒的肚子豁开一个大口子，老二从里面滚出来，浑身满是黏糊糊的脏东西，而那巨蟒，翻滚了几下，死了。

原来，刚才歹人给老二剃完头，随手把剃刀放在一边。老二虽然手腕被绑，但手指还能活动，他趁歹人不注意，悄悄地把剃刀藏在手里，加上他年轻时爱到河里游泳，练就了憋气的本事，就这样，他才从巨蟒口里捡回了一条命。

老二用剃刀割开手脚上的绳子，然后剥了巨蟒的皮，用藤条捆缚，背在背上，一口气跑出好几里路，连夜回了老家。

赵大爷刚讲完老二的故事，正巧杨铮送完水回家了，赵大爷对他说："省里一年一度的器乐大赛就要开始，我已经给小宝报了名，剩下的事你也不用多操心，都交给我就行了。"

杨铮知道，省里的器乐大赛影响很大，有很多孩子都是通过这样的大赛出了名，继而走上专业演出道路的。杨铮对赵大爷充满感激，又无法用语言表达，他一把握住赵大爷的手，眼泪差点就掉下来了……

汗血宝马

大赛将至，赵大爷开始给小宝加课，从运弓、揉弦、换把这些基本功开始，一直到对曲子的领悟、演奏时的情感把握，最后再到赛场上的注意事项，赵大爷都悉心指点。小宝没有辜负赵大爷的一片苦心，他的琴艺有了突飞猛进的进步，杨铮把这一切全看在眼里，扛着水桶爬楼就更有劲了。

这一天，杨铮给一个客户送水，对方打开门，两个人都愣住了，这个客户不是别人，就是当初给杨铮介绍张斯里的那位家长。杨铮换好水，收了钱刚要走人，对方却拦下他，说：“别急嘛，我们聊一会儿……”于是，杨铮坐了下来，同是天涯陪读人，两个人的话题，很快就聊到了孩子身上。

杨铮一高兴，就把请赵大爷做家教、小宝参加器乐大赛的事说了，他原以为对方会羡慕，谁知人家却是一脸的不可思议：“你怎么请赵冬阳做家教呀？”

杨铮一惊，急忙问：“请赵冬阳怎么了？”对方说：“赵冬阳是大家、权威，但你知道大赛的评委主席是谁吗？就是张斯里呀！赵冬阳和张斯里有过节，这谁都知道，你也不想想，你请他做家教，张斯里能给孩子高分吗？这些年在大赛上得奖的，可都是张斯里的学生呀！”杨铮这才明白，这位家长当初说报张斯里的班有更大好处，原来好处在这里。

告别了这家长，杨铮心里翻江倒海似的，人家说的没错，从现在的情形来看，小宝得不得奖倒是小事了，得罪了张斯里，对小宝以后的发展没一点好处。杨铮回到家，赵大爷正在辅导小宝练琴，看到赵大爷累得满头大汗，杨铮心中一暖，转而又想，像赵大爷这样的，那才叫德艺双馨，他张斯里算什么？如果孩子没有真本事，就是得个一等奖，又有什么用？

杨铮暗自拿定了主意，不动声色，依旧让赵大爷辅导着小宝，做着最后的准备。

那一天，比赛终于开始了。没出所料，小宝很轻松地过了预赛、复赛，闯进了最后的决赛。决赛的曲目，赵大爷给小宝选的是《战马奔腾》，这首曲子对成人来说，难度也很大，可小宝只有十岁，难度更是可想而知。

明天就是决赛的日子，巧的是，也是小宝的生日。赵大爷知道后，乐呵呵地拉起小宝上了街，他指着琳琅满目的店铺，对小宝说：“小宝，你喜欢什么，尽管跟爷爷说，爷爷一定给你买。”

小宝急忙摇头，说什么也不要，赵大爷拉下了脸，小宝才指着一家乐器行，说："爷爷，你给我买一个琴弓就行。"小宝的要求，让赵大爷感到既意外又高兴，他拉着小宝走进了店里，祖孙俩挑了半天，最后，赵大爷花了好几百块钱，给小宝买了个最好的琴弓。

回到家，小宝拿着琴弓，翻来覆去地看，一副爱不释手的样子，赵大爷在一旁看了，顿时心生怜爱，说："小宝，爷爷做主了，明天比赛，今天我们不练琴了，我给你讲讲老三的故事，就算放松放松了。"

小宝一听，一脸的调皮，说："爷爷，我猜老三的故事，肯定和琴弓有关！"赵大爷拍了一下小宝的额头，乐呵呵地说道："你这机灵鬼！"

赵大爷开始讲老三的故事——

老三的任务是寻找汗血宝马的尾鬃，谁都知道二胡的弓子，是用马的尾鬃制成的，而其中汗血宝马的尾鬃因粗细适中，张弛有度，韧性极好，最为难得。

汗血宝马只有西域才有，于是，老三告别了两个哥哥，买了一匹快马，直奔西北大漠。一路上风餐露宿，一个月后，老三来到了凉州城。那时的凉州城，正是丝绸之路上的交通要道，来自各个地区、各个种族的生意人都混迹其间。老三找了家客栈住下，巧的是，这家客栈里就住着一些来自西域的生意人，其中有个头领，还操着一口流利的汉语。

老三凑上前去，打听汗血宝马的消息，那位头领听了，"哈哈"大笑道："汗血宝马？我们那儿遍地都是，只要你跟着我去，别说是尾鬃，就是白送你一匹马，也是不成问题的。"老三一听，大喜过望，当天就跟着西域人的驼队出发了。

经过十多天的长途跋涉，这天，驼队终于到达了一处农场。头领对老三说，这农场的主人跟自己是好朋友，场里养着许多汗血宝马，跟他要点马尾鬃，还不是小意思？老三跟着头领拜见了农场主，这位农场主，是个一脸大胡子的外族人，头领跟他交涉了半天，用的全是外族语，老三一句也没听懂。最后，头领从大胡子手中拿过一袋钱币走了。老三懵懵懂懂的，他刚要跟出去，却被两个外族壮汉给架住了。老三这才明白，自己被那头领给卖了！

大胡子的农场里，栽种了无边无际的向日葵，老三被带进地里，开始了没日没夜的农奴般的生活。他受尽折磨，又想着躺在病床上的老父亲，不免心急如焚，时刻寻找着逃走的机会。

一天，老三正在向日葵地里除草，大胡子喝得醉醺醺的，骑着一匹高头大马，来到地里巡视。以前，大胡子也时常来查看，不过他身边总是跟着两个壮汉，今天不知怎么了，竟然是孤身一人来的。老三觉得机会来了，他停下手里的活，狠狠地瞪了大胡子一眼，大胡子果然上了当，他一提马缰，来到老三跟前，然后一扬手，一马鞭甩在老三脸上。老三觉得脸火辣辣的疼，他猛地一蹿，跃起身来，一下就把大胡子掀在马下。别看大胡子长得粗壮如牛，可抵不住身强体壮的老三，他被老三用马鞭勒住脖子，不一会儿就直翻白眼了。

四周都是高过人头的向日葵，没有人看到刚才发生的一切。老三急忙藏好大胡子的尸体，骑上那匹高头大马，奔着东方飞驰而去。其实，大胡子的农场，只是沙漠中的一片绿洲，离下一个绿洲，至少也有六百多里，大胡子料想没人敢私自出逃，这才放松了警惕，于是给了老三机会。

老三策马扬鞭，一口气跑了六百多里，直到看见一片绿洲，他才勒住马喘口气。老三觉得这匹马真好，情不自禁地用手抚摸了一下马背，可一看手心，红彤彤的，满是血一样的东西，不由得惊叫一声："汗血宝马！"

老三得了宝马，一下变得神清气爽，他骑着宝马一日千里，不几天就进了大清的国土。这一天，老三终于骑着宝马回到了家中，兄弟三个抱在一起，跪在父亲床前失声痛哭。那时候，父亲早昏迷了，迷迷糊糊之中隐隐听见哭声，见老三也回来了，心情一好，病好了大半，接着又休养了几天，竟然能搀扶着走下病床了。这一天，高人抱着制作“乾坤希音”的材料走进了密室，然后紧紧关上了门。十天十夜后，密室的门打开了，高人怀里抱着一把二胡，高声喊道：“我做出乾坤希音啦——”话音刚落，他颓然倒地……

儿子们急忙围上去，发现父亲已经没了气息，他的脸上却是一副幸福的表情。

故事讲完了，小宝听得出了神，他抬起头问赵大爷：“爷爷，您说真有乾坤希音吗？”赵大爷摸了摸小宝的头，说：“做人一身正义，心中自有乾坤！”小宝点点头，仿佛听懂了话中的含义。

晚上，赵大爷爬上楼来，怀里抱了个红木琴盒，在杨铮父子好奇的目光下，他打开琴盒，从里面拿出一把二胡。这把二胡，通身紫红，灯光之下，散发出一种柔和的光芒，顷刻间，整个房间都充满了古色古香的氛围。赵大爷把二胡递给小宝，小宝拿在手中，觉得很有分量，他隐隐觉得，这把二胡，绝非凡品。

赵大爷望着小宝，说:“小宝，还记得乾坤希音的故事吧？这把二胡，就是乾坤希音，明天你去比赛，就用它了！”

小宝手捧二胡，一下叫出声来:“爷爷，我还以为您讲的故事是编的，讲着玩的，原来真有乾坤希音呀？”

赵大爷“呵呵”笑道：“那是当然，爷爷什么时候骗过小宝？”小宝捧着二胡，看了一遍又一遍，脸上满是兴奋之情。

赵大爷回过脸，对杨铮说：“我想了很久，明天的比赛，我还是不去的好。”陪小宝去比赛，赵大爷是有顾虑的，一是他不愿看到张斯里，二是怕张斯里看到他，影响小宝的打分。杨铮当然知道赵大爷的想法，他急忙说：“大爷，其实我早想过了，从张斯里的为人来看，小宝拉得再好，也不可能得奖的。这次比赛，权当让小宝锻炼锻炼，您还是去吧，有您在，小宝也有胆气了。”

听了杨铮的话，赵大爷眼眶一热，说：“有你这些话，我知足了。”

心有乾坤

决赛现场设在电视台演播大厅内，赵大爷和杨铮父子赶到时，观众席上已经坐满了人。评委席上，也坐好了一排评委，杨铮抬头一看，坐在中间的，果然是张斯里！

比赛选手要到候赛区准备了，赵大爷拿出二胡，仔仔细细地给弓子打好松香，调好了内外弦的音准，然后把二胡交给小宝，郑重地说：“小宝，现在，在你手里的，就是世界上最好的二胡了，有了它，你还怕什么？”小宝用力点点头，说：“爷爷，我什么都不怕！”小宝说完，抱着二胡高高兴兴地去候赛了。

进入最后决赛的，一共有六位选手，小宝手气不错，抽签时抽到 6 号，最后一个上场。这次比赛，分乐曲演奏和技巧展示两个部分，其中乐曲演奏 10 分，技巧展示 1 分，两项成绩相加，得分最高的就是冠军。

首先进行的是乐曲演奏，前几位选手，表现都很一般，评委席打出的分也算合情合理，但接下来场上风云突变：5 号选手上场后，表现只能算中规中矩，评委席却一下打出了 9.9 的高分。场下的观众，多数是二胡圈里的人，多少都懂点门道，一看到这个分数，有人开始低声议论了，与此同时，赵大爷的脸也阴沉下来，他隐隐觉得，这次比赛定有黑幕。

接着，小宝上场了，他出手不凡，运弓快速平稳，换把迅速到位，指法繁复精准，把嘹亮的军号声、疾驰的马蹄声、激扬的马嘶声模仿得惟妙惟肖，《战马奔腾》这首曲子，被小宝演绎得几近完美。一曲奏罢，全场响起了雷鸣般的掌声。

只要眼睛没瞎，谁都能看得出，小宝的水平比 5 号高出很多，他的分数到底怎么打，观众的目光都落在评委席上。张斯里擦了擦额头上的汗，跟其他评委商量了很长时间，直到台下的观众都有点等不及了，小宝的分数才打了出来，也是 9.9 分。现在，小宝跟 5 号分数一样，决定最后胜负，只能看技巧展示这 1 分了。

技巧展示开始了，前四位选手，表现还是一般，得分也算合理，等 5 号上场后，赵大爷不由得支起耳朵、瞪大眼睛，不放过任何一个细节。5 号演示的是快速换把，赵大爷一下就听出来了，5 号不但节奏有点慌乱，有好几个音符的音准也没把握好，这样的失误，像张斯里这样的专家，按说一下就能听得出，但出人意料的是，评委席还是给 5 号打出了 0.9 的高分。

瞬息间，观众席上发出一阵嘘声，赵大爷算是明白了，今天这场比赛，张斯里是铁了心肠，非得把冠军给 5 号不可了！

最后，小宝上场了。在这之前，赵大爷给他指定的技巧展示是花样跳弓，他坐好以后，却不急于比赛，而是松开了外弦的琴轴，把外弦抽了出来……这一下，赵大爷和所有的人一样，都惊呆了：小宝是想用一根弦来完成他的比赛！

现场一片沉寂，小宝一运弓，一阵“嘤嘤”之声由弱到强，像是一只蚊子由远而近；渐渐的，“嘤嘤”之声越来越重，一只蚊子变成了成百上千只，在演播大厅里盘绕。现场开始出现微微的骚动，因为有些观众坐不住了，他们觉得浑身发痒，仿佛真有蚊子在围着他们叮咬……

渐渐地，“嘤嘤”之声低了下去，观众刚要松口气，小宝一顿弓，就听“嗡”的一声，像是一只野蜂扑面而来，有的观众竟然禁不住缩了一下脖子；紧接着，小宝手中的弓子一阵快似一阵，现场好像有人捅了马蜂窝，“嗡嗡”之声一声紧似一声，似有万千野蜂被人惹了，在大厅内狂飞乱舞，现场每一个人，好像都成了野蜂进攻的目标，浑身起了鸡皮疙瘩……

很快，小宝又放慢了弓速，“嗡嗡”之声越来越弱，一群野蜂仿佛闹累了，一只只飞归蜂巢，最后，小宝一收弓，一切了无声息，大厅内归于平静。小宝站起身，面向观众鞠了个躬，现场掌声如潮，经久不息。赵大爷按捺不住激动的心情，他猛地站起身，用力地鼓掌。

也就在这时，杨铮看到张斯里把评委们召集到一起，像是在议论什么。杨铮的心里顿时有了一种不好的预感，果然，最后评委会宣布：取消小宝技巧展示的成绩，理由听起来似乎很有道理：这是二胡比赛，表现的就是两根弦上的功夫，小宝的行为违反了比赛规则。

对这种结果，赵大爷和杨铮早有了心理准备，两人相视而笑，带着小宝，坦然地离开了演播大厅。就在他们三人刚刚走出电视台的大门时，有两位西装革履的中年男子来到他们面前，其中一位掏出一张名片，递给杨铮，说：“我们是北京一所音乐学院的老师，这次是专为学校挑选优秀学生而来的，经过我们观察，杨小宝完全符合条件，这是我们的名片，我们十分期待你们的电话。”

杨铮和赵大爷听了，攥着两个中年人的手一个劲地握着，满眼泪花，一旁的小宝，脸上也乐开了花……

时间过得很快，小宝要到北京上学去了，临行前，杨铮非要请赵大爷吃顿饭不可。这一天，杨铮倾其所有，挑了一家很好的饭店，一本正经地请赵大爷吃饭。席间，赵大爷郑重其事地将那把二胡送给了小宝，赵大爷没明说，其实小宝也知道，这把二胡根本不是什么“乾坤希音”，只是赵大爷珍藏的琴中最心爱的一把，当初赵大爷将这把二胡说成“乾坤希音”，仅是想让小宝在比赛时增加一些信心，就像赵大爷说的——“乾坤希音，只有心中才有”。

杨铮父子来到北京以后，小宝顺利地在那所全国知名的音乐学院入了学。父子俩想念赵大爷，经常给他打电话。有一天，赵大爷在电话中告诉杨铮：那次比赛果然有黑幕，张斯里事前收了5号家长10万元钱，后来被人举报，张斯里因此被开除了公职，他的辅导班，也因为乱收费的问题，被查封了。现在，赵大爷正谋划着办个二胡辅导班，他要把张斯里班里的那些学生，免费收在门下……

（孙华友）

（题图：杨宏富）

古今·异闻录

g u j i n   y i w e n l u

从古至今，总是有无数荒诞怪异的故事，在人们毫无预料的时刻，悄悄上演……

别轧着我的兔子

古怪的货主

贺大伟是个货车司机，他借钱买了辆车，靠帮人家拉货赚钱。可眼下车多客户少，有时好多天都接不到一趟活。

这天，他看到路边立着一块大牌子，上面写着几个字："有货找车，价格从优。"下面还写了地址。他急忙按那地址开去，却是城外的一个小店，店里坐了一个小青年。贺大伟提起找车的事，小青年说："是有这么一笔货要送，也有几个货车司机来过，但不知道老板决定了没有。"接着小青年还告诉他，老板已经进城了，今天不会回来。

贺大伟只得将车往回开，刚走了一段路，就看到一个年轻人站在路边向他招手，要求搭顺路车进城，贺大伟让那人上了车，等车进了城，那人就说："我到了！"说罢便匆匆下了车。

白白兜了半天，也没接到生意，贺大伟无精打采地回到家，刚要下车，就看到旁边的座位上有个小包，打开一看，里面放着心形的首饰盒，还用封纸封得严严的，他不知道里面装的是戒指还是项链，但他肯定是刚才那位粗心的搭车人遗忘的。他再看看包里，只有一张印着"路明"的名片。

贺大伟想，丢了这么贵重的东西，那人一定很着急，于是他立即按名片上的地址找到那家公司，刚进大门，就看到刚才搭车的年轻人，他立即将那包还给他。这人正是名片上写的路明，他淡淡地说了声谢谢，然后又问贺大伟刚才是不是去找货拉的，贺大伟点了点头。

路明这才拿出那个首饰盒，细看了一阵后问道："你知道这里面是什么吗？"

贺大伟摇摇头说："不知道，就算知道里面有再贵重的东西，我也会送回来的。"路明哈哈一笑，将盒子打开，里面竟然空无一物。没等贺大伟作出反应，就听路明说："你是一个正直的人，我也有一趟货，就让你去拉吧。"贺大伟心中大喜，想不到意外得了一趟生意。路明说："我试了好几个去到那儿找生意的司机，只有你将这空盒送了回来，虽然我不能证实他们就一定不诚实，但起码我对你放心了。"

没想到拉一趟货，要这样挖空心思考验别人，难道这一趟拉的都是金银珠宝？路明看见他眼中露出疑虑，就说："我这车货虽然算不上有多贵重，但一来我不能跟车过去，二来也不想它出现意外，所以只能挑选放心的人。"

贺大伟暗暗乐了，看来这人也是小心过度了。他们做司机的常常会没有货主押车，但司机对货主的货负责，这可是职业道德呀。

路明见贺大伟那不在乎的样子，就说："不是我信不过别人，但那地方不同，不是心存正直的人，不一定能将货送到那里呢！"说罢脸上露出一种奇怪的表情。

等到将货装好后，路明给了贺大伟一个地址，又一再叮嘱他必须注意，那儿的路很难走，车得开慢一点。临走时，路明又拍拍贺大伟的肩膀，说："记住，不管遇上什么事，你要做一个正直的人！"

贺大伟开着车子出发了，行了几天就来到了路明说的那个小县城，打听后知道所去的地方离这儿不过几十公里，他见天色还早，就打算当天赶到那儿。

神秘的女子

车子开了一会，慢慢驶进了深山区，这里的路果然险要，山越来越高，公路就像挂在山腰的一根带子，一边是峭壁，另一边是深渊，他让车子尽量靠着峭壁的一侧慢慢行驶。行驶一段后，他就觉得头有些昏昏沉沉，两耳嗡嗡作响，他知道这是高原反应，便更加小心地驾驶着车。

就在这时，突然听到前方传来一个女子的惊叫声，却看不到人。他又放慢车速，向前行驶了十几米时，就看到山崖旁蹿出一个女子。那女子跑得很急，边跑边向他招手。

贺大伟立即将车停下，那女子急慌慌地喊道："大哥，救救我！"女子也就二十来岁，衣着朴素，面容俊秀。贺大伟忙问发生了什么事，女子说："后面有人在追我。"贺大伟下了车，只见前面山崖旁转出两个男子，女子叫道："就是他们！"

那两人猛然看到前面出现了一辆车和人，先是一怔，接着指着贺大伟说："你是外地人，最好别管我们当地的闲事，要不在这一带有你罪受的。"说罢就向这女子扑来，女子吓得躲到了他的身后。

眼见这两人在光天化日之下欺负一个弱女子，贺大伟不禁大怒，顺手从座位旁抽出一根铁棍，指着两人喝道："你们要敢动她，可别怪我不客气！"

那两人见他手拿铁棍，怒冲冲的，吓得转身就跑，贺大伟追了几步，那两人跑到山崖边一闪就不见了。

这时，女子走过来说："大哥，你能不能送我一程？"贺大伟怕她再遭那两男子袭击，就答应了。

女子上了车，这里的山路果然是一个弯接着一个弯，开了一会，再没看到那两个男子。贺大伟问女子为什么一个人到这荒山野岭来，那两个男子是什么人。女子笑了笑说，她家就住在山下，那两个男子也是这一带的人，没想到今天他们竟然敢来欺负她。

正说着，女子突然喊道："开慢点，别轧了我的兔子。"贺大伟放眼一看，果然看到路上蹿出几只兔子。这些兔子根本不怕车子，他狠摁喇叭，兔子仍旧在路上蹿来蹿去，他只得放慢速度。

贺大伟问女子："你怎么在这荒山上养兔子？"女子说："在这一带养的兔子，整天都在山上跑，和野兔没什么两样，人们喜欢吃，能卖好价钱。"

这一路上的兔子可真多，贺大伟怕轧了它们，就将车速放到最慢档，女子见了笑道："大哥，你真是个好人，以前我也碰到一些外地司机路过这儿，我搭他们的车，他们就使坏，有的口吐脏言，有的动手动脚，有的还想在这荒野山里欺负人。"

贺大伟不由笑了，这女孩真是口无遮拦，纯朴得可爱。他才发觉这儿的路比他想象的要险得多，十来里路，他整整开了一小时。这时女子说："我就在这儿下车了。"女子下了车，朝他挥挥手，说："大哥，你一路走好，可别轧死我的兔子哦。"

贺大伟启动车子，刚想和女子告别，却不见了她的踪影。他一下子给弄糊涂了，忙下车来看，只见一边是接天峭壁，一边是无底深谷，这女子是从哪儿走的？

神奇的兔子

贺大伟上车后继续前行，果然不时遇上兔子在前面路上乱蹿，一见兔子，他就放慢车速，可是让他惊奇的是，凡是出现兔子，前方就是个危险的急转弯。等到他慢腾腾将车子开到目的地时，天已大黑了，接货人叫人将货卸了。

当晚贺大伟就在小旅馆住下，吃饭时他顺口说了一句："听说这里的兔肉不错，能不能弄点来？"厨师说："我们这一带没有兔肉卖。"他不解地问："那女孩子在山里养着那么多兔子，难道她没拿来这里卖？"那厨师瞪着他问："你看到她和那些兔子了？"

见他点点头，厨师这才笑道："你是个好人，但现在我们这里没有人吃兔肉。"贺大伟见厨师脸上表情怪怪的，他也不好再问。

第二天，他开着车踏上了归路，一路上，仍看到好多兔子在路上奔跑，这时，他已掌握了规律，每看到兔子，就说明前面一定是危险路段，他便将车速放慢，缓缓行驶。

这大山里的天气，真是说变就变，刚才还红日高照，眨眼间就风起云涌，下起了瓢泼大雨。冒雨行车，贺大伟更加小心慢行。

忽然，他透过雨帘，看到不远处有个人影在向他挥手。他慢慢停车一看，又是昨天遇见的那个女子。女子跑过来叫道："大哥，我的兔子被大雨冲散了，你帮我找找。"

她的话让贺大伟啼笑皆非：叫我开车找兔子，开玩笑。不过，他没忍心拒绝她，就让她上车，继续往前慢行，可一路上连只兔影也没看到。

就在贺大伟纳闷时，那女子突然一声尖叫："停车！"贺大伟吓了一跳，赶忙来了个急刹车，哪知就在车子"嘎"一声停住的同时，只听得轰隆隆一阵天崩地裂巨响，山顶上一块巨石被暴雨冲了下来，"嘣"砸在离车子约十来米的路上，巨石砸碎了。贺大伟的魂也吓飞了，心想幸亏这女子叫停车，否则自己早已车毁人亡。惊慌中他转头一看，哪有女子的人影，他忙跳下车，前前后后察看，也不见女子踪影。

女子来无影去无踪，让他困惑、惊奇。可让他更惊奇的是，当他去搬那些挡道的石头时，那些石头竟自动地滚向路边。贺大伟见状，急忙上车，开车上路，很快出了大山。

此时，他肚子饿了，人也累了，便在路边一家小饭店歇脚，吃饭。饭店里也有几个人在一边吃饭，他们一边谈论着："没想到刚才又看到了那些兔子在路上乱蹦，小燕这人真好，她时时在提醒我们呢！"

原来女子叫小燕，贺大伟就上前去问："小燕是什么人？"

那些人听他说出了经历后，说："那一带道路险要，以前常常出车祸，有一次一个叫小燕的养兔姑娘在那里遇车祸死了，后来过往的司机就常常看到有兔子在路上跑，于是好心的司机就把车速减慢，因此车祸就少多了，人们都说小燕是在提醒大家注意交通安全呢，所以这里的人都不吃兔肉了。"

贺大伟听了惊得目瞪口呆，他急忙赶回家，找到路明，问他为什么不告诉自己实情。

路明说:“我要是给你说了实话，你还敢去？见到她你不害怕、心慌？一心慌能不出事？其实她是我的女朋友，遇到正直的人，她是不会伤害的，还会帮你呢。只有一个正直的好人，才能做到安全万里行。”

路明说到这儿，眼泪汪汪地向贺大伟道了谢，付了运输费，然后嘴里喃喃自语道：“这是我最后一次给她的兔子送饲料了。我要回去看我的小燕子了！”

望着泪流满面的路明，贺大伟也不由心酸，他默默自语，小燕真是个好姑娘……

（刘自忠）

（题图：谭海彦）

三瓶救命水

从前，中原一带有个清风村，村里有个农民叫刘根，因家里穷，他向亲朋好友借了些钱，在大路边搭了个草棚子，开了家面店。他夏天卖捞面，冬天卖汤面，原指望攒点儿钱能养家糊口，谁知事与愿违，来他草棚里吃面的人寥寥无几，生意十分清淡。

这一天，一个赶路的老翁到他棚下避雨，雨刚住，老翁就急着上了路。

刘根望望布满乌云的天空，估计这雨一时半会儿还会下，就赶紧追上去，把自己头上戴着的草帽摘下来，送给了老翁。老翁感动得不得了，拍拍刘根的肩，说："年轻人，难得你有这片好心。好人有好报，你的生意慢慢会兴旺起来的。"刘根以为这是老翁说的客气话，并没往心上去。

转眼到了夏天，不知是脚下的土地向南移动了，还是孙猴子又把天上的老君炉蹬翻了，中原的气候燥得要多热有多热，只见大路上挑担的人个个光着上身，用麻辫子勒着额头，不然的话，头上那汗就会像小溪一样流进眼睛。

中午时分，有六个壮汉在刘根的棚子前歇下了担子。只见他们解下额上的麻辫，拧掉汗水，随后便走进棚子，嚷嚷着要吃捞面。其中一个短脖汉子，还非得要吃“拔三拔”捞面。

原来在中原地带，人们夏天吃捞面，总喜欢用新打的井水把煮熟的面条冰一冰，然后再拌入蒜汁、麻酱，这样吃起来清凉爽口，味道特别好。一般人用井水只冰一次，短脖汉子要的“拔三拔”，就是要用井水把熟面条连冰三次，这种面条自然更凉了。

刘根出于好心，劝短脖汉子说：“这位大哥，别只图一时痛快呀，你刚才走得这么热，猛然吃太凉的面条，怕是要落病的。”

哪晓得短脖汉子将脸一沉，说：“我说卖面的，你别为了省点力气，不顾别人的冷热。你怕我不给钱怎的？”矮脖汉子又拍拍自己宽大结实的胸脯，“凭我这身子骨，吃冰凌也没事。你放心，真吃出病来我决不讹你！”

刘根怕遭嫌，不敢再劝，只好给短脖汉子单独“拔三拔”。但他留了个心眼，每一次冰面时都灌出一酒瓶子冰过的面条水，随后又悄悄把三瓶子冰面水藏了起来。眼见得这六个汉子吃饱了饭，又担起挑子上路了，刘根望着越走越远的短脖汉子，不住地摇头叹气。

转眼间又过去了三个月。这一天，又有五个壮汉挑着担子从刘根的饭棚前经过。刘根仔细一瞧，不就是上回跟短脖汉子一路的那拨人吗？只是少了短脖汉子的人影儿。刘根连忙喊了一声：“大哥们，歇一会儿，喝碗茶！”

五个汉子放下挑子，走进棚内坐下。刘根边上茶边问：“上次吃‘拔三拔’面的那位大哥呢？”五个汉子相互望了一眼，一个络腮胡子搭上了话：“还问呢，他回去后就病倒了，眼下瘦得变了相。”刘根“哦”了一声，道：“果然是这样！”他连忙回转身，变戏法似地拿出三个装满水的酒瓶子，放在汉子们面前："烦劳大哥们把这三瓶水带给他。这个红瓶子的水第一天煮沸了喝，绿瓶子的水第二天煮沸了喝，白瓶子的水第三天还是煮沸了喝。这三瓶水喝下去，说不定能治他的病。"

五个汉子傻愣愣地望着刘根，不知道他这是玩的什么把戏。刘根解释说："我父亲年轻时也是一根扁担走天下。有一回也是在三伏天，他挑担路上非吃'拔三拔'面不可，吃过后回家就卧床不起，白白丢了性命。后来，有一位老先生路过俺村，留宿在俺家，听我讲父亲病死的经过，他叹口气说：'负重赶路，体温增高，不可贪吃过冷之物。我有一偏方传授给你，算作借宿的报答。以后再遇此事，你可将冰面之水留下一些，按次序煮沸喝下，一日一次，三日后即愈。'那天，那位大哥不听我的劝，非要吃'拔三拔'，我恐有不测，暗中留下这三瓶冰面水，或许还真能派上用场呢。"

五个汉子听罢刘根的话，有些将信将疑，商议了一阵，认为不妨带回去试试，于是就把三瓶水带走了。

没想到一个月后，就见五个汉子拥着短脖汉子，带着礼物来答谢刘根，说是喝过那三瓶水后，短脖汉子的病就好了，救命大恩一辈子不忘。

于是，这事儿一传十，十传百，很快就传开了，特别是在挑夫行里，简直都传神了。那些挑担的路过清风村，一定要停下来认识一下刘根，顺便吃碗面。就是一般过路人，也乐意到棚子里歇歇脚，喝碗茶。刘根的生意果真兴旺起来，从此再不愁一家人的吃穿。

忽然有一天，在棚子里避过雨的那位老翁又路过这里，见这儿热热闹闹的样子，笑呵呵地对刘根说："怎么样，年轻人，我说得不错吧？有你这份热心肠，生意怎么会不兴旺呢？"

（荣　庆）

（题图：俞耀庭）

杜家钢刀

在京城，谈起杜老刀，没有不知晓的，那时，在刑部主事的是个清官，杜老刀就在刑部衙门里当差，干的差事就是处决犯人。杜老刀出生于刽子手世家，虽说年龄已经五十开外，但还是神采奕奕、健步如飞、声如洪钟。杜老刀出名，一是因为死在他手下的犯人都是十恶不赦之人，二是因为他有一把祖传的特大钢刀，寒光闪闪，锋利无比。这钢刀究竟杀了多少恶人，没有人能说得清。

杜老刀有两个儿子，大儿子叫杜大虎，二儿子叫杜二虎。杜大虎虎背熊腰，力大无穷，是个接班的料，杜老刀每次行刑都要带上杜大虎到京郊的刑场看杀人，一是为练他的胆，二是让他学习行刑的技艺。别看刽子手杀人是粗活，却也算五行八作的手艺人，既然是手艺，就有行规有诀窍：刽子手杀人，不仅要胆大，还要心细，一刀"喀嚓"下去，犯人的头要像切菜似的干净利落，要是一刀杀不死犯人，就是犯了行忌，刽子手不仅要断臂自残示众，而且永生不得再吃刽子手这碗饭。

这天，京城里又要处决一批犯人，一大早，杜大虎穿着一身簇新的红衣裳，随着行刑队伍来到郊外的刑场，连今天算上，杜大虎已是第三次独立行刑了，从此，他也就成为杜老刀真正的接班人了。

刑场上早已是人山人海，全是看热闹的。不一会儿，十八个黑衣犯人从囚车上被押解下来，十八个红衣刽子手一个个腰圆膀阔，脸上蒙了红布，只露出两只眼睛。死囚们被带到指定的位置，堵上嘴巴后跪在地上，只有杜大虎面前的一个死囚例外，他被身后的那个大个子士兵狠狠连踢了三脚，却依然是站在那里纹丝不动，后来上来七八个士兵才总算撂倒了他，让他跪在地上。

这个死囚外号“花蝴蝶”，是个臭名远扬的“采花”贼，平时奸淫掳掠无恶不作，更让人发指的是他见到略有姿色的姑娘、媳妇一律先奸后杀，手段极其残忍。官府发榜文通缉了他三年，才将他缉拿归案。今天，监斩官有意将花蝴蝶安排在杜大虎的面前，就是想让这恶棍死在杜家钢刀之下！

三声追魂炮响过后，监斩官大喊一声：“行刑！”

监斩官的话声未落，杜大虎的钢刀是刀借人力、人借刀威，钢刀如一道闪电劈向了花蝴蝶的脖子，意想不到的事出现了：钢刀剁在花蝴蝶的脖子上竟像剁在钢板上一样，“乒”地响了一声，杜大虎使的力气太大，钢刀竟挣脱他的手飞出三丈开外。杜大虎看看花蝴蝶的脖子，仅是被刀砍出了一道红印，他惊呆了，整个刑场除了花蝴蝶，所有的人全都目瞪口呆！

花蝴蝶扭过头对着杜大虎“嘿嘿”两声冷笑：“小子，你杀不了我！”

花蝴蝶的冷笑惊醒了杜大虎，也惊醒了在刑场上围观的百姓，有的百姓把对花蝴蝶的愤怒转向了杜大虎:“杜大虎，你他妈的逞什么能!你愧对杜家钢刀，愧对天下百姓!”

杜大虎望了望行刑台下的人们，默默地走过去拾起了钢刀，他突然“啊”地一声大叫，右手钢刀一挥，左手臂应声而落，随即鲜血洒了一地，杜大虎面对台下的百姓，重重地跪倒在血地上……

时辰已过，按规矩，花蝴蝶过了这一次刑期，再处决要等到明年秋天。

第二年秋天，花蝴蝶又被押上了行刑台，因为这次是杜老刀亲自操刀，来围观的人更是里三层、外三层。这次有点不同了，杜老刀一直等到第二声追魂炮响后才走上行刑台，站在近处的一些人还注意到杜老刀的腮帮子鼓鼓的，像含着什么东西。第三声追魂炮响后，监斩官扯着嗓子喊道:“行刑!”

别的刽子手纷纷手起刀落，杜老刀却没有立即动手，他提起钢刀，轻轻拭了拭，突然，他一低头，张开大口，对着花蝴蝶的脖子喷出了一股带有冰碴的水，冰水落在花蝴蝶的脖子上，“哧”地升起一团白雾，也就在这时，杜老刀大喝一声，双手举起钢刀砍向花蝴蝶的脖子。谁也没料到，经验老到而且从没失过手的杜老刀栽了:锋利的钢刀落在花蝴蝶的脖子上反弹回来，人群中发出一片惊讶声。杜老刀脸色煞白，他当了几十年的刽子手，从来都是一刀定局，看来这个花蝴蝶的功夫实在了得!

杜老刀的父亲也是当刽子手的，杜老刀小的时候曾听父亲说过:刽子手最怕遇到有奇功的死囚，一旦这个死囚将全身的气运到脖子上，就会刀枪不入。杜大虎上次失利，杜老刀就意识到花蝴蝶身怀奇功，今天，他特地找来一些冰块，在第一声追魂炮响过后，含了一些在口中，等行刑时用冰水来破花蝴蝶的功夫，没想到这次他杜老刀还是失利了，为了维护杜家刽子手世家的荣誉，杜老刀一咬牙，举起钢刀砍下了自己的一条手臂！

其实，杜老刀猜想得一点不错，花蝴蝶有奇功护体，那是一位高人传给他的。去年行刑时，操刀的是杜大虎，他逃过一劫，他料到今年行刑操刀的将是经验丰富的杜老刀，一年来，他在监狱里是加紧练功，终于在今天又逃过杜老刀这一劫。

花蝴蝶扭过头对杜老刀“嘿嘿”一阵冷笑：“杜老刀，你这招如果在去年用上，我命休矣！你今年才来，哈哈，晚了！”

杜老刀回到家里，跪在祖宗的灵位前，哭喊着：“我愧对祖宗，愧对杜家钢刀！”一头磕在地上，抬起头时已是血流满面……

转眼到了第三年的秋天，离秋决只有几天了，这时，杜二虎也已长大成人，他走到娘的身边，说：“娘，为了爹和大哥，为了杜家钢刀，我去请斩花蝴蝶！”杜老刀的妻子看着在祖宗灵位前长跪不起的丈夫和大儿子，拍拍二虎的肩膀说：“要对得起杜家钢刀，娘有事出门几天，你尽管去请斩花蝴蝶！”

处决那天，花蝴蝶又一次被押上了行刑台，按规矩，今年如果还杀不死花蝴蝶，他就会被当场释放。花蝴蝶连续逃过两劫，他在监狱里又加紧练了一年的功，今天，他看到站在身后行刑的刽子手竟是个毛头小后生，更是得意得“哈哈”大笑。花蝴蝶的笑声惹恼了台下的百姓，“杀死花蝴蝶”“为民除害”的呼声像浪起潮涌！

三声追魂炮响后，监斩官大声喊道：“时辰已到，行刑！”整个刑场顿时一片寂静。

第三次受刑，花蝴蝶不敢马虎大意，他早已将气运到脖颈之上。杜二虎也早已铆足了气力，他见花蝴蝶浑身肌肉抖动，脖子和脑袋通红，知道这小子又在运功。杜二虎有点心虚，举着钢刀迟迟不敢下手，就在这时，人群中突然传出一声妇人的尖叫："麟儿！"

花蝴蝶一惊："怎么是娘的声音？"他顺着声音抬眼望去，只见人群中挤出一位头发凌乱的老妇人，老妇人步子急，一个跟头栽在地上，又一声凄厉的"麟儿"传入了花蝴蝶的耳朵……"麟儿"是自己的乳名呀，是娘来了！花蝴蝶下意识地回应了一声："娘——"

花蝴蝶的"娘"声未落，杜二虎已一刀砍了下来，花蝴蝶的脑袋顿时滚落到了地上……

事情是这样的：杜老刀的妻子几天前出门找到了花蝴蝶的娘，对她说，她的儿子在外面奸淫掳掠，无恶不作，请她大义灭亲，为天下百姓除害。花蝴蝶的娘听了后眼泪汪汪地说："你也是做母亲之人，儿子纵有万般不是，可他也是娘身上的肉，我哪能去刑场害我的麟儿呀！"后来在杜老刀妻子的百般劝说下，老人家终于答应了，于是，她今天在刑场上喊了两声花蝴蝶的乳名，助杜二虎处决了花蝴蝶。

花蝴蝶死了，他的娘急火攻心，吐出了一大口鲜血，当场死在刑场上。在她出殡那天，为她披麻戴孝的是杜二虎。

从此，京城的刑场上再也不见了杜家钢刀……

（王有兵）

（题图：黄全昌）

黄金骷髅头

劳伦斯是一家银行的行长，为人阴险、贪婪而又有野心，他一直在酝酿一个惊天计划。这天，他来到古董市场，希望能淘到几件值钱的宝贝。转过街角，他看见一个留着络腮胡子的老头坐在地上，面前放着一个红布包裹，包裹前还摆着一个牌子，上面写着："传世珍宝，闲者勿扰。"

劳伦斯顿时来了兴趣，向老头问道："这是什么宝贝？我能看看吗？"

老头儿瞥了他一眼，却不说话，只是指指牌子，让他先看上面的字。

"你怕我没钱付你吗？"劳伦斯说着便拿出名片递给老头，"也不看看我是谁！"

老头看了一眼名片，这才拿起包裹，打开一层又一层红布，最后将一件东西摆在他面前。原来，这是一个黄金骷髅头，和真人头颅一般大小，做工十分精细。表面虽然有一些斑驳的痕迹，却透出一股幽幽的寒光。劳伦斯一阵欣喜，立即拿起骷髅头端详起来，可他一拿到手上就觉出一阵刺骨的冰凉，禁不住打了个寒战。

劳伦斯是行家，凭感觉他知道这东西价值连城，就问老头多少钱。

老头儿伸出五个手指头。劳伦斯睁大眼睛问："五万？"老头儿冷笑着说："五百万！"劳伦斯倒吸了一口凉气："你疯了吧？"

"五百万对于你这样的人还不是小数目，再说我听说这宝贝里藏着一个秘密，这个秘密才是无价之宝，我想找到一个能破解这个秘密的人。"说完就又包起骷髅头。

劳伦斯贪婪地望着骷髅头，一把按住老头的手说："你敢跟我去找人鉴定真假吗？"

"真的假不了，假的真不了，有什么不敢？"

劳伦斯带着老头儿找到一个专门做鉴定的朋友。朋友拿起黄金骷髅头细细一看，竟然变了脸色，把劳伦斯叫到一旁，小声说："那黄金骷髅头是真的，传说这是几百年前一个农场主请巫师铸造的，铸造好后不久，那个农场主就不明不白地死了，他家的金银财宝也一夜之间消失得无影无踪。虽然只是传说，但你最好别沾这不祥之物，尽管它价值连城。"听说宝贝是真的，劳伦斯一阵兴奋，心里马上决定要买，他才不管什么传说不传说呢。

从朋友家出来，劳伦斯对老头说："这个骷髅头我要了，不过暂时不能给你付款，我得先看看里面究竟有没有值钱的秘密，不能让你骗了我。当然，我可以给你立个字据。"老头儿犹豫片刻，点头同意了。

回到家后，劳伦斯迫不及待地拿起骷髅头，左看右看，端详了半天也没有发现什么破绽，他又用力摇晃了一阵，放到耳边听，也没有听到什么。难道老头儿是在故弄玄虚？不过反正没付钱，先拿着再说，这么一想他就把骷髅头锁进了保险柜。

劳伦斯刚要离开，却听到保险柜里发出“咔咔”的声音，他一阵奇怪，拉开保险柜一看，只见那骷髅头原先合着的嘴巴，现在居然张得大大的。再看保险柜里面，原来放的那两根金项链居然没有了，那都是别人送的。奇怪，难道是骷髅头在作怪？劳伦斯一阵疑惑，赶忙把骷髅头取出来，又放进书柜里。

晚上睡觉时，他被一阵“咚咚”的声音吵醒了，仔细一听竟是从保险柜里发出的。他打开灯，扭开保险柜一看，顿时变了脸色，那个黄金骷髅头竟然在撞击保险柜。一见门被打开，那骷髅头立即停下了，转过来看着他，好像他打扰了它似的，两排尖利的牙齿，显得异常狰狞。

这骷髅头不是放在书柜里吗，它是怎么跑出来的？劳伦斯吓得心惊肉跳，他壮着胆轻轻拍了一下骷髅头，那骷髅头居然“哗”的一下，吐出两根金项链，正是保险柜原先不见的那两根，另外还有他放在床头柜上的戒指和项链。

难道这就是秘密？劳伦斯不由兴奋起来，突然，他想到自己的那个计划，心里一动，冒出一个大胆的设想。他把钱、项链、戒指所有值钱的东西都放进保险柜里，然后又把骷髅头放了进去。

第二天天一亮，劳伦斯顾不上穿衣服，立即打开保险柜，一看里面，他的眼睛睁得大大的，果然像他猜想的那样，里面除了那具骷髅头，不光项链、戒指不见了，连所有的钞票也不见了。他壮着胆子又拍了拍骷髅头，“哗啦”一阵，那骷髅头把这些东西都吐了出来。真不明白，一个小小的骷髅头是怎么吞下那么多东西的。

他又试了几次，发现除非用红布把骷髅头紧紧包住，不然它只要看见金银物品和钞票就会吞进去，再一拍，它又会吐出来。

劳伦斯明白了，这就是骷髅头的秘密。他兴奋地大笑起来："我的梦想可以实现了，感谢上帝。"有了这个宝贝，他觉得自己可以动手了，他打算先利用几天时间，好好酝酿一下那个计划。

这天早晨，劳伦斯正看报纸，一则报道映入他的眼帘：最近，几个公司总裁和政府官员突然死去，并且死亡现场有大量的钞票和金银物品。据调查，受害者生前都曾收受过大量贿赂，并利用职位之便做一些不正当交易。警察怀疑此案是同一人所为，是典型的报复案件……

放下报纸，劳伦斯笑了起来："一群蠢货，想拿钱也不做得漂亮一些，当然你们是没有我这样的宝贝啊，哈哈……"

正在这时，门铃响了，劳伦斯打开门一看，正是那个留着络腮胡子的老头。

老头掏出字据，说："劳伦斯先生，你找出那个宝贝的秘密了吗？要是找出了就请付我钱；如果没有找出，就请把宝贝还给我。"

劳伦斯一听，心想：离开那骷髅头，自己的计划可就泡汤了，说什么也不能让老头儿把宝贝拿走，有了这骷髅头，能捞回来的可远远不只五百万，但如果马上开出五百万的支票让老头去取钱，又容易走漏风声。怎么办？他眼珠一转，生出一计，对老头说："我没那么多现金，这两天也不太方便。这样吧，你过几天再来。"

老头有些犹豫："如果现在付不了钱的话，你就先把宝贝还给我吧。"劳伦斯不耐烦地说："凭我的身份会少了你的钱？只不过是迟几天而已。"说完强行把老头推出门外，"砰"的一声关上门。老头倒也没有纠缠，就走了。

劳伦斯怕夜长梦多，决定提前行动。一切按计划进行，他破坏了银行的电力和警报系统，顺利进入金库。一进去，他拿出怀里的黄金骷髅头，解开红布。那骷髅头一见大捆大捆的钞票，贪婪地张开嘴，大口地吞吃起来。

要不是亲眼所见，劳伦斯真不敢相信眼前这一幕，只一会儿，那黄金骷髅头就风卷残云一般，将金库里的钞票吞得一张不剩。劳伦斯又兴奋又紧张，拿起骷髅头，三下两下用红布裹好，放进怀中，整整衣服，大模大样地走出金库。

谁会相信几百公斤重的钞票竟然藏在一个小小的骷髅头里，劳伦斯躲过了所有人的耳目。回到家，他解开红布，抱着骷髅头看了又看亲了又亲，才小心放进保险柜，想着明天就能带着骷髅头远走高飞了。那骷髅头一来携带方便，二来也不用到银行转账，几乎不留任何痕迹。有了这么多钱，他下半辈子就有享不尽的荣华富贵了。

可能是因为太累了，劳伦斯吃过东西就迷迷糊糊地睡着了。正做着美梦，他忽然感到手指一阵剧痛，睁眼一看，天啦，那骷髅头竟然咬断了他的手指，原来他忘了摘下金戒指，劳伦斯痛得一声尖叫。忽然，他意识到了什么，立即去摘脖子上的金项链，可是已经来不及了，那骷髅头已经蹿了上来，一口咬住他的喉管。

劳伦斯想叫，可是脖子被骷髅头紧紧咬住，喉咙里“咕噜、咕噜”几声，一个字也没吐出来。

这时，劳伦斯发现那个络腮胡子老头不知什么时候站在他的床前，阴森森地笑着说：“明白了吧，这才是它真正的秘密。你跟我的宝贝有缘分，你们一样贪心，但吞下去还得吐出来。那天我来讨要宝贝，是给你最后一次机会，可惜你贪心太重，早晚逃不过这一劫。好了，我要收回宝贝，去找下一个有缘人了。我已经报了警，一会儿就有人来看你了。”

老头轻轻拍了拍骷髅头，那骷髅头“哗啦、哗啦”一阵，吐出一屋子的钞票，还有戒指和项链。老头掏出一块红布，把骷髅头包了，向快要咽气的劳伦斯挥了挥手，眨眼就不见了……

（袁菽涛）

（题图：佐　夫）

刘家的狐狸

光绪二十五年，有一个山东人叫刘三，他在家乡得罪了官府，于是，拉家带口，来到了东北，在辽阳和本溪交界的地方安置了家。这里重峦叠嶂，山清水秀，刘三领着家人筑窑烧砖，开荒种地，这与世隔绝的深山老林里还有打不完的猎物，刘三的一手好枪法正好有了用武之地。

那一年的冬天，刘三领着家人在深山里转悠了三天，打到了一只狐狸，可奇怪的是这枪声一响，天就下起雪来，没一袋烟的工夫，雪就下了二尺来深，看这光景没法再打猎了，只好回家。

第二天一大早，狗使劲地叫。刘三从屋里出来，喝住了狗，打开大门一看，顿时大吃一惊：只见两只小狐狸，长着淡黄色的毛，像两个小绒球一样，可怜巴巴地看着刘三，像是在问他："我妈呢？"刘三不由得一愣，马上想到了昨天打死的那只狐狸，心中好不后悔，这下子可好，人家来问俺要妈了！他回屋里，拿出了两个大饼子，掰碎了，扔给狐狸。那两只小狐狸就像听话的小孩似的，低着头吃了起来，吃饱了肚子，朝刘三又看了看，摇了摇脑袋走了，一会儿的工夫，就没影了。

从此以后，说不上什么时候，这两只小狐狸就会在刘三家的大门前出现，当然了，刘家的那条狗是它们的天敌，狐狸来了，刘三总要先拴住狗。

一转眼，几十年过去了，这天，久病的刘三已到了弥留之际。儿子刘连广守着父亲已经四五个夜晚了，很困倦，不知不觉就睡着了。突然，一阵狗叫，刘连广醒了，一看身边的爹已经故去，他这个哭哇，哭得揪心绞肠，哭一会儿，刘连广心想这狗怎么就知道老头子走了呢？于是他领着一家人出来，打开大门，大家不觉惊呆了：两只狐狸在门口站着，月光下，两条长长的黑影，一动不动，莫非它们是来给刘三送行的？

刘连广一看这场面，泪水忍不住掉了下来，他骂自己："我真浑！哪天我都没合眼，偏偏今儿个就睡着了，怎么不让俺跟爹说句话，我连畜生都不如啊！"嚷着哭着，扬起大手往自己的脸上打……

一家人哭着把刘三送进了坟，回家的路上，也不知是谁一回头，猛然间又看见了那两只狐狸，低着脑袋，像是在给刘三默哀似的立在坟头，大家都惊呆了……

也就是在这时候，刘家立下了一条不成文的规矩：山上的猎物，除山鸡、野兔、野猪可打，余下的什么也不许打，特别是狐狸。

这两只狐狸呢，还和从前一样，说不准哪一天，这狗一叫，一开大门，它们就立在门外，等着吃呢。时间就这么日复一日、年复一年地过着，狐狸老了，死了，可这时它们的小狐狸早就和刘家熟了，也成了常客，时不时地来刘家做客。又过了几十年，小狐狸也老了，可它们的儿女还是刘家的朋友。

光阴似箭，到了1979年的时候，刘连广的孙子都要结婚了，刘连广的孙子叫刘庆伟，这天，他把女朋友领回了老家，说是让爹妈、爷爷奶奶看看这未来的媳妇。那时是冬天，回家的那天晚上，一场大雪铺天盖地，刘庆伟心里惦记着狐狸，他偷偷地装好了枪。

第二天清早，外面的狗叫得很凶，刘庆伟乐了，端着猎枪走出来，他把枪伸出墙头一看，果然两只狐狸立在门外，刘庆伟的心里一阵紧张，他一扣枪机，没响；再一扣又没响，这一下他可有些毛骨悚然了：莫非这狐狸成仙了不成？刘庆伟一回头，只见爹妈、爷爷奶奶都站在身后，刘庆伟的脸一下子红了。

爹说："你小子原来是回来打狐狸的！"

刘庆伟说："我想给……女朋友弄一条围脖……"女朋友一听吓了一跳，说："那东西毛乎乎的，你可别吓唬我了！"她这一说，把一家人都逗乐了。

爷爷说："那枪药，昨晚就被我倒出去了。你二叔家小庆奎要打这狐狸，差点没让你二叔给打死。你问小庆奎，还敢打狐狸的主意不。"

这时候小庆奎正在门口喂狐狸呢，他回头对刘庆伟说："哥，这狐狸比咱俩金贵。"一家人听着都乐了，大家再看这两只狐狸：那毛黄中带黑，毛梢子从前是白色的，现在已经变红了。那两只狐狸吃饱了肚子，又嬉闹了一会儿，走了。

又二十多年过去了，刘庆伟的儿子刘记山也谈对象了，对象是小燕姑娘，刘记山常向小燕讲述刘家这几代狐狸的故事，小燕是在城市里长大的，哪里知道大山里竟会有这样神奇的事，她说："今年过年，一定到你的老家去，我要看看那狐狸！"

于是，刘记山就开始盼着过年。

2002年的春节快到了，刘记山买了不少年货，高高兴兴地带着小燕回了老家，到了老家，奶奶告诉刘记山和小燕：“这狐狸有两年没来了，这几年，那狐狸都变成黑色的了，那么老长的身子，那毛梢子都锃亮，透着红光。现在，多少人惦记着要打它们呐！”

那晚，小燕在梦中见到了那狐狸……

第二天早上，外面的狗叫上了，这狗的叫声立刻让人想到了狐狸，连小燕都预感到了狐狸的到来，一家人顿时都兴奋了。

可是，就在这个时候，“砰砰”，外面响起了两声清脆的枪声……

等一家人从屋子里出来，打开大门，意想不到的事情发生了：两只狐狸双双倒在血泊中，其中一只还在挣扎着。这时，刘庆奎的儿子刘记业笑嘻嘻地端着枪走了过来，原来狐狸就是他开枪打死的！

大伙儿全都惊呆了，奶奶只觉得眼前一片昏黑，靠在了大门上。小燕哭了，刘记山上前抱住已死去的狐狸，大声骂着刘记业，刘家人痛心疾首，年都没过好……

（墨　人）

（题图：俞耀庭）

魔鬼送来的盒子

神秘的包裹

诺玛结婚后，与丈夫一起住进了市区北郊的一幢廉租房内。这天傍晚，诺玛下班后，意外地在门前发现了一个包裹，包裹里是一个方方正正的盒子，外面用胶带封住了。诺玛把盒子捡起来，拿进了家。

诺玛将盒子打开，盒子里有一个小木盒，上面镶嵌着一个红色的按钮，一个圆形的玻璃罩盖住了按钮。诺玛试着揭开玻璃罩，但没能成功，它是锁住的。诺玛的好奇心被激发了，她将这盒子调了个方向，发现盒底上贴着一张纸条，上面还有一行字：斯坦德先生今晚8点将来拜访您。

诺玛想了想，便小心翼翼地将这个怪怪的东西放在沙发上，转身去了厨房。8点钟，门铃真的响了，诺玛立刻从厨房里走了出来。诺玛的丈夫亚瑟正坐在起居室，他扔下手中的报纸起身去开门，可诺玛飞快地赶在了他前面，亚瑟不由惊讶地看了她一眼。

门外站着一位身材矮小的男人，他那绿豆般的眼睛里发出蓝幽幽的深不可测的光芒。

“您好！”那人说道，“我就是那位斯坦德。”诺玛看了看斯坦德，他的样子看起来不过是一个上门推销货物的小贩。诺玛生硬地说：“有什么事？我很忙。”说着，她转身就想进门了。

斯坦德慢吞吞地说道：“您不想知道我下午送给您的是什么宝贝吗？它很有价值。”听了这话，诺玛快速地转过身来问道：“值钱吗？”

斯坦德点点头，从衣袋里拿出一个信封递给诺玛，说道：“这里面有一把黄铜钥匙，可以打开那个玻璃罩。只要你一启动按钮，很快就会得到十万美元。当然，这样做是有代价的，你按动按钮的同时，世界上某一个地方的某个人会因此丧命。”

亚瑟从起居室里走了出来，恰好听到了这句话，他皱了皱眉，从诺玛手中拿起那个信封，朝斯坦德扔去，挥手让他马上离开。斯坦德冷冷地笑了笑，又拿出了一张名片递给诺玛，说：“当然，如果您以后需要钥匙，随时可以打电话给我。”说着，斯坦德捡起地上的信封，转身走了出去。

亚瑟一把将斯坦德的名片撕成两半，随手扔进了垃圾桶。诺玛却愣愣地坐在沙发上，过了一会，她问亚瑟：“你怎么看这件事？”亚瑟看了看妻子：“别胡思乱想了，亲爱的。这可能是一个玩笑，或者是一个心理测试实验。不过，不管怎么说，他的这种说法总是罪恶的。”

吃过晚饭，两人上床睡觉了，亚瑟很快进入了梦乡。可诺玛怎么也睡不着，满脑子都是那十万美元。

魔鬼的诱惑

第二天一大早，亚瑟先去上班了。诺玛离开家之前，将垃圾桶里的那两块名片的碎片捡了起来，放进了自己的衣袋。在公司吃过午饭，诺玛找了个没人的地方，用胶水将名片重新粘好。她简直不敢想自己为什么要这么干。

快到下午五点的时候，诺玛终于还是拨通了斯坦德的电话："我真的很好奇,斯坦德先生。"电话那头的斯坦德用一种极其悦耳的声音答道："这是很自然的。"

听了这话，诺玛的脸腾地一下子红了，她恼怒地责怪道："不过，你别以为我信了你的鬼话。我只是想知道，你说的，世界上某个地方，某一个人会因此丧命，那是什么意思？"

斯坦德轻轻地答道："准确地说，那个人可能是任何一个人。我唯一能保证的就是，那个人是你所不认识，或者不了解的人。还有，你用不着亲身面对他的死亡。这样，你就可以获得十万美元了。你现在需要那把钥匙吗？"斯坦德的话里，有着一种特殊的魔力。

"胡说八道。"诺玛一下子挂断了电话。

下了班，诺玛发现那个信封就躺在她家门前。诺玛想：我是不会动它的，更不会把它拿进家中。她故意跨过信封，进了屋就开始动手做饭。可她发现自己的心思根本就不在做饭上，过了一会儿，诺玛终于再次打开门，将信封拿进屋内，并把它放在橱柜最下端的抽屉里。

等到亚瑟下班时，诺玛已换了无数个主意，最后她还是决定直截了当："我想试一下按钮，亲爱的。"亚瑟吃惊地看了看妻子，说道："你疯了，那是谋杀！"

诺玛静静地看了看丈夫，她的眼里充满了坚定：“我只是想试一下。那个人可能远在天边，与我们又有什么关系呢？要知道，有了十万美元，我们就用不着这么累了，可以做点小生意什么的。命运可能因此而改变。”

亚瑟不耐烦地打断了诺玛的话：“别说了。不管怎么说，那是谋杀。钱，我们会有的，只是时间早晚问题。”

时间早晚？诺玛微微地冷笑了，看来丈夫不会同意她的想法，她得另想主意。想到这儿，她伸过手去，拥抱了一下亚瑟，说：“别生气，亲爱的，我也只是说说而已。”

又是一天清晨，亚瑟吃过饭后上班去了，诺玛却留在了家里。她一定要试试那个神奇的按钮。要是真的能起作用，还要去上什么班呢？如果起不了作用，大不了也只是迟到，被扣三美元的工资而已。

诺玛打开盒子，又取出信封中的钥匙，轻轻地插进了玻璃盖，盖子应声而开。她看了看那个平常无奇的按钮，慢慢地伸过手去。此时，她的脑中想到了亚瑟：我这样做，是为了我们两个人的将来，你用得着气势汹汹地冲我发火吗？想到这里，诺玛一把将按钮摁了下去。

邪恶的代价

毫无反应，什么神奇的事情也没有发生。诺玛伸手将按钮扔进了垃圾桶里，匆匆地换上衣服上班去了。

傍晚，诺玛回家后正在翻煎油锅里的猪排，电话铃猝然响了。

“是列维斯夫人吗？这里是纽约列诺可斯医院。是这样的，您的丈夫下班乘地铁时，被拥挤的人群给挤到了列车前面，那时，车还没有停稳……我们很抱歉，他被送来时已经太迟了……”

诺玛脑子里嗡的一声，她猛然想到丈夫的公司为他购买的人身保险金是五万美元，赔率是二赔一，那不就是十万美元吗？这么说，是她亲手杀害了自己的丈夫！

诺玛疯了一样地从垃圾桶里找出了那个按钮，她死命地敲开嵌着按钮的木盒，就连手掌被划得血肉模糊，她也毫不在乎。可那个木盒里竟空空如也，没有电线，也没有传感器，什么也没有。难道亚瑟的死只是一个意外？

电话铃再一次令人惊悸地响起，是那个斯坦德："是列维斯太太吗？您的十万美元就要到手了。"

是自己杀了亚瑟！诺玛绝望地想道。她歇斯底里地对斯坦德吼道："你这个该死的，你不是说死的人是我不认识的，或是我不了解的吗？"

斯坦德沉默了一会儿，这才阴森森地说道："夫人，你和你丈夫是两种人，难道你自以为了解他那颗善良正直的心吗？邪恶，是要付出代价的。"

后来，诺玛搬离了这幢廉租房，再也没人见到过她。一周以后，新房客罗娜下班后在自家门口发现了一个怪怪的盒子。她看了看，就把那个怪怪的盒子拎进了屋……

（编译：木　木）

（题图：佐　夫）

失传的『法术』

从前，山区一个小镇上有家剃头铺，师傅五十多岁，徒弟二十出头。他们是外地人，在这里虽然举目无亲，但由于手艺不错，为人也厚道，生意说不上红火，日子却也过得下去。有一天，师傅进城买工具去了，店里就剩徒弟一个人。时近中午，来了两个人，一个是镇长的儿子叫赵猛，此人看上去细皮嫩肉，文质彬彬，可是一肚子坏水，仗势欺人，无恶不作，是镇上一霸。另一个彪形大汉，则是赵猛的保镖。徒弟见他们进门，知道来者不善，连忙起身相迎，笑着说:“两位请坐，是剃头还是刮脸？”

“刮脸！”赵猛拉过彪形大汉往座位上一按，说，“你看他这张脸，疙疙瘩瘩，给他刮刮平整！”

徒弟一看，不觉倒抽了一口冷气：那彪形大汉的脸上长满了疙瘩，一颗颗足有黄豆那么大，整张脸就像熟透了的老南瓜，这样的脸能刮得平整吗？他知道醉翁之意不在酒，连忙赔着笑脸说："实在对不起，这个脸我刮不了，还是叫郎中看看吧。"

"什么？不会刮脸开什么剃头铺，马上给我滚！"赵猛说完，操起凳子就要砸东西。

徒弟急忙上前拉住他："赵先生，您别生气，让我试试。"但他并没去拿剃刀，只是双手合十，嘴里念念有词，不一会儿，又伸出右手在空中划了个圈，然后用指头在大汉与赵猛之间来来回回地比划着。

赵猛不知这个剃头匠搞啥名堂，正在发愣，突然觉得脸上一阵发痒，用手一摸，不由"妈呀"一声大叫，原来彪形大汉脸上的那些疙瘩全都跑到他脸上来了，而彪形大汉的脸却变得一片光洁，成了个小白脸。

赵猛气得差点晕倒，恨不得上去将徒弟剁成肉酱，可他心里明白：这小子有法术，鲁莽不得！于是一挥手说："走！"随即领着大汉逃命似的出了剃头铺，溜之大吉。

徒弟急中生智，用移病法吓跑了寻衅闹事敲竹杠的地头蛇，心里自然很高兴。师傅回来后，他只字未提，因为师傅是反对用这移病法的，让他知道，非挨一顿骂不可。哪里想到，傍晚时镇长领着他的儿子赵猛来到剃头铺。一进门，镇长就拉过赵猛，要他对着师傅下跪磕头。赵猛一边磕头一边求饶："师傅，小人有眼不识泰山，实在该死！求您老大人有大量高抬贵手……"

这一来可把师傅弄得丈二和尚摸不着头，急忙扶起赵猛，说："不必如此，有话慢慢说。"

赵猛这才把中午的事讲了一遍，并说："我以后再也不敢了，只求您把我脸上这些东西拿掉，什么代价您尽管说。"

师傅听完后什么话也没说，只是长长地叹了口气，然后对徒弟说："你给我马上将它移掉！”

徒弟虽不愿意，但师命难违，只得当场发功，很快就将赵猛脸上的那些疙瘩全部移到了地上，只见那光滑的地砖上当即生出许多疱疱，把赵家父子惊得啧啧称奇。

赵家父子一走，师傅对徒弟说：“唉，看来这里也不是我们的久留之地，我们还是准备准备，早点离开吧。”徒弟愣了愣：“师傅，这又是为什么？”“唉，一言难尽哪……”

原来，师傅自小从父亲那里学得了移病法，有了这种功法，便可随意将一个人身上的任何病症，移到别人身上或者什么东西上面。这看来是件好事，但也是坏事，因为可以用它来害人。师傅和他的父亲由于被人利用，就曾经用移病法干过一些伤天害理的事。正如人们常说：“善恶到时总有报”，他家的人因此经常死于非命。师傅本是单丁，先后娶过两个妻子，都突然死去，没有留下半男一女。他无心再娶，只是收养了一个孤儿，就是现在的那个徒弟，并且教给他移病法。

师傅的父亲临终之时留下了遗言：千万不要再传，让移病法自行灭绝吧。听了父亲的临终嘱咐，师傅便带着徒弟远离家乡，来到这山区小镇，以剃头为生，不再施法，也不再教徒弟继续学法。

谁想今天他离开了一天，竟出了这么件事！想到这些，师傅长叹一声，对徒弟说：“以后你要是再胡来，我就对你不客气！”

徒弟忙说：“师傅，我再不敢了。”话虽这么说，但他总觉得很委屈：有本事为什么不用呢？

时隔三天，师傅因事又去了城里。中午，赵猛来到剃头铺，左一声“兄弟”，右一声“恩公”，硬是把徒弟拉到赵家，酒肉款待不说，还拿出了两根金条：“受家父嘱托，这一根金条是谢礼，谢谢你帮我移掉了病，另一根么……不瞒你说，有点小事想请你帮忙。”

徒弟心里疑惑，忙问：“什么事要我效劳？”赵猛说：“我有个仇人，坏得不得了；我还有个朋友，得了不治之症。我想请你把我朋友身上的病，移到仇人身上去。事成之后，定当重谢。”

这对徒弟来说，确实是小事一桩，但想到师傅三天前交代的话，他忙说：“不，这不行，我师傅知道可不得了。”话音刚落，从里屋走出一个人来，谁？赵猛的父亲赵镇长。

赵镇长说：“看来你的命运，还捏在你师父手里呀！唉，你枉有一身本事，实在可惜呀！”

赵猛接着说：“是啊，你有这一手绝招，该出手时就出手，很快就会成为大富翁。你师傅不让你干，是怕你超过他，你何苦受他的钳制，干脆送他上西天，你一个人想怎么干就怎么干，我包你发大财！”

就这样，赵家父子轮番劝说，徒弟终于动心了，和他们一起密谋了杀害师傅的计划。

师傅连做梦也没想到，自己一手拉扯大、并且当作儿子看待的徒弟，会对他下毒手，所以当天吃晚饭时，就毫无戒心地吃了好几只下了毒的粽子，直到半夜里毒性发作，他才知道情况不妙，连忙起来发功移毒，但由于中毒太深，再加上身体虚弱，功力不足，没有能够把身上的毒全部移出去，“扑通”一头栽倒在地上，口吐鲜血而死。

第二天，天刚蒙蒙亮，一夜没合眼的徒弟跑出来一看，见师傅早已气绝身亡，心里既高兴又内疚，便跪在尸体面前说：“师傅，请你原谅，我也是没办法才这样做的呀！可你为啥只会移病，却不能移毒呢？”

说到这里，徒弟觉得口干，便从水缸里舀了一瓢水灌了下去。片刻之后，徒弟突然觉得肚子作痛，一会儿便口吐鲜血，一头栽下……

徒弟哪里知道，师傅临死前发功移毒，把身上的一部分毒移到了水缸里，他其实也不知道徒弟会舀水喝。他没有教徒弟移毒法，徒弟发了半天功也无济于事，眼睁睁地命归黄泉了。

据说当时，移病法的绝招只有他们师徒俩知道，他们一死，移病法也就失传了……

（何葆国）

（题图：蔡解强）

致命血线

江州府知州朱海潮这晚做了个怪梦，梦醒后，他觉得右手食指隐隐有些痒，点灯一看，不禁吓了一跳，只见一条红色的线从指尖沿手指伸到了掌心。

开始他以为是被什么东西画上去的，急忙叫人拿水来洗，谁知搓了好一阵，颜色却没有退。再看时，那条线原来在皮肤的下面，颜色也从鲜红变成了紫红，并且有一阵奇痒从手指上传来。

朱海潮吓坏了，急忙派人去请大夫来，大夫看了半晌，拿出一根银针对着红线插了下去，顿时一股鲜血喷了出来。大夫叹息一声，说："这是一条血线，我行医这么多年，从没看到过这样的病例。"大夫也没有良策，内服外洗的药开了不少，却是一点效果都没有。这条血线冷不防就让朱海潮的手一阵奇痒，越痒越抓，越抓越痒，这让他烦恼无比。

这天晚上，朱海潮去赴宴，喝得酩酊大醉，回来倒头就睡。谁知第二天早上起来一看，这条血线竟然又长了，已经越过了手腕。他吃了一惊，莫不是因为喝酒引起的？这下，酒是不敢再喝了，可没想到，这血线并不因为朱海潮戒了酒而停止，没过几天，它就爬到了小臂的中间。而且痒的时候，似乎有无数只虫子在手臂里咬，直闹得他恨不得将手给砍了。

朱海潮只好将城里的大夫全请了过来，可大夫们各有各的说法，什么方法都用尽了，仍然没法阻止血线的前行。就这样，又过了半年，这条血线已经从指尖一直伸到胸口前，看样子它将要一直往心脏里走。朱海潮一天到晚除了抓痒外，几乎没法做任何事，而且从手一直到胸前，已经被抓得没有一块好皮肤，人也被折磨得皮包骨头了。

这天，朱海潮的一个朋友路过江州前来探望，看着被折磨得不成人形的朱海潮，他突然问了一句："大人是不是曾遇到过一个叫玉真子的人？"朱海潮听了一怔，不禁问道："你为何如此说？"

那人叹息一声，说："我听人说过，有一位地方官也患上你这样的病，据说他在临死前，曾提到过玉真子，说忘记了什么誓言，这才招致如此灾祸。可谁也不知道，这位玉真子是何方神圣。"

朱海潮听完，顿时觉得身上冷汗涔涔。这位玉真子他当然认识，如果没有这位道人，甚至没有他朱海潮的今天。他又想起了当初曾说过的话，莫不是誓言灵验了？

原来，朱海潮从前家境清贫。那年他进京赶考，路过青龙山下时，突然患了急病，而身上带的银子也被人偷了。客栈的老板将他赶出了店，又冷又饿的他，最后昏倒在路旁。可等他醒来的时候，发现自己躺在一张床上，一个道人正给自己喂粥，这人就是玉真子。

玉真子不但救了朱海潮，还给了他进京赶考的盘缠，对他有大恩，所以当年朱海潮曾对玉真子发誓说，将来一定好好报答。可后来他被任命为一方官员，根本没有机会再去青龙山，想来一定是玉真子怪罪他没有兑现誓言，这才降下这场灾难。

想到这里，朱海潮立即派人打点礼品，又带着金银上了路。可来到青龙山一打听，玉真子几年前就仙逝了。有个弟子拿出一块玉牌来说，玉真子仙逝前曾留言，如果有官员来感恩的话，就交给其人。

朱海潮接过玉牌一看，大叫一声倒在地上。只见上面写着几个字：血线穿心，神仙难救。

醒来后，朱海潮感觉自己的病情更重了，那根诡异的血线，已经离心口不远。朱海潮知道自己命不久矣，只好下了山回到江州府，叫人准备后事。

就在朱海潮感觉病一天比一天重的时候，这天手下人来报，有一高一矮两个道士求见，自称是玉真子的弟子，知道血线的解救办法。朱海潮一听大喜，急忙将人迎进府来。

见了面，高个子道士一开口就索要数千两银子，朱海潮虽觉得这人有趁火打劫的味道，但此时性命要紧，当下不敢怠慢，将银子送上。两个道士也不客气，将银子悉数收下，矮个子当天就离开了府衙，只留下高个子道士一人待在府衙里。

就这样过了几天，高个子道士每天只是关在屋子里读书，既不作法请神，也不去探望病人。朱海潮有点坐不住了，就派人去催，那道士只是说："这事急不来，过几天再说吧，只要心诚，大人的灾难一定能解！"

朱海潮无可奈何，只得等了。几天后，矮个子道士回来了，两人这才一起去见朱海潮。

本以为这次可以开始救治了，谁知高个子道士又说："上次的钱拿去请神了，可还不够，大人还得再给一次。"朱海潮哪里还敢在乎钱，只好又拿出不少银子来。

这天，师爷来到朱海潮跟前，皱着眉头说："大人，我总觉得这两个道士形迹可疑，老是要钱，却不肯救治，莫非是来骗钱的？"朱海潮心里也起疑，便派人随时留意道士的动静。不久，手下人回报说矮个子道士又走了，朱海潮忙吩咐师爷一定要盯紧高个子道士，千万不能让人溜走了。

接下来的日子，朱海潮心急如焚。可高个子道士仍旧天天看书，闭口不谈治病的事。又过了几天，矮个子道士才回来。看到两个人进了屋里，师爷心念一动，对几名衙役一摆头，大家悄悄跟了过去，躲在窗后偷听。就听高个子问道："银子都处置好了吗？"

矮个子道："已经全处置了，我们再骗老家伙一笔，就可以一起逃走了。姓朱的就是找遍天下，也找不到我们的。"师爷冷笑一声，对衙役一点头，大家踹开门冲进屋去。

两名道士被押着来到了朱海潮面前，听师爷说了刚才的经过，朱海潮大怒，叫道："你们为什么要骗我？"高个子道士冷笑一声："不错，我们是骗了你的钱，大人你可知道为什么要来骗你钱吗？"

"为什么？"

高个子说："想必大人也知道，州里很多地方正闹旱灾，已经饿死了不少人。我们有心去救济，却没有银子，只好打大人的主意了。何况大人一个将死之人，留那么多钱有什么用呢？我们只不过帮大人行善罢了！"

衙役们大怒，没想到这两人竟然说出这样的话来，就要动刑。朱海潮摆摆手制止了，冷笑一声说："如果你们真是拿钱去赈灾的话，也就算了；若不是，非将你们大卸八块不可！"说完，命人将两名道士投入大牢，并派人去调查银子的下落。

第二天一早，狱卒来报说，两名道士不知什么时候越狱逃走了。朱海潮大怒，"哇"地吐了一口鲜血，叫道："你们快追，一定将人逮到，我要亲自杀了他们！"

当晚，出去打探消息的人回来说，两名道士所骗的钱，全部以知州大人的名义拿去赈灾了，灾民们都感激大人的救命之恩呢。

朱海潮默然无语，过了一阵，他才说："算了，还是由他们去吧。他们说得也对，我一个将死之人，就算有再多的家产也没命花了。不如再拿一些去分给灾民，黎民受灾，我这个知州也有责任，就算是我临死前做善事吧！"

接下来的日子，朱海潮一直躺在床上等死。谁知过了几天，这天早上朱海潮醒来，突然感觉这一夜睡得特别好，半夜也没被痒醒，再一看身上，发现那条诡异的血线竟然不见了。

这时，从外面奔进来一名衙役，手上拿着一个布包，叫道："两名道士刚才又来了，还说要将这个交给大人。"朱海潮急忙叫道："快请他们进来！"

衙役说："已经走了。不过，道士刚才说，师父玉真子曾经告诉他们，救大人的方法其实只有一个'悟'字。可他们不能直接说给大人听，因为那样，就算大人愿意出钱，也只是为了治病，并不是真心从善。所以只好骗走大人的钱，又有意让大人发觉，这才趁机点化大人。他们说，大人知道钱的去向后，不仅不再追究，反而再次拿钱来赈灾，说明大人已经悟了，病自然会好。"

朱海潮打开布包一看，里面放着一块玉牌，上面写着几个字：贪心一除，贪线立解。

原来那条诡异的血线叫做贪线啊！朱海潮想起来了，以前他每次接受一些富绅的贿赂后，血线就会延长，只可惜他一直没有从这方面寻找原因，以至于血线不断向心口延伸，差点要了他的命。

这时朱海潮又想起，当年对玉真子发誓要报答时，玉真子曾说过一句话："我不用你来报答，如果你将来当了官，能做个一心为民的好官，就是对我最好的报答了。"

（刘自忠）

（题图：谢　颖）

看不见的第三者

这个故事发生在今年的情人节那天，程肯准备了钻戒和玫瑰花，约女友小曼吃西餐，打算向她求婚。晚上，在浪漫的钢琴声里，程刚要拿出戒指向小曼山盟海誓的时候，他的手机突然响了。

程肯一看，是一条短信："虽然你从未叫过我一声爱人，我仍愿做你一辈子的情人。情人节快乐！" 奇怪！程肯暗道，是谁在开玩笑？为了不破坏气氛，他也没说什么，又若无其事地和小曼聊起来。可过了不到两分钟，手机又响了，还是一条短信："喜欢在你枕边听你的呼吸，喜欢你每天抚摸我的感觉。" 程肯这回火了，谁这么缺德，三番两次来骚扰！可手机上却没有来电显示。小曼见程肯神色不对，要过手机一看，脸都气红了，问："程肯！这个人是谁？"

程肯也很莫名其妙，他从没招惹过其他女人，不可能有什么"第三者"。他向小曼解释了半天，说肯定是别人的恶作剧，小曼才将信将疑。不过那晚的气氛是彻底破坏了，至于戒指，他拿都没敢拿出来。程肯恨恨地想，肯定是自己那帮朋友做的好事，看明天不收拾他们！

第二天，程肯逐一打电话去问朋友，可那些人一个个大叫冤枉，都赌咒发誓说没干这缺德事。后来，有朋友给程肯出了个主意，叫他到电信公司去查查电脑记录。程肯一拍脑袋，"对呀！"立刻赶往电信公司，心想，这回非把这个坏自己大事的"第三者"揪出来不可。

可到电信公司一查，服务小姐说，据电脑记录显示，昨晚根本没有人给程肯发过短信！

程肯一头雾水地从电信局出来，看着自己新买的带摄像头的手机，百思不得其解。他想用手机给小曼打个电话，约她出来好好谈谈，可小曼的手机一直不在服务区。程肯只能无奈地回了家。

清晨，程肯被一阵手机铃声吵醒了。他拿起手机一看，又是一条没有来电显示的短信："早安！亲爱的。早点起床！吃了早餐再去上班！"程肯常常因为睡过头，不吃早饭就去上班。这个提醒本来是善意的，可对方一直不显示自己的真实身分，这就怪了。程肯灵机一动，直接用手机里的"回复"功能给对方回了一条短信："你是谁？"

对方很快回复过来："一个爱你的人。"程肯又问："你在哪里？""就在你身边。"

程肯陡然打了个冷战。这时天刚蒙蒙亮，他一个人睡在家里，哪里有别人？他起床洗了把冷水脸，暗道：凭几条短信就想吓倒老子？我偏不理你，见怪不怪，其怪自败！他打定主意，对这种无聊的人坚决不理睬。

以后几天，程肯不时收到这样的“骚扰”短信，不过短信内容都是关怀体贴的，例如提醒他天凉加点衣服呀，晚上早点睡呀什么的，那人好像很熟悉他的生活。可是，不管对方说什么，程肯一概不予理睬，该干什么干什么。只是那几天不知为什么，给小曼打手机总也打不通。估计她对上次的“短信事件”余怒未消，所以程肯决定周末约她出来，好好谈一下。

周五，程肯用办公室的电话给小曼打去，这次终于打通了。他约小曼晚上去看电影，又解释说自己这几天给她打了很多电话都没打通。谁知小曼一听，也连声埋怨说她打程肯的手机，也是一直关机，她还以为程肯故意不想接她的电话呢。程肯大叫冤枉，说自己的手机天天开着呀。这笔糊涂账一时也算不清，最后，两人约好在电影院门口见面再谈。

晚上，程肯和小曼看完电影后，在街上散步。程肯一通解释，小曼总算原谅了他，不过挥着小拳头“警告”程肯:“你要真敢对本姑娘耍花招，我可饶不了你！”程肯连声答应。眼看小曼的脸色多云转晴了，程肯就想趁热打铁，说说两个人的事情。可他的手机却偏偏不合时宜地响了，一看，又是一条短信:“速到公司开会！”显示的来电号码是公司经理的。“这么晚了，开什么会呢？”程肯尽管有点纳闷，但是不敢怠慢，叫小曼先回家，自己立刻打车前往公司。

谁知到公司后，楼里静悄悄的，一个人也没有！程肯忙用手机打给经理，可经理说自己没给程肯发过短信，也没开什么会。活见鬼了！程肯再给小曼打电话，又打不通了。

第二天，当初程肯和小曼的介绍人来找程肯。介绍人也是程肯的同事，她一见面就数落程肯:“你们男人真是花心啊！”程肯吓了一跳，问:“怎么了？”介绍人说，昨晚小曼给她来电话，问她公司深更半夜开什么会。介绍人听了莫名其妙，说根本没有这事，小曼当时就在电话里哭了，说就知道程肯在耍花招。

程肯这时真是跳进黄河都洗不清了，他给小曼打电话，可小曼关了手机，理都不理他。直到傍晚，程肯终于收到小曼发来的一条短信："立刻到我们第一次约会的地方见面！"程肯欣喜若狂，心想总算有机会向小曼解释了。他和小曼第一次约会是在西郊的一个公园里，等他赶到两人当初见面的那棵大树底下时，天已经黑了，没见小曼的影子，给小曼打电话又打不通。程肯心神不宁地在大树下面转来转去，突然，他脚底一滑，掉进了树后一个一人多深的土坑里。

坑很深，程肯试了几次，都没爬上去，他拿出手机求救，可里面只传出嘀嘀的怪声，一个电话也拨不出去。难道是手机坏了？他低头查看，自己的新手机在他手里泛着幽幽的蓝光，看不出有什么异常。程肯急了，难道今晚就被困在洞里不成？就在此时，他的手机响了，是一条短信："现在，你终于只属于我！"

程肯又惊又怒，立刻回复过去："你到底是人是鬼，现在在哪里？"

"我不懂你们说的什么人啊鬼啊的，我就是我，我就在你手上。"

程肯又惊又怕："我……我手上只有……手机呀！"

"唉，你还是叫我手机吗？我对你的感情这么深，你就不能像叫小曼那样叫我一声吗？"

"你……你对我有感情？！"

"不可以吗？从我第一次看到你时，我的主人，我就爱上了你。你对小曼说的那些绵绵情话，我都听见了。我爱你，所以我不准你们通话，你明白我的苦心吗？"

"你……怎么看得见我？"

“我有摄像头呀，亲爱的，那就是我的眼睛。”

“原来是你！怪不得电信公司查不到通讯记录，你还故意不让我打通小曼的电话……对了，冒充经理的短信也是你发的吧，今天你又冒充小曼把我骗到这儿来，你到底想干什么？”

“你别急，只要你答应以后永远爱我，永不离开我，我就让你打电话求救。”

程肯万万没有想到，这个屡次骚扰自己的“第三者”，居然是自己的手机！它不仅会“看”，会“听”，会“说”，居然还会“爱”上自己！他怀疑自己是在做梦，拿手机的手也在颤抖。此时，他手中的手机不停地在屏幕上对他“说”着甜言蜜语，指示灯不停闪烁，机身也微微发烫，十足像一个坠入情网的少女。程肯实在无法忍受这样诡异的现象，摁动按键，把手机关了。可那手机立刻自动开了机，又喋喋不休起来。

程肯再也受不了了，他把手机扔得老远，大声呼叫：“救命啊！救命啊！”

终于，公园管理员听见了求救声，将他救了上去。

别忙！我亲爱的朋友们，这个故事还没有完。后来，程肯和小曼一起把这个“第三者”送回手机厂检验，那些专家听说有这样的奇事，都目瞪口呆。他们搬出各种仪器仪表，忙活了半天，终于发现在手机的电子芯片上，有一条很细很细的线路由于工人的误操作，造成了短路，所以它的结构，和别的芯片有了一点儿不同。

专家说，芯片好比是手机的“大脑”，指挥手机的运行。不过是不是因为这个原因，手机有了自己的“思想”，专家一时也无法解释。他们建议程肯将手机留给他们进行深入研究，并许诺给程肯换一个更高级的手机。程肯很高兴，连连答应。

就在他和小曼准备离开的时候，留在桌上的手机又响了。

手机屏幕上显示出最后一条短信："我只属于你一个人，我的爱人。离开了你，我选择死！"

接着，在场的人眼睁睁地看着那手机发出"嘭"的一声，冒出一股黑烟。一个专家过去拿起它，打开。大家看见，机芯全烧光了。

那专家愣了半天，说了一句话："它……它死了！"

（花　剑）

（题图：安玉民）

江湖·恩仇录

jianghu enchoulu

江湖上的是非恩怨难以决断，只是，念恩的人往往要比记仇的人更加懂得人生的真正意义。

谁懂你的心

潘老板有个远亲找不到工作，硬是辞退在店里干了十多年的最老实的帮工庄梦，腾出位子来解决他自己远亲的问题，而且连最后该给庄梦的半个月工钱也赖掉了。庄梦一个老实疙瘩能与潘老板理论个啥，只好重重地叹口气，勾着头走了。

没了工作就等于没了养家的钱，可一家三口饭总得吃吧，靠老婆那一点收入怎么行？无奈之下庄梦只得找了辆板车去菜市场卖菜，用每天挣得的块儿八毛钱勉强度日。

这天庄梦卖菜回来，看见路边草丛里躺着一只死老鼠，他一眼就看出这只老鼠是老死的，因为老鼠的胡子都白透了。庄梦灵机一动，便把死老鼠捡回家剥了皮洗干净，一家人炖着吃。这一带人们老早就有吃鼠肉的习惯，因为他们认为老鼠跟人一样，是吃五谷的动物，所以吃起来无妨，只是如今生活好了，吃鼠的人才渐渐少了，想不到这旧习如今却为庄梦一家救了急。

不过，庄梦从来只捡老死的鼠吃，吃过后还将鼠皮鼠骨找一处绿地埋了。这事被鼠王知道了，鼠王很感动，决定帮帮庄梦，这天一大早，它就把自己鼠国的玉米和大豆装了满满一袋，送到庄梦家里来。庄梦正准备出外卖菜，突然发现灶台前放着一个袋子，里面全是黄灿灿的玉米和大豆。庄梦惊讶极了，问老婆是谁送来的，老婆说不知道，问儿子，儿子也摇头。庄梦猜不透是怎么回事，心想这不明不白的东西，咱可不能随便吃啊！就没去动它。可是第二天，灶台前又放着一个新袋子，这回里面装的全是白花花的大米。

庄梦心里更疑惑了：是谁在这么帮自己啊？这晚，他索性就守在灶台前不睡觉，想弄明白这个好心人到底是谁，可等了大半夜，什么动静也没有。庄梦忍不住自言自语道："好心人，你快出来吧，否则我可不敢动这不明之物啊！"庄梦话音刚落，就见一只兔子般大的老鼠从门缝里挤进来了，恭恭敬敬地蹲在庄梦的脚前。

"你一定是鼠王吧？"庄梦猜测着说，"这两个袋子都是你送来的？"

胖乎乎的鼠王翘着它那两根长长的胡须，冲着庄梦微微一笑，点头作揖说："一点小礼物，以报答你对我们鼠类的善待。"

庄梦急得连连摇头："可这都不是你们自己的劳动所得，我怎么能接受呢？"

鼠王笑了："你说得不错，这些东西确实不是我们劳动所得，可却是你们人类随意浪费而被我们搜集起来的啊，这难道有错吗？我们这是'物尽其用'啊！"

庄梦细细一想，鼠王这话好像有点道理，便不再拒绝。从此，鼠王隔三岔五便给庄梦送东西来，数不清的老鼠们也与庄家走动起来，庄梦的儿子更是与老鼠们玩得火热。

忽一日，庄梦的儿子与一只鼠仔蹿上蹿下地玩耍，不知咋地被逗恼了，他狠狠地拍了鼠仔一巴掌，没想下手一重，鼠仔竟倒在地上死了。庄梦得知后，把鼠仔装入盒里埋了，把儿子狠狠打了一顿，责怪儿子怎么这么不知轻重。没料儿子长这么大还从来没被庄梦打过，这一打就被打出病来了，医生说还病得挺重，需要住院治疗。

庄梦哪里付得起这笔钱？事情被鼠王知道了，劈头就责怪起庄梦来："你哪能这样打孩子？我一看就知道你儿子是个善良的根性，他失手误伤鼠仔，那定是鼠仔的寿数已尽，万物生于土复归于土，也属自然，只是鼠仔早走了些时日罢了。"

面对鼠王的大度大义，庄梦感动得哽咽起来。鼠王劝他说："别再耽搁时辰了，我这里有采来的草药你快煮了让儿子喝，抓紧治病吧！"边说边就拿出一个布袋递给庄梦，同时还塞给庄梦 1000 元钱。

庄梦惊愕地瞧着鼠王说："你……你们也太过头了吧？这总不会也是我们丢弃不要的东西吧？"

"嘿嘿，给你你就拿着呗！"鼠王朝庄梦眨眨眼，"你知道这是谁的钱？你那个潘老板的！"鼠王边说边朝庄梦扮了个鬼脸，随后一蹿离开了庄家，庄梦喊也喊不住它。

第二天，庄梦卖完菜回家，在大街上看到鼠王悠悠地迎面走来，正要招呼，突然鼠王站住了，原来它发现有块萨其马就在它的脚旁。庄梦一眼就发现这萨其马里有毒鼠强，"别——"话还没喊出口，鼠王却已经三口两口把萨其马吞下肚里，不一会儿果然就抽搐着身子痛倒在了地上。鼠王无奈地对庄梦说:"我枉为鼠王了，千防万防还是人类厉害呀！我死后，你就把我埋了吧。"说完，它跌跌撞撞想扑进庄梦的怀里，可不知怎么，突然又猛地一个挣扎，踉踉跄跄地拐进了旁边一家人家的院子里。庄梦一看：这不就是潘老板的家么？他心里突然明白了：有情有义的鼠王是怕它有毒的身子染了庄梦哩！

眼看着鼠王刚迈进潘家院门，就倒在了地上，庄梦刚想冲过去看看，突然潘家院里那只大黄狗"嗖"地蹿过来，一口就将鼠王吞下肚去，转眼间也倒在地上不动了。庄梦眼看着自己的义鼠死了，伤心得号啕大哭。潘老板搞不清是怎么回事，还以为这狗是吃得太饱撑死的，又舍不得把死狗丢掉，当晚就把狗皮剥了煮煮吃，结果潘老板也被毒死了。

三天后是潘老板大殓的日子，由于他平时为人刻薄，所以除了稀稀拉拉的自家亲戚外，店里没有几个人来为他送行。可让人看不懂的是，寥寥的送行者中却有庄梦，而且还戴了重孝。有人对庄梦说："潘老板硬卡了你的饭碗，扣了你的工钱，你还这么为他哭葬，也太黑白不分了吧？"

庄梦被众人奚落得红了眼睛，有生以来第一次与人怒道："我不是在哭潘老板，我是在哭我的义鼠，我的义鼠啊！呜呜呜……"

人们都怔在了那里，谁也听不懂他说的是什么意思，只有庄梦自己心里清楚：潘老板的肚子里有狗肉，狗的肚子里有他的义友鼠王啊！

（王东生）

（题图：安玉民）

仇恨

第二次世界大战终于结束了，希特勒被活捉并押送到阿姆斯特丹，很快，国际军事法庭做出决定：判希特勒死刑。

然而，用何种方式执行死刑呢？法官们开始争论起来。有的说干脆一枪崩了他，有的说剐了他，有的说绞死他，还有的说给希特勒注射毒液……最后大家达成共识：烧死希特勒！

可过了一会儿，法官们担忧起来，因为在阿姆斯特丹，最大的广场只能容纳一万人，可单单荷兰就有一千多万人，烧希特勒的时候大家都要去看呀，广场实在太小了！

怎么办？

后来，有个法官想出一个主意：烧希特勒的木柴要由火药来点燃。

所以，导火索可以长一些，以鹿特丹为起点，然后一直布到阿姆斯特丹的主干道上。这样，老百姓只须聚集在马路上，就可以看见导火线一路向北燃去，直烧到为希特勒准备火葬的木柴堆。

为了讨论这种惩罚是否妥当，大家还特意进行了一次公民表决。结果有 4981076 票赞成，1 票反对。这个反对者说，火刑对于希特勒来说还是太轻了，他希望要用中国的酷刑：五马分尸。

表决通过后，激动人心的时刻终于来临。

这天凌晨四点，火刑开始。当合唱团唱起庄严的感恩赞美诗时，一位母亲划着火柴，点燃了导火索。据介绍，这个母亲有三个儿子被纳粹以所谓从事破坏活动的罪名杀害了。看到导火索点着了，人群中立刻爆发一阵胜利的欢呼声。

导火索在鹿特丹的大路上慢慢燃烧着，人们从四面八方簇拥而来。

却说希特勒身上裹着一件黄色长衫，被紧紧地捆在了火刑柱上。此时的他呆如木鸡，一言不发。有个小孩子爬到柴堆上，把一张写着“这个人是世界上最大的刽子手”的标语贴在那里，希特勒看到了，忍不住破口大骂起来。

看到这个刽子手如此放肆，人们被激怒了，一时间嘘声四起，唾沫满天飞，一下子把希特勒给镇住了，希特勒赶紧低下头，闷声不响……

下午三点钟左右，导火索烧到了阿姆斯特丹郊区。人们怀着无比激动的心情，和着鼓声唱起了民歌。此时的希特勒已是面如死灰，挣扎着想脱去身上的绳索，然而却是徒劳无益。

唱完民歌，导火索的火星离炸药只有几英尺的距离了。再过几分钟，希特勒就将一命呜呼，人群中发出一阵复仇的呐喊。

一分钟过去了，又一分钟过去了。现在导火索只剩下最后几英寸了。

就在这时，一个干瘦的矮个子男人，一边使劲地喊着“让我过去，让我过去”，一边从维持秩序的士兵队伍里挤了出来。

这老人大家都认识，叫普里特，他的两个儿子被德国宪兵队用机关枪打死了，妻子和三个女儿都惨死在鹿特丹大屠杀中。打那以后，这可怜的家伙就一直神志不清，整天到处流浪，全靠救济过日子，是大家同情的对象。

大家自动闪开一条道，让普里特走了过去。普里特来到希特勒前面，朝他啐了一口，然后，竟不可思议地一脚踩在导火索上，火灭了。

这下广场上的人都气坏了，高声喊了起来：“普里特，你疯了吗？”

“杀了他，杀了他！”混乱的人群厉声叫了起来。

可面对愤怒的人群，普里特老人面不改色，缓缓地朝天举起胳臂，咬牙切齿地说道：“咱们从头再来一次！”

（赵　华　编译）

（题图：安玉民）

杀猪匠胡三

胡三是杀猪匠，也杀过牛，杀过马，杀过驴，杀过羊，杀过狗，就是没有杀过人。

胡三憨厚实在，心地善良，杀猪卖肉，老不欺，少不哄，在镇上有口皆碑。胡三十三岁跟爹学杀猪，杀了四十年，杀猪都杀成精了。他杀猪，一是眼准，左瞧瞧，右看看，一头猪能杀几斤几两肉，他一口一个准，上下不差一二两；二是手快，人家杀猪是血随刀出，他杀猪是刀出血不出，抽刀断血，转身走过两步，那猪血才“哗啦”一声喷涌而出。胡三杀猪技艺炉火纯青，一镇人都佩服得五体投地，惟独二驴子不服。

二驴子的爹是镇上的裁缝，二十年前老婆得病死后，拐了耿铁匠的二闺女，带着五岁的二驴子跑到了东北。星移斗转，二十年弹指一挥间，二驴子又拐了人家的闺女跑了回来。这二驴子长得又高又瘦，尖嘴猴腮，一双老鼠眼骨碌碌地乱转，而那女人却长着长脖子、马蜂腰，白白净净，如花似玉，一镇人都说是鲜花插在了牛屎上。

二驴子嘴馋，好吃肉，又没钱买，三天两头到胡三那里赊肉吃：胡三觉得二驴子是老街坊的孩子，瘦得可怜，有时赊斤把肉，或赊个猪心，或赊挂小肠什么的给二驴子吃。二驴子见胡三老实,越发得寸进尺,猪心、小肠不想吃了，就赊猪头、肘子吃，大半年过去了，胡三的小本本上记满了账，也不见二驴子还钱，找他要钱，他不给，还对胡三说："三叔，你小肚子往里吸，存住气，人不死，账不烂，还怕我不还钱？"胡三见二驴子想赖账，再也不赊肉给他吃了，二驴子三天不吃肉，急得团团转，眼珠子一转，想出了个主意，想出出胡三的丑。

一天，二驴子不知在哪里捡了头死小猪，"吭哧吭哧"地背了来，朝胡三肉案前一撂，烟叼在嘴角上，一边吐着烟圈一边说："人都说三叔眼准，你看我这头猪能剥几斤肉。"胡三正忙着卖肉，没工夫理他，二驴子便凑到胡三跟前，拔高了嗓门叫道："三叔，你看这猪能剥几斤肉？"他说着又一把摁住胡三的手，胡搅蛮缠的。

胡三挣开二驴子的手，把刀在肉案上"啪"地一拍，吓得二驴子头一歪，倒退好几步。胡三却"噗嗤"一笑，说:"我没工夫。"二驴子一听，又嬉皮笑脸地说："你给我剥猪，又不是白剥，我付工钱，还能亏了你老不成？"

胡三被二驴子死磨硬缠地弄得哭笑不得，也没了脾气，放下手里的活，看看死小猪，一脚将猪翻了个身，又看了看，对二驴子说："这猪能剥 5 斤半肉。"

二驴子"嘿嘿"一笑，老鼠眼骨碌碌转了三圈，对胡三说："我这猪二十多斤，才剥5斤半肉？”其实二驴子的死小猪没有那么重，他故意多说了十几斤。

胡三又踢了死小猪一脚，说：“少算一两，我赔你一斤！”

二驴子斜着眼，吐着烟圈说：“少一两，三叔赔我一头猪！”

胡三眼睛一瞪，一拍大腿说：“我割腿肚子肉赔你都行！”于是，胡三要家人提来水，洗净猪，放在肉案上，亮出剔骨刀，开膛破肚，两袋烟工夫，那死小猪就肉是肉、骨是骨地分成了两堆，用秤一称，净肉果然5斤半，丝毫不差，赢得众人一片叫好。

二驴子见猪剥完了，目的达到了，喜滋滋地将小肠扔还给胡三，说：“三叔，这小肠我不要了，抵加工费吧！”

胡三把死小猪肠扔还给二驴子，说：“我馋急了吃死小猪肠？你拿回家吃吧，加工费我也不要了，只要服你三叔就行。”

二驴子“嘿嘿”一笑，包了死小猪肉，提了猪肠子，乐颠颠地回家去了。

二驴子吃完死小猪肉，过了五六天，嘴又馋了，又涎着脸去找胡三赊肉吃，胡三不赊，于是二驴子天天来缠他，可他就是不赊。这天，二驴子又从河里捞了条死狗，那狗少说在河里也泡三四天了，肚子胀得圆鼓鼓的。

二驴子提来死狗对胡三说：“三叔，你看这狗能剥几斤肉？”

胡三看看死狗，一脚踏在狗肚子上，踩得狗嘴狗腚两头冒水，他对二驴子说：“4斤半。”然后，他又一脚将死狗踢到了一边。

二驴子连忙跑过去将死狗拖回来，对胡三说：“三叔，你剥剥看，多了少了我可不服你。”

胡三被二驴子缠磨急了，说：“你小兔崽子什么时候服过你三叔！”胡三又把死狗剥了，剔完骨头，一称净肉，一两不多，一两不少，正好

4 斤半。

狗肉吃完了，二驴子又想吃猪肉，胡三还是不赊。胡三不赊肉，二驴子恨得直咬牙，正当二驴子琢磨着想主意让胡三出丑时，镇上来了日本鬼子兵，在镇东大道旁垒了炮楼子，围着炮楼子挖了一道深深的壕沟，鬼子小队长叫山田四郎，长了一脸的络腮胡，镇上的人给他取了个绰号，叫狼头小队长。日本鬼子来了，小镇人遭了殃，天天有女人被抢进炮楼，女人撕心裂肺的哭喊声，鬼子兵寻欢作乐的浪叫声，搅得镇上人夜夜不安，吓得闺女媳妇不敢出门。有两个女人不从，被鬼子兵活活劈死了，恨得一镇人都咬牙切齿。二驴子的老婆上街买菜，也被狼头小队长抢了去，包养在炮楼里，大门也不给出。二驴子找狼头小队长要老婆，老婆没要来，还被打断了一条腿。日本鬼子还经常到胡三肉摊抢肉，胡三要钱，也被狼头小队长打得鼻青脸肿，一连在家睡了七八天。

这天，二驴子瘸着腿来找胡三，说："三叔，我想看看你的眼是真准还是假准，准了，我天天来给你干活不要钱；不准，你得天天给我肉吃。"

胡三一听，愣了：日本人闹翻了一镇十八乡，老婆也给鬼子抢去了，二驴子还有心思寻开心？二驴子老鼠眼在街上来回扫了一圈，见没有鬼子兵，这才小声说："三叔，你看狼头小队长能剥几斤肉？"二驴子这话一出口，胡三就张大了嘴瞪圆了眼。

二驴子心想，这回把你胡三难住了吧？这样一想，二驴子的老鼠眼顿时笑眯眯地成了一条缝。

胡三翻翻白眼，看看二驴子，咬着牙说："33 斤 8 两！"

二驴子不相信，说："他那么大个人，才 33 斤 8 两？"

"绝对错不了！"

"看错了怎么算账？"

“走了眼，你把三叔眼珠子抠去当炮仗摔！”

胡三一言九鼎说得铁定，二驴子还是不相信，狼头小队长那么大个人，才宰33斤8两肉？鬼才信呢！

在狼头小队长血洗顶湖村、烧了半个庄子后的一个月黑风高夜，胡三家的房门被“啪啪”拍得山响，胡三以为日本鬼子又来了，哆哆嗦嗦开了门，却见二驴子背着个麻袋包一瘸一拐地挤进门来，二驴子把麻袋包朝地上“咕咚”一扔，说：“我想看看三叔的眼到底准不准。”二驴子说着倒出了麻袋里的东西，胡三定睛一看，竟是喝得烂醉如泥的狼头小队长，顿时吓得倒抽了一口凉气，一屁股坐在地上，半晌没有还过气来。

二驴子扶起胡三，说：“三叔，这回你要是剥得一两不多，一两不少，我不光服你，还给你当儿子！”

胡三为了证明自己的技艺，拿出了雪亮的杀猪刀，在大腿上蹭了蹭，说：“我剥了这个狗日的给你看看！”

第二天，一街人没见二驴子来逛街，也没见杀猪匠胡三出摊子，却在胡三的肉案上见到了半筐肉，上面插了一块木牌：“狼头小队长人肉33斤8两。”

杀猪匠胡三杀了一辈子猪，终于杀了一回人……

（李　琳）

（题图：箭　中）

两条尾巴的狗

城西新开了一家酱肉铺，铺子门口竖着一块大招牌，上面写着八个醒目的大字：祖传名吃，宫廷珍品。这年头谁不会吹呀，光这几个字就想把顾客招了来？做梦！酱肉铺的主儿憨二本来就是个憨实人，生意一冷清，那两片厚嘴唇里就更吐不出一个字来。

这天，酱肉铺门口来了一只狗，样子跟其他狗好像没什么两样，就是右腿根上多长了一条小尾巴，有路人走过的时候，它的小尾巴会随着大尾巴一起摆动。

大概是憨二铺子里的酱肉香味儿把它引了来的，那狗在憨二的铺子门口卧了一整天，逢上憨二正好瞧它一眼的时候，它就讨好地朝憨二摇摇它的两条尾巴，于是收摊的时候，憨二就丢了一块酱肉给它。

没想第二天，这长着两条尾巴的家伙又来了，来得比憨二还早，而且从这以后天天如此。

憨二心想：也罢，反正铺子里的酱肉天天不过夜，自己又能吃多少？于是收摊的时候留下自己晚上吃的，剩下的统统都喂了这条狗。

时间长了，看见的人都说憨二真是憨到家了，白拿酱肉喂野狗，可谁料此举反倒是替酱肉铺做了活广告：天天卖新鲜出炉的酱肉，这么实在的肉铺，谁还信不过？

酱肉铺的生意于是就渐渐红火起来，到后来连城东的人也愿意多跑几里路，到城西来买憨二的酱肉，顺带或者说特地来看看那条长着两条尾巴的狗，顺带着来买一点憨二铺子里新鲜出炉的酱肉。

憨二的生意越做越大，雇上两个人也忙不过来，而且每天出炉的酱肉还不够卖。不过越到这种时候，憨二越要每天把给狗吃的一份留着，铺子的生意是靠这条狗发起来的，再怎么着，哪怕得罪了买家，也得把肉给狗留着。

就这样，憨二挣下了两年的卖酱肉钱，后来在城中心热闹地段重新盘下房子，开起了“憨二熟食店”。熟食店开业那天，店门口张灯结彩，锣鼓喧天，左邻右舍上上下下来送花篮贺喜的还真不少。

那狗自然不知道是怎么回事，还在城西老地方找憨二的酱肉铺子，找啊找啊，足足找了两天，终于凭它灵敏的嗅觉找到城中心来了。它在熟食店门口转了两圈，一看到憨二熟悉的身影，立刻就撒开四蹄奔进店来，像久别了的亲人一样围着憨二直摇尾巴，使劲儿地舔憨二的鞋子。

憨二不由皱起了眉头：我现在在城中心开店，做生意今非昔比，再这么让一条野狗随便在店堂里出出进进，总不太好吧？他朝伙计们一抬眼：“去，拿块酱肉给它，喂饱了就把它赶出去。记住，以后不许它再进门，现在我们是门店经营，不能让这条野狗坏了我们的门风。”

于是就有一个小伙计把那狗引到店堂后面，拿了一块大大的酱肉给它。谁知那狗也是“人来疯”，大概是看今天这么热闹的场面，三口两口把酱肉吞下肚之后，居然就在店堂里撒起欢来，把人家来贺喜的花篮都碰倒了一大片，小伙计怎么也赶不走它。

这下可把憨二气坏了：“这个不知好歹的畜生，给我狠狠打出去！”伙计们一看老板发号施令了，抡起木棍就涌了上去。

一开始狗还不知情，等明白过来是怎么回事的时候，它就一边吼叫一边用求助的眼光看着憨二。谁知憨二毫不理会，操起一根捅炉子的铁条，照着狗的那一双哀怜的眼睛就捅了过去，那狗一声惨叫，这才夹着尾巴跑了。

憨二对伙计们交代说：“以后它再来就再打，反正是野狗，打死也不犯法。”

知道的人都说：“其实憨二不是真憨，是狗不识时务。”

憨二撇撇嘴：“这世道，谁比谁傻？都能着哩！”

那狗后来就成瞎了一只眼睛的独眼狗，可它似乎并不记恨憨二，虽然不敢再进憨二的熟食店了，可总是远远地在店门口徘徊，望着进进出出的人，有时候见到模样不善的人进店，还会发出低低的嗥声，好像在警告他们不要去店里捣乱似的。逢上憨二出门了，那狗一准晃着两条尾巴远远地跟在后面，好像在替憨二做保卫似的，回回让看到的人感叹不已。

老话说，天有不测风云，人有旦夕祸福。没料憨二的熟食店红火没多少日子，一天夜里突然起了大火，浓烟滚滚。当时，店里的伙计们都只顾自己逃命，憨二偏偏那天酒喝多了，摇摇晃晃地在店堂里打转，最后一屁股瘫在地上，眼看着就要被熏死。

不知怎么，那条狗就闻声赶到了，它低嗥着在店门外转了好几圈，然后瞪着那只独眼，不顾一切地冲进店堂里，扯着憨二的衣袖把他拖出了店外，而它自己的那只瞎眼，却被一块从门梁上掉下来的火团烧成了焦糊状。

人们都为这条狗对憨二的忠义感叹，有人指着憨二的鼻子问："狗还知道滴水之恩涌泉相报呢，看你今后怎么待它！"

憨二茫然地看着大家，什么话也不说，他心想：总不至于把这条狗像请贵宾一样请回来端坐在店堂里吧，那还是什么狗，不成了大爷了？可再让它蹲在店门口也不是回事啊，旁人还不把自己的脊梁骨给戳了？

想来想去，憨二决定索性还是像过去一样，每天关店门之前扔一块酱肉给它，反正自己现在生意做大了，每天也不在乎这一块肉。憨二把这个事情交给伙计们去办。

那狗依旧每天来憨二的熟食店，睁着一只独眼静静地伏在离店堂不远不近的地方，见到憨二时依然是一副很亲热的样子，不住地摇晃着它的两条尾巴。不过它的眼睛从那以后就一直没好过，不是流脓就是流血，招来很多苍蝇，还散发着一股臭气，很可怜的样子。而且，那狗居然对丢在它面前的酱肉嗅也不嗅。来来往往的人看到这情景开始骂起憨二来，说他一发财人就变，连狗都不如。人们反感了憨二，也不愿再到他的店里来买酱肉，憨二的熟食店生意渐渐冷落起来，最后伙计也雇不起了，房租也付不出了，憨二只好关门走人。

关门那天，除了憨二自己外没有一个人来，只有那狗伏在那里，一动不动地看着他。

憨二瞪眼瞅着这条狗，心里恨恨地说："都是你这个畜生，害我关了店门。”他真想冲上去一脚把这条狗踹了，只是碍着众人的眼，不好下手。他不想再看到这个畜生了,狠狠地朝它吐了口唾沫,随后扭头就走。

只见那狗欢叫了一声，摇着两条尾巴迅速跟了上去。

憨二走出好大一段路，发现那狗依然跟在后面。想起当年开酱肉铺的情景，憨二心里突然就有些感慨起来：“你倒还真是个有情有义的畜生啊，还这么跟着我？唉，都说狗眼看人低，我看是人眼看狗低啊！好吧，要跟你就跟吧，以后有我一口吃的，也就少不了你……”

憨二一边说着一边就蹲下身子，把那狗唤到跟前，很有感慨地把它抱到自己的怀里。他想：自己是该亲热亲热这条狗了，是该认真看看那只被自己捅瞎了一只眼的狗了。可是，就在憨二很有感慨地把脸凑上去的时候，那狗突然就对着憨二的大鼻子猛咬了下去，几乎把他的整个鼻子都要掀下来了。

憨二疼得哇哇大叫，那狗一看，摇晃着两条尾巴，立刻一蹦三跳地跑远了。

（文兴传）

（题图：魏忠善）

鸳鸯斋传奇

民国年间，清河城里有家酱肉店，名叫鸳鸯斋。据说店名原本不是如此，百多年前有一个酸秀才吃过店里的酱肘子，叹道：清河酱肉有肉香、药香和豆香，唯独此店的肉除这三香以外，另有一种无法言说的异香，让人回味无穷，当属第一！见店名普通，店里又只有夫妻二人，便建议改名鸳鸯斋，并欣然题写店名，这一改不要紧，自此清河便多了家名店字号。

话说这一年，鸳鸯斋门前贴出告示，说是要招学徒，招学徒没什么好奇怪的，只是鸳鸯斋特别注明，学徒的右手必须是六指！

当时鸳鸯斋的掌柜姓胡，已年过五旬，妻子一直生病，膝下只有一女。知情人说，胡掌柜当年就是入赘的，他闺女红云已年满二八，此举名为招学徒，实是选女婿。

只是大家都不明白,胡掌柜自已右手就是六指,为何招学徒也要有歧指?难道这就是鸳鸯斋的与众不同之处?

俗话说，两条腿的人好找，三条腿的蛤蟆难寻，六指的人本已是凤毛麟角，更何况必须右手六指?胡掌柜的告示贴出了好几个月，好不容易才来了一位，此人姓张，是邻县的一个无赖，躲债逃到清河。胡掌柜见他长相丑陋，举止粗俗，本不想收，但又怕错过了再也招不到人，就勉强留下了。

说来也巧，几天后街坊们又给胡掌柜抬来一个人，这人姓李，也是外地人，逃荒到清河，饿昏在街头，街坊见他右手生有六指，便把他抬到鸳鸯斋门口。这人年龄与红云相仿，相貌英俊，又聪明老实，胡掌柜一眼就喜欢上了，便也收下了他。街坊们记不住两个学徒的名姓，见先来的胖，后到的瘦，就管他们叫胖六和瘦六。

胖六和瘦六一个躲债，一个逃荒，皆由六指而因祸得福，被胡掌柜收为徒弟。胖六没几个月便与街坊们混熟了，耳里或多或少听说了胡掌柜招学徒的用意。红云遗传了她母亲的容貌，娇小柔美，尤其那皮肤，白嫩细腻，仿佛能沁出水来。胖六第一眼看到她就喜欢上了，可红云偏偏更喜欢与瘦六待在一起，这让胖六如坐针毡。

这天晚上打烊后，胡掌柜叫住胖六和瘦六，说明天有一个大主顾要来，让他俩放机灵点，两人连声应允。第二天一早，两人就在店里忙活开了，大主顾来时，他俩已收拾完店面，正抬着泔水桶往外走。以前两人抬泔水桶都是快步走出去，这天不知怎么的，胖六偏偏走得慢，慢倒也罢了，他还边走边颠，这一颠不打紧，把走在前面的瘦六的屁给颠出来了。那主顾听到动静，马上嫌恶地掏出手绢捂住鼻子。

可别小看瘦六放屁，做过酱肉的都知道，过去的酱肉店，无论南派北派，都非常讲究，别说干活时放屁，连打萝卜嗝都不行。瘦六行为有失检点，胡掌柜在主顾面前丢了面子，事后便虎着脸要辞退瘦六。

胖六求情说："师傅，这事不怪师弟，昨天晚上他吃多了红薯，我睡到半夜又卷走了他的被子，他凉了肚子。您要赶他走，就连我也一并赶走吧。"

胡掌柜心里本就很喜欢瘦六，说辞退他只是面子上过不去，见胖六求情，也就借坡下驴，又留下了他。可这事刚过没多久，有一天打烊的时候，胡掌柜发现柜台底下藏着一个用荷叶包好的肘子。私藏店里的酱肉，就是漏柜，也就是现在说的"监守自盗"。那天白天胖六出去采购了，不在店里，店里是瘦六当值，这下瘦六有口难辩了。

放屁只是偶然事件，但漏柜的性质就严重了，那是品德问题啊！胡掌柜震怒了，马上要赶瘦六走。

红云得知消息，慌忙从楼上冲了下来，说肘子是自己藏着吃的。胡掌柜白了她一眼，冷笑一声："你这丫头，打小一吃酱肉就恶心，还想骗我？你爹还没糊涂到那地步！"

胡掌柜不松口，瘦六只好把目光投向胖六，希望他站出来替自己说几句好话，不料，胖六这次不仅没求情，反倒问胡掌柜："师傅，是按店规赶他走呢，还是就这么让他走？"

鸳鸯斋是老字号，自然有店规，其中对漏柜的处罚最为严厉，是切掉歧指，然后扫地出门。清河人都知道鸳鸯斋的学徒是六指，即使瘦六还想在其他酱肉店里待，一看他的歧指被切，人家就明白他是被鸳鸯斋赶出来的，犯过大错，谁也不敢用。

胖六的问话让胡掌柜很为难，胡掌柜心里喜欢瘦六，不忍切掉他的歧指，逼他走上绝路，可漏柜是无法容忍的，更重要的是，瘦六聪颖异常，虽然只在鸳鸯斋待了一年，却掌握了制作酱肉的全部技艺和秘密，这样的人不得不防。再三权衡利弊后，胡掌柜脸色铁青地挥了挥手，示意胖六切下瘦六的歧指。

得到胡掌柜首肯，胖六麻利地从肉案上拿下一把菜刀，一把扯过跪在地上的瘦六，半拖着把他拉到一个长凳旁，按住他的右手，分开那个歧指，脸上露出一丝狞笑，说："师弟，对不起了！"说完高高举起菜刀，只见寒光一闪，瘦六发出一声惨叫，那根伴随了他十几年的歧指应声而掉，滚落在了地上！

瘦六当场昏了过去，红云脸色苍白地看着这血腥的一幕，半晌才对胡掌柜吼了一句："爹，你切了他的手指，让他如何在清河立足？我恨死你了！"说完捂着脸，"噔噔噔"地哭着上楼了。

胡掌柜没理会女儿的反应，表情紧张地盯着躺在地上的瘦六，过了好一会儿，见他还一动不动，就让胖六过去试试他的鼻息。胖六大大咧咧地用手摸了摸瘦六的鼻孔，说："师傅，没有呼吸，估计是昏死了。"

"那你把他裹上草席，趁黑扔到乱葬岗吧。"胡掌柜掏出手绢，抹了一把额头上沁出的汗珠，说，"是死是活就看他自己的造化了！"

胖六把瘦六背了出去，到了乱葬岗，见他还没有动静，以为瘦六死了，心里很奇怪：只是切了个手指而已，怎么会没命呢？

半年后，胡掌柜的妻子病故了，胡掌柜伤心过度，也一病不起，胖六完全掌控了鸳鸯斋，他提出要娶红云，否则胡掌柜百年之后，他要让鸳鸯斋改名换姓。胡掌柜此时才看清胖六的真面目，又气又急，没多久竟不治身亡。这下胖六更加有恃无恐，明目张胆地向红云逼婚。红云只好以守孝为由，许诺三年后与他成亲，此后她便终日以泪洗面，连楼都不下。

得到红云的许诺，胖六的心情大好。这天，他起床后打开店门，见一个青年斜靠在门边，定睛一看，嘴不由张大了：此人不是别人，正是半年前被他扔到乱葬岗、以为已经死了的瘦六！

“你、你没死？”胖六见瘦六右手小指旁只有一道暗红色的疤痕，吃惊地问。

“穷人命大呗！”瘦六没再提半年前的事，拍了拍肚子说，“师哥，走了一夜的路，都快饿死了，切点酱肉给我吃吧。”

胖六迟疑了一下，还是切了盘酱肉给他。瘦六接过酱肉，先用鼻子深深嗅了几下，随即嘴角露出一抹笑意，他吃了一口酱肉后说：“师哥，这半年你手艺不见长啊，这肉不是鸳鸯斋的味！不信你让街坊邻居都来尝尝，让他们说，是不是鸳鸯斋的味！”

这时鸳鸯斋门前早已聚拢了一堆人，胖六被逼得下不来台，黑着脸端来一盆刚切好的酱肉。让他失望的是，街坊们吃过后，异口同声地说，与以前相比，这酱肉缺少一股说不清道不明的异香，的确不是原来的味。

楼下人声鼎沸，楼上的红云不知发生了什么事，便下楼来看个究竟，见瘦六死而复生，红云立即上前拉住他的手，两眼含泪，哽咽着说：“师哥，我爹娘都走了！”瘦六看了她一眼，拍了拍她的手，对胖六说：“师哥，看来你没得到鸳鸯斋的真传啊！”

“我没得到真传，难道你一个被鸳鸯斋赶出去的人就得到了？”胖六恼羞成怒，讥讽地说，“不要忘了你是怎么被赶走的！”

“我是怎么被赶走的，你比我更清楚。”见围观的人都安静下来，瘦六朗声说，“过去的事就不提了，今天你敢不敢跟我比试一下，看究竟谁才是鸳鸯斋真正的传人？”

“怎么比？”此时胖六骑虎难下，只好硬着头皮应战。

“你敢比就好。”瘦六收起笑容，正色说，“若我输了，我自断右手，从此不再找鸳鸯斋的麻烦。若你输了，你自切右手的歧指，如何？”

听了瘦六的条件，胖六想了想，答应了下来，但他随即提出，做酱肉，要先把肉放在老汤里炖三四个时辰，现在想做，恐怕来不及。

“那就用你昨天晚上炖的肉吧，鸳鸯斋真正的秘方不在老汤。”瘦六笑了一下，抬眼看了红云一眼，说，“不过，为避免泄密，最后两道工序我要在另一间房里操作。”

据胡掌柜讲，鸳鸯斋的秘方在老汤里，瘦六怎么说在后面两道工序里？胖六心里起了疑，可当着众人的面，容不得他多想，便答应下来。两人分别从炖了一夜的肉锅里取了一些肉，瘦六又向胖六讨了些配制好的酱汁，然后拿起菜刀，掂着案板去了另一间屋子。

瘦六怎么做酱肉别人看不到，单说胖六，他捞出锅里的肉，把它们摊开放凉，然后细细地刷上酱汁，接连三遍，之后他又从一只装着豆浆的桶里舀出一瓢豆浆，把它浇在肉案上，用丝瓜瓤仔细刷了两遍，然后又额外浇上一瓢，让豆浆自然流尽，这是用豆浆的豆香去除肉案上的腥气，并让酱肉有豆香味。刷完肉案，胖六开始切肉，这些工序他以前不知做过多少遍，胡掌柜都没提出异议，瘦六怎么说秘密在这里呢？

胖六刚切好酱肉，瘦六也端着托盘，从里屋走了出来，他身后跟着红云。瘦六拿出筷子，递给围观的几位老者，让他们来评判。几位老者尝过胖六和瘦六做的酱肉，一致认为，瘦六做的才是正宗的鸳鸯斋酱肉！

胖六简直不敢相信自己的耳朵，慌忙拿过筷子，尝了一下自己与瘦六做的酱肉，尝罢，他的脸色“刷”一下就白了，瘦六做的酱肉里的确有一股异香，这正是鸳鸯斋原来的味道！

望着脸色苍白的胖六，瘦六拿起放在肉案上的菜刀，递给他说：“师哥，愿赌服输，请自便吧！”

胖六左手哆嗦着拿起菜刀，把右手那根歧指放在桌子边上，牙一咬，一刀剁了下去。菜刀刚接触到歧指时，胖六感到手凉了一下，随即就是钻心的痛，他两眼一黑，“咕咚”一声倒在了地上，脚在地上踢了几下，又踢了几下，渐渐地，便不再动弹了。

围观的人都被这一幕惊呆了，唯独瘦六不动声色，让人去找大夫，可等大夫赶来，胖六已经没有了鼻息，连身体也渐渐凉了，显然是没救了。瘦六对众人一抱拳，说：“各位老少爷们，我与师哥打赌，他技不如人，自己切下歧指，如要见官，还望大伙给我做个见证。”

胖六死了，瘦六自然又回到了鸳鸯斋，不久他便与红云成亲了。洞房花烛夜，瘦六对红云说：“今后店里的规矩得改一改。”

“改规矩？”红云一愣，“改什么规矩？你不会过河拆桥、不让我再在豆浆桶里洗澡了吧？”

瘦六笑了，其实他早就知道，鸳鸯斋老汤的秘方与其他酱肉店的差不多，之所以有异香，是因为红云和之前的多位鸳鸯斋女子在豆浆桶里洗澡，豆浆里混有女子的体香及胭脂香。豆浆被浇到肉案上后，与肉香、药香混合，产生一种说不清道不明的异香。他敢来向胖六挑战，就是因为知道胡掌柜夫妇去世后，红云被胖六逼婚，无心再在豆浆桶里洗澡，而比赛那天，瘦六让红云在房里的另一个豆浆桶内洗了澡……

此时，红云不知瘦六何意，疑惑地问：“那你让改什么规矩？”

瘦六看着红云，一字一句地说：“招学徒时，不再要求右手有六指！”

原来，那天瘦六被切去歧指，扔到乱葬岗后不久，渐渐苏醒过来，就离开小镇，四处流浪。一天他遇到一个高人，高人说，但凡奇人，必有异相。看一个人是不是奇人，主要看这个人有没有“人记”，歧指也是一种人记。人记一除，命也就没了。估计鸳鸯斋的先人右手有歧指人记，所以才招右手有歧指的人当学徒，这样一旦发现学徒违规，赶他出门时，表面上看，切歧指只是小小的惩罚，其实是为防泄密，置人于死地！因为人记与一般的疤瘌疙瘩的区别就在于它是连着命的，这样做也不会被官府追究，但有的歧指看似人记，其实只是赘肉，切了什么事都没有。

红云听后，愣了半晌，才说："难怪你的歧指切了没事，胖六的切了却死了……可是，你事先并不知道胖六的歧指是不是人记啊！"

瘦六点了点头，说："我也只是赌一把。这方法太残酷，再说考察人有多种方法。"

红云听罢，点头称是。自此，鸳鸯斋再也没招过歧指的学徒……

（彭晓风）

（题图：谢　颖）

量体裁衣的传奇

树大招风

相传裁缝的祖师爷是黄帝，后人将他传授的制衣秘诀记述下来，留下了一部奇书，叫《衣经》，那书里记载了裁制衣裳的种种奇异门道，这些门道中，最神奇的当属“眼尺”。什么是眼尺？就是用眼睛丈量身高、肩宽、腰围的尺寸，一双眼睛，就像尺子一样。据说，有眼尺能力的人，除了做衣服，还有更多的功能，今儿个就讲一个关于眼尺的故事。

清朝雍正年间，扬州府东关街口新开了一爿小小的裁缝铺，名叫“修身”。“修身”裁缝铺所裁制的衣裳，款式新潮多样，而且价格低廉，深得当地百姓的喜爱，因此，店面虽小，却客流如织。

俗话说，树大招风风撼树，人为名高名丧人。这一天早上，“修身”裁缝铺的伙计刚刚打开店门做生意，忽然听到街上“轰隆隆”的一阵响，转眼间七八个壮汉就来到了门外，吓得伙计扔下门板就溜，跑进后堂找老板去了。

没过一会儿，裁缝铺的老板黄耀祖匆匆赶了出来，一看这伙人中领头的，心里顿时“咯噔”了一下。

领头的是扬州府有名的“小武松”雷豹，说起这雷豹，扬州府是妇孺皆知。雷豹这人，其实算得上是个好人，碰到灾荒之年，他经常施粥放粮，接济穷人，只是这雷豹有一点不好，平时争强好胜，最喜欢和别人比试，有时还会弄些馊主意、恶作剧戏弄旁人。

黄耀祖心中暗暗叫苦，他知道雷豹家境殷实，开了好几家铺子，其中就有一家是裁缝铺，这次说不定又要来比试什么了。果然，雷豹见了黄耀祖，笑嘻嘻地一拱手，说：“听说黄掌柜技艺精湛，什么人的衣服都能做，所以今日我就带了个人来，您帮忙给做身衣裳……”说罢，他一拍手，几个家丁立刻从外面用绳子牵进一个女人来，这女人的手被绳子系着，她刚一站定，立刻从她身上散发出一股浓烈的异味，家丁们立刻捂着鼻子，躲得远远的。

黄耀祖一看，不由眉头一皱：这个女人裹得像个粽子一般，连头都用布条给缠起来了，只露出了鼻子和一双眼睛；更让人感到恐怖的是，这个女人露在外面的皮肤全都长满了红红的小疙瘩，十个手指也残缺不全，而且怪异地扭曲着。忽然，黄耀祖像明白了什么似的，慌忙用手捂着口鼻，连连后退，指着那女人，一脸惊惧地说：“她、她……”

“不错，她是个麻风病人！”雷豹笑嘻嘻地说着，“您看她一身破衣烂衫的，多寒碜哪！我有心给她做套新衣裳，可我铺子里的裁缝没什么本事，都不敢给她量体裁衣。听说黄掌柜艺高人胆大，我们就赶紧来这儿麻烦您了！”

“修身”店铺的门口，原本就已站了很多看热闹的街坊，此刻听说眼前这个女人竟然是“麻风病人”，顿时骚动起来，“哗”的一声全都跑得远远的，但并没有走开，而是在远处观望。他们都知道，今天的戏热闹了，因为裁缝做衣裳，首先要丈量尺寸，不近身怎么行呢？可眼前这女人生的是麻风病，一近身就会传染啊，大家不由为黄耀祖捏了一把汗……

眼尺量体

黄耀祖看着洋洋得意的雷豹，皱着眉头说：“雷老板，这、这玩笑可开不得呀！”

“黄掌柜说的这是什么话？我确实是有心来求助啊，要是您做成了，我拜您为师；要是您做不成，就拜我为师，怎么样？”雷豹依旧笑嘻嘻的，不紧不慢地说着。

一听这话，黄耀祖脸上一会儿红一会儿白，他看了看那麻风病人，又看了看围在门口看热闹的街坊，一咬牙就打算认输了，可拜雷豹为师，这“修身”店铺的招牌算是砸了！就在这时，从裁缝铺里走出一个面貌清秀的小伙子，他一把扶住就要下跪的黄耀祖，不卑不亢地说：“这活儿我们接！”

“你怎么尽捣乱啊，这可不是闹着玩儿的！”黄耀祖急得直跺脚，说完，他又朝着雷豹连连赔笑，“雷老板，这是小店新来的裁缝师傅姚天赐，他年纪小，不懂事，您别跟他一般计较。”

姚天赐却一把拦住黄耀祖，说："承蒙黄掌柜收留，我才不至流落街头，现在店里有难，我怎能袖手旁观？您放心，我应付得了！"

雷豹听了，"哈哈"大笑，说："好，姚师傅就开始量体裁衣吧！"

"不用了，我看一眼就行。"姚天赐此话一出，在场的人全都傻了，什么，看一眼就能知道这女人的肩宽、袖长、腰围？就能给她裁衣了？众人正在发呆，只见姚天赐不顾旁人惊讶的眼神，自顾自地绕着那麻风病人走了一圈，一边走一边微微点头，似乎在默默记着什么。半盏茶的工夫，姚天赐便对着雷豹和黄耀祖一拱手，说："两位稍待片刻。"说完，他转身去了里间。

雷豹惊得瞪大了眼睛，再看黄耀祖，也是一脸茫然，看样子黄耀祖也不知道怎么回事。

一炷香的工夫，姚天赐便拿着一件蓝色长衣走了出来，递给那麻风病人，说："你穿上试试。"那麻风病人接过衣服，往身上一穿，不大不小，不长不短，正好合适。这时，围观的街坊缓过神来了，纷纷吆喝，叫起好来。

雷豹没想到这小小的裁缝铺里居然有这等高人，只得不情愿地掏出钱来扔在柜台上，算是做衣服的费用，然后朝着黄耀祖等人一拱手，说："佩服佩服，我认输了！"说罢，他带着随从灰溜溜地走了。

等雷豹走远了，黄耀祖才缓过神来，他捏了一把冷汗，急匆匆地将姚天赐带到里间，问："你刚刚用的是不是眼尺？"

姚天赐老老实实地说："不敢欺瞒掌柜的，这正是眼尺，是我流落江南的时候，一个老乞丐传授给我的。"

"原来如此，没想到传说中的眼尺居然是真的！"黄耀祖一屁股跌坐在椅子上，喃喃自语，"这次多亏了你，不然我们裁缝铺的脸可就丢大了，只是那雷豹这次吃了亏，肯定不会善罢甘休，你还是赶紧离开吧。”

姚天赐闻言一惊，连忙说：“黄掌柜对我有收留之恩，我怎么能为了自己的安危而置大家于不顾？掌柜的，您别劝了，我是不会走的！”

黄耀祖叹了一口气，说：“那就小心些吧。”

相出生死

“修身”裁缝铺里暗藏高人的消息一经传出，店铺的生意就更加火爆了，你想，古往今来，历来有男女授受不亲的说法，因此一些豪门富户的大家闺秀想要做身合适的衣裳是难上加难，现在听说姚天赐会眼尺的绝活，眼睛一瞄，不用手摸，尺寸就有了，于是纷纷派人来接姚天赐上门裁衣。

生意越来越红火，黄耀祖开心得整天合不拢嘴。这一天，有人上门了，黄耀祖一看，顿时吓出一身冷汗，原来那雷豹又来了，他的身后还跟着一个精神矍铄的白胡子老者。

雷豹笑嘻嘻地说：“黄掌柜别来无恙？这次我不是来为难你的，而是来给你介绍生意的。这是我远房的叔父，他听说姚师傅会眼尺，就让我带他来开开眼界。”

黄耀祖闻言，只得将姚天赐唤了出来。

姚天赐看了白胡子老者两眼，说：“不知老先生喜欢什么样的布料？”

白胡子老者摸着胡须，笑呵呵地说：“姚师傅看着办吧。”

姚天赐点了点头，随后就绕着白胡子老者走了一圈，走完以后，他的眉头不由得皱了起来。雷豹见状，连忙说：“姚师傅不用着急，衣服我明后天来取都可以。”

“不用，雷老板稍等，不过这位老先生年纪大了，还是先回去休息吧。”说罢，他也不和黄耀祖商量，便急匆匆地往里间去了。黄耀祖一看，只好先派人将白胡子老者送了回去，然后将雷豹带进客厅，陪着喝茶，等姚天赐做衣。

过了两三个时辰，姚天赐才一脸疲惫地走了出来，说：“衣服都摆在外面了。”

雷豹大喜，连忙跑了出去，没过一会儿，立刻传来了雷豹惊天霹雷般的怒吼声：“好你个姚天赐，看看你做的是什么！”

黄耀祖连忙跑出去，一看，只见柜台上摆着五件杏黄色上衣，三件裙裤，而且清一色都是汉服，他不由大吃一惊：姚天赐做的居然是“五领三腰”一整套的寿衣，也就是死人用的丧服！

原来，清军自入关之后，便颁布了剃发易服令，汉人据理力争，最后有人向清政府提出“生变死不变”的要求，那就是活着的时候穿清朝的衣服，死时穿汉族的传统服装。清政府见民意如此，只好答应下来，于是汉服便成了死人的寿衣。现如今，姚天赐做了“五领三腰”的寿衣给雷豹的叔父，这不明摆着咒人死吗？

看着这一大摞的寿衣，雷豹气得脖子上青筋直暴，他冲上前去，一把扭住黄耀祖的衣领，说：“这是怎么回事？”

黄耀祖吓得连连拱手：“雷老板，误会、误会啊，这衣服肯定是拿错了，是我们做给别人的寿衣！”

“没有拿错。”姚天赐这时也出来了，对雷豹说，“这些衣服，那位老先生今晚就用得着。”

雷豹气极了，一把甩开黄耀祖，走到姚天赐面前，狠狠地瞪着他看了又看，欲发作，又竭力忍着，好一会儿才说：“我只知道你会眼尺，没想到你也会算命啊！好，我就给你一个晚上时间，等明天早上我再过来拆你们的店铺！”说罢，他也不拿衣服了，气呼呼地甩门而出……

看透世态

看着雷豹怒气冲冲地走了，黄耀祖急得团团转，嘴里不停地念叨着：“这可怎么办呀？那老先生不是好好的吗，你怎么这么糊涂呢？”

“掌柜的，您放心，晚上他们还会来的。”姚天赐说完，转身回房休息去了，只剩下黄耀祖一个人对着那堆寿衣唉声叹气、哭笑不得。

这一个晚上，黄耀祖躺在床上翻来覆去睡不着，好不容易迷糊了一会儿，就听见大门被人敲得山响，他心里一沉，坏了，雷豹来砸店了！

黄耀祖急忙将所有人都叫上，每个人手里都拿着家伙，准备奋力反抗。片刻后，大门打开了，可黄耀祖一看，傻眼了，门外的一群人全都穿着孝服，为首的正是雷豹，他哭哭啼啼地走上前来，拉着黄耀祖的手，说是他叔父昨晚已经去世了，连夜赶来，是打算取走那些寿衣。

送走雷豹等人后，黄耀祖觉得这事儿太不可思议了，好好的一个人，怎么说死就死了？姚天赐微微一笑，说：“这其实没什么难的，眼尺并非只是看一个人的身材尺寸，还要观其颜，闻其味，听其声，辨其息，方能作出准确判断。我之所以让老先生先行回去，是不想让他看见寿衣之后气急攻心。尽管如此，那老先生也熬不过昨晚，因为他的太阳穴两旁经络凸起，并且呈紫黑色，显然是经络阻塞已久，一旦破裂，积血冲脑，神仙也难救啊！”

黄耀祖听了，惊叹不已。

这事儿传得好快，“修身”裁缝铺里那位会眼尺的高人，不仅能裁衣，还会“看相”，说是今晚死，绝熬不过天亮……一传十，十传百，竟然传到了扬州知府大人的耳朵里。知府大人立刻差人将黄耀祖和姚天赐请来府上，一来是想裁制一套新衣，二来也顺便见识一下眼尺的神奇之处。

黄耀祖得到消息后，开心得不得了，连忙带上姚天赐来到知府的官邸。到了府上，姚天赐绕着知府大人转了一圈，然后问了个莫名其妙的问题："小人斗胆问大人一个问题，大人为官几年了？"

知府大人愣了一下，好奇地问："这个问题跟做衣服有关吗？"

“没有，没有，我只是随口一问。”

知府大人笑了起来，说:“承蒙皇恩浩荡，本官刚刚上任一年有余。”

姚天赐微微点头，拱手说道："大人，小人已经丈量完毕，即刻回店为大人裁制衣裳。"

在回去的路上，黄耀祖感到百思不得其解，问："你问大人为官几年却是为何？怕不是真的仅为闲聊而已吧？"

姚天赐一笑，说："自然是有用处的。"说完这句，他却不肯再说了。黄耀祖虽然被撩拨得心头痒痒，却也不好一个劲地追问。

回到店铺后，姚天赐就动手为知府大人裁制起衣裳来，只见剪刀翻飞，针线曼舞，不到一个时辰的工夫，衣服就做好了。

黄耀祖拿过衣服，一看，顿时惊得目瞪口呆，倒不是因为姚天赐的裁剪功夫，而是他做出来的衣服，衣襟居然是前长后短！黄耀祖也算得上是个老裁缝了，他知道一般人的衣服前后衣襟基本上都是一样长短的，若是碰上驼背，则是前短后长，而这种前长后短的衣服，恐怕只有怀孕的女人才适合穿了。

黄耀祖刚想发问，姚天赐却拦住了他，说："掌柜的放心，我自有分寸。"

难识人心

第二天一早，黄耀祖和姚天赐便带着做好的衣裳，送到了知府府上。知府大人听说衣服做好了，非常开心，当即决定试穿一下。

黄耀祖心惊胆战地将那件衣服拿了出来，脸上都开始冒汗了，他看了一眼边上的姚天赐，姚天赐倒是气定神闲，一副胸有成竹的样子。

知府大人穿上新衣后，半天没说话，对着镜子看了好长一会儿，这才“哈哈”大笑起来，说：“还是姚师傅的手艺好，这一年来，我可没穿过这么合身的衣服啊！”听到这里，黄耀祖一颗悬着的心才放了下来。

在回去的路上，黄耀祖又问：“现在你该告诉我答案了吧？”

姚天赐笑着说：“说起来其实也不难。为官者，刚刚上任的时候，难免志气高昂，走路时就会挺胸凸肚，所以，缝制衣服的时候就要前长后短；如果为官者已经有了一定年限，那个时候，他已经心气平和，裁制的衣服就要前后一般长短；如果做官已经很久了，那时候他就要退下来了，则内心忧郁不振，走路时就会低头弯腰，裁制的衣服就应该前短后长。所以，如果我不问清楚知府大人做官的时间长短，怎么能裁出称心合体的衣服来呢？”

黄耀祖闻言，恍然大悟，说：“眼尺果然非同凡响，不仅能一眼定生死，还能看透人世百态啊！”

然而，让众人没有想到的是，几天之后，一群官兵忽然把“修身”裁缝铺团团围住，将姚天赐给带走了。

三天后，黄耀祖花钱买通了监牢的狱头，这才得以进去探望。

关押姚天赐的是一间单人监舍，黄耀祖进了牢房，见姚天赐遍体鳞伤，黄耀祖满脸悔色，说：“都怪我贪杯误事，口没遮拦，将你那天说的做官和做衣的话讲给了别人听，没想到这话居然传到了知府大人的耳朵里，这才把你给害了……”

姚天赐摇了摇头，苦笑着说：“不怪你，只怪我自己说话太直率了。”

黄耀祖看了看监舍外面，见没人注意，就小声地说：“听说知府大人抓你进来是另有所图，他是想从你手里拿到那本《衣经》！”

“《衣经》？我没有这东西啊！”

“都这时候了，你还瞒我？”黄耀祖说，“木匠有《木经》，郎中有《医经》，咱们做裁缝的当然也有《衣经》。咱们的祖师爷黄帝当年曾教百姓用骨针穿麻线，缝树叶和兽皮做衣裳，让百姓不至于衣不蔽体，这些制衣秘术都在《衣经》里，传说这里面就记载着眼尺。现在知府大人知道你有《衣经》这个宝贝，怎么可能会放过你？”

姚天赐听了，摇了摇头，说：“《衣经》这事儿我还是第一次听说，我怎么敢欺瞒掌柜的？”

黄耀祖听罢，叹了一口气：“我原本想用这书向知府大人求情，救你一命，既然你说没有，那我也救不了你啦……”说完，他一脸无奈，唉声叹气地离开了牢房。

一个月后，姚天赐终于被放了出来，那时，他已被折磨得奄奄一息了，可没想到的是，站在牢房外接他的不是黄耀祖，而是雷豹……

旁观者清

看到姚天赐吃惊的样子，雷豹笑嘻嘻地说：“姚师傅终于出来了，走走走，回我家去静养几日！”说罢，雷豹也不等姚天赐点头，命人将他抬回了家里。

姚天赐毕竟是年纪轻，身体也算壮实，调养几天后便能下地走路了。这一天，雷豹来看他时，姚天赐便开门见山地说:“雷老板怕也是为了《衣经》来的吧?只可惜我也是不久前才听说有这本书的，我并没有见过，只怕要让你失望了!”

“我想要《衣经》?你说的这是什么话?”雷豹脸色微变，朗声说道，“我雷某虽然不是君子，但也算得上是光明磊落、顶天立地的一条汉子，怎么可能为了一本书害你呢?再说了，上次比试我输给了你，说好了要拜你为师的，虽然我嘴上没叫，可心里早将你当成我的师父了，而且，上次我叔父的事情，我还没报答你呢。这次我把你从牢房里救出来，就是为了报答你的大恩!”

“原来如此，是我错怪雷老板了。”姚天赐作了一揖，“现在我的伤已经好了，该回裁缝铺了，我家掌柜的估计还在为我的事烦恼呢。”

“你说黄耀祖?哈哈，那老家伙心眼坏透了，他不敢见人，早已经逃走了!”雷豹说，前一段日子，他听说姚天赐被知府衙门抓了，想到姚天赐对自己有恩，便前去寻找黄耀祖，商量救人一事。谁知黄耀祖却支支吾吾，顾左右而言他，显然是不想救人。雷豹一怒之下，拂袖而去。后来，他派人暗中跟踪黄耀祖，结果发现姚天赐被抓实际上是黄耀祖搞的鬼，那天，姚天赐说了做官和做衣那番话，黄耀祖就添油加醋地说给了知府听，知府一怒之下就将姚天赐抓了起来，而黄耀祖就想趁此机会从姚天赐的手中骗取《衣经》。后来，雷豹上下打点，想方设法将姚天赐从牢狱中解救出来。那黄耀祖闻讯，恐有不测，而且也无颜和姚天赐见面，竟然变卖了店铺，一夜之间远走高飞了。

姚天赐一把抓住雷豹的手，颤抖着声音问:“你说的都是真的?”

“当然是真的!”雷豹拍着胸脯说，“我雷某是真小人，那黄耀祖就是个伪君子！我再怎么着，也不会陷害自己的师父和恩人的！”

姚天赐跌跌撞撞地跑到东关街口一看，那块“修身”裁缝铺的匾额早已不见了，现在成了一家臭豆腐店！刹那间，姚天赐只觉得胸口一阵抽搐，眼前一黑，“噗”的一声吐出一口鲜血……他明白过来了，黄耀祖当初见识了自己的眼尺绝技后，就已经心生邪念了，他哀叹道：“眼尺，眼尺，你虽然能看透世间百态，也能看透生死，可为什么偏偏看不透人心呢？既然看不透人心，我要这双眼又有何用？”说罢，姚天赐忽然抬起手来，竖起两只手指，猛地朝双眼戳去……紧随而来的雷豹见状，慌忙上前阻拦，但为时已晚，姚天赐的一双眼睛已经废掉了……

三年之后，扬州寒山寺里，一位法号“了尘”的和尚正在佛堂诵经礼佛，门外忽然传来一阵脚步声，了尘和尚听到声响，说：“雷施主，这么早赶来本寺有何贵干？”

雷豹“哈哈”大笑，朗声说道：“天赐师傅……啊，不，了尘大师修为精进啊，居然一听就听出我来了！”说罢，他让人将带来的礼物放下，然后又说，“我打探了这么多年，终于知道黄耀祖的消息了。这老东西，也不知道从哪儿弄到了一本书，说是《衣经》。拿到书以后，他就兴高采烈地求人将书献给当今皇上，想要借此飞黄腾达，谁料想这书还没送到皇上的手中，他就被拖出去砍了脑袋。据说，这本《衣经》原本就是皇家之物，后来不知被谁偷了，皇上暴怒之下，就命人严查。那些当官的正愁找不到替死鬼，没想到黄耀祖自己就送上门来了……”

了尘和尚听后，喃喃自语道：“人心叵测，世事多变，不求善因，只求善果，害人终害己啊！”

（许张彬）

（题图：黄全昌）

为了父亲的冤仇

闯王藏宝

这年初冬的一天下午，雾山县城发生了一桩大案，南郊派出所除留下两人值班外，其他人都被紧急抽调到案发现场了。留下的两个人中个是正式警察，另一个是派出所临时找来帮忙的治安员，这治安员小名顾四，负责看管一个当天中午才被抓进来的嫌犯，这嫌犯名叫兰大伟。

下午四点钟光景，顾四去给兰大伟送开水，他从“号子”的小窗把开水递进去，兰大伟在里面却迟迟不接，说：“你要是真关心我，就给我一把刀吧！”顾四隔着小窗问：“你要刀干什么？”

"我实在不想活了！"兰大伟打量了一番既没穿警服也未佩带警衔的顾四，说，"你就是不给我刀，待会儿我也要撞墙自杀的！"

顾四正梦想着转为正式警察，要是自己看管的嫌犯有个三长两短，"转正"梦想就彻底破灭了，因此顾四十分紧张，问兰大伟为何有轻生的念头。兰大伟欲言又止、欲止又言，最后还是让顾四把一只耳朵伸进小窗内，说："你可知道'闯王藏宝符'？"

顾四一愣："'闯王藏宝符'？"

闯王李自成的归宿是历史上的一大悬案，几百年来，先后有"湖北九宫山遇害说"、"湖南夹山寺出家说"、"甘肃青城隐居说"……但史学界对此始终没有定论。前不久，有人又在媒体上发表考证文章，对李自成的归宿提出了新说，认为李自成当年兵败后，率余部来到雾山县深山老林中，隐姓埋名，后被内部叛军杀害；李自成撤离北京时，携带了大量金银珠宝，藏匿于雾山密林中。这一来，"闯王藏宝"的传闻不胫而走，有人说，闯王把金银珠宝的埋藏地点刻在竹板上，称为"闯王藏宝符"，收藏在罐子里。李自成被杀后，不知情的叛军就地掩埋了闯王，被一同掩埋的还有装着"闯王藏宝符"的罐子。现在谁能找到"闯王藏宝符"，谁转眼就会成为旷世巨富！

"闯王藏宝符"的传闻在雾山县被炒得沸沸扬扬，这一带谁不晓得？这时面对顾四的发问，兰大伟犹豫再三，最后终于咬着耳朵对顾四说："'闯王藏宝符'在我手里！"

顾四惊得目瞪口呆，一时说不出话来，兰大伟却在一旁长吁短叹："数不清的金银财宝等着我去拿，我却只能呆在这里受牢狱之苦——心里这个难受啊，真还不如死了的好！"

顾四好久才回过神来，从头到脚把兰大伟打量了几遍，问："你、你哪来的‘闯王藏宝符’？”

兰大伟说，那年秋天，上游山洪暴发，自己在县城外的大河边发现了一些已经腐朽的木头器物，看样子是上游的古墓被洪水冲毁、墓中之物随水漂流而下了。这些器物中有两个“漂流罐”，自己捞起其中一个，打开封口一看，发现里面有块竹板，上面赫然刻着“闯王藏宝符”！

兰大伟说着说着，眼泪都要出来了：“我有血案在身，谁知道要判多少年，这‘藏宝符’多半没用了啊……”

县城外的大河，就是从雾山腹地流出来的，这正是新近流传的“雾山隐匿被杀说”中李自成的藏身之地！顾四两眼放出光来，他信誓旦旦、巧言令色，说从今往后就把兰大伟当亲弟弟相待，若是变卦，天打雷劈，最后终于取得了兰大伟的信任。两人说好，由顾四根据“闯王藏宝符”上的线索去找金银珠宝，找到后二一添作五，兰大伟的那一半由顾四代为保管，直到他刑满释放。

顾四大喜过望，赶紧探问“闯王藏宝符”的下落，兰大伟探头张望了一番，缩回脑袋后咬着耳朵告诉顾四：“闯王藏宝符”就藏在他家床下的一个“漂流罐”里！说完，他掏出自己家的房门钥匙，交给了顾四。

顾四问清了兰大伟的家庭住址，对另一个警察编了个借口，说要离开一下，便穿上棉大衣，骑摩托车绝尘而去。

顾四是个缺心眼的人吗？是个听见锣响就爬杆的猴子吗？不，他的心眼比蜂巢的窟窿眼还多，对兰大伟的话他也是将信将疑，不过，这就如同人们买彩票，尽管中彩的可能连“万一”都说不上，但人们还是抱着侥幸心理，有枣没枣先打三竿再说。

兰大伟的家在乡下，离县城二三十公里，骑摩托车来回不过个把小时。那会儿，西北风裹着雪粉儿吹得正紧，村道上不见人迹。顾四找到兰大伟家，将信将疑地掏钥匙试着开了门，又将信将疑地在床下寻找，嗨！床下还真的有一个上了釉的瓦罐！顾四仍然是将信将疑，伸手到罐子里面掏，这一掏果真就掏出一块竹板来，那竹板约 30 厘米长短，上面刻有文字，首先牵住顾四眼珠子的，是“闯王藏宝符”几个字！

到这时候，顾四对兰大伟的话可就再没丝毫疑心了，他在心里喊起来：发了、发了！我就要成旷世巨富了！可是接着再看，顾四就傻眼了：竹板上的文字是竖着刻写的，有一大半不认识，认识的只是“王土木金马”之类的偏旁。横看竖看，顾四死活弄不懂这行文字的意思，无奈之下只好丢弃了罐子，将竹板装进大衣口袋，马不停蹄地又回到了派出所。

这当儿正是下班时间，顾四趁另一个警察回家吃饭的时候，溜进“号子”，掏出“藏宝符”，问兰大伟是怎么回事。兰大伟解释道：当年李闯王为提防他人盗宝，刻“藏宝符”时，仿照秦、汉时期“虎符”的做法，分左右两部分，分别藏匿于两个罐子内；“藏宝符”上的文字骑于中缝刻写，因此，只有左右两部分合符之后方可通读，兰大伟说：“你拿到的‘藏宝符’只是左半部分，上面都是半拉字，当然看不出子丑寅卯了！”

顾四这才恍然大悟，同时也急眼了：“那右半部分在什么地方？”

兰大伟叫顾四不要急，接着又解释道：当时“漂流罐”有两个，另一个被一个六十岁上下的瘦老头捞去了。起初谁也不知道罐子的金贵，可当兰大伟打开罐子、发现写有“闯王藏宝符”的竹板后，瘦老头已经不知去向。为找寻“藏宝符”的右半部分，他奔波了几个月才打探到瘦老头的下落，不料正在这时，一伙来历不明的人找上门来，逼他交出“藏宝符”的左半部分，兰大伟料定对方是瘦老头的人，只得以死相拼，接连砍倒两人。“我就是因为这桩血案才被抓进来的呀！”

听到这里，顾四的眼睛又亮了：“这么说，你知道瘦老头的下落？”

兰大伟说："我虽不知道他姓啥名谁，但他的住址我已经摸得一清二楚。"顾四乐得直拍大腿，要兰大伟快讲，兰大伟说，那瘦老头的家就在县城内，他说不清具体的街道、胡同、门牌号，但一路过去寻到家门不成问题……顾四不等话音落地，就让兰大伟陪他走一趟，指认瘦老头的家，兰大伟听了手摇得像电扇叶片："我有罪在身，私自离开，一旦被人发现，要罪加一等呀！"

顾四说眼下派出所只有他一个人当班，两人骑一辆摩托车快去快回。如此好说歹说，兰大伟还是不愿意，顾四急了，他知道嫌犯在派出所留滞的时间不能超过 24 小时，之后一移交到看守所就"鞭长莫及"了。财迷心窍的顾四将"藏宝符"装进大衣口袋，一把拖住兰大伟出了派出所。他在前面驾驶摩托车，兰大伟坐在后座指引道路。这时天已经完全黑了，刺骨的西北风吹冰水似的往人身上泼。兰大伟穿着单薄，冻得直打哆嗦，他说坐在摩托车上活生生要冻死人，不愿再往前行了，顾四无奈，只好把自己的大衣脱下来给他穿上。

根据兰大伟的指引，摩托车拐进了一个路灯稀少的小胡同。经过一个露天的公共厕所时，兰大伟要进去方便，顾四屁股没离摩托车，脚踮着地在厕所外面等待，他左等右等不见人出来，便走进厕所察看，不料兰大伟早没了踪影……

"血栓"的形成过程

兰大伟摆脱顾四后，迅速扒上了一趟货运列车，远逃他乡躲了起来。

兰大伟为啥要逃？是想甩开顾四、独自去找瘦老头吗？不，并不是兰大伟背信弃义，他实在是不得不逃：他捞到一个"漂流罐"是真，而"瘦老头”和另一个“漂流罐”则子虚乌有，全是兰大伟顺口编出来的，他压根就不知道另半块“藏宝符”在什么地方。他之所以要这么挖空心思、施展手段逃跑，是因为他急着寻找父亲的下落。

兰大伟母亲早逝，他与父亲相依为命，这年，他在县高中读书，父亲为了多挣点钱，托熟人介绍，进了罗三手下的旅游公司干杂工。提起这个罗三来，在雾山县那可是赫赫有名，他是本地最大的“企业联合体”的老总，资产过亿，父亲去打工的这家旅游公司，就是罗三最近新开起来的。

一个星期天，兰大伟到旅游公司的施工点找父亲取生活费，不料父亲不见了，而且连铺盖衣物也没了踪影。兰大伟向其他农民工打听，可问谁，谁都闪烁其词，说不出个所以然来。兰大伟不得已找到罗三询问，得到的回答是：他父亲半个月前就辞掉工作离开了！

这怎么可能呢？一周前父子俩还见过面，父亲说公司拖欠工资，估计再等三五天才可能发薪……可罗三怎么说父亲半个月前就辞职了？

父亲就这么莫名其妙地失踪了！兰大伟与罗三争执过后，心里闷闷地回到家，刚进门就被两个打手堵在屋里。那两人照着兰大伟劈头盖脸便打，兰大伟以死相拼，抄起菜刀，将两个打手砍成重伤，逃出了屋子，藏匿半年后被抓获。

兰大伟估计那两个打手多半是罗三派来的，看来父亲的失踪不简单，如果就这么被判了刑，等自己从大牢里出来，黄花菜都凉了。为了找到父亲，查明真相，兰大伟才利用家里的半块“闯王藏宝符”，加上编出来的瘦老头的故事，真真假假，终于骗得顾四带自己跑出了“号子”……

兰大伟在外乡东躲西藏，一晃就是三年。这期间他四处打听父亲的下落，可是音信全无。兰大伟想，要想发现真正有价值的线索，还得回事发地：老家雾山县。他估计现在追捕的风头已过，几经辗转，扒上了一趟长途大卡车。车牌号码告诉他：这辆大卡车将要途经自己的家乡。

兰大伟不敢直接回家，他把落脚地点选在本县的一个旅游区，这个旅游区也就是所谓的李闯王当年的藏身地，位于县城南边。

太阳快落山时，蒙着雨布的大卡车接近了雾山县城。兰大伟估摸着绕过县城后天差不多就要黑了，司机也该停车吃饭了，那时他就可以悄悄溜下大卡车。不料大卡车偏偏在这时停了下来，兰大伟从雨布缝隙里往外一看，前面挤满了一望无际的汽车，国道上塞车了！

不过，兰大伟做梦也想不到，这次严重塞车的肇事者正是当年他父亲的老板、雾山县首富罗三！

当天中午，罗三开着自己新换的“宝马”绕县城兜风，驰过这个刚刚开张的收费站时被拦住了，一个叫小翠儿的收费员要罗三掏五元过卡费。

五元钱对罗三来说连九牛一毛都算不上，可是，他以前开车经过本县的其他收费站时，从来都是免收过卡费的。在雾山县这地方，国道上乱设卡、乱收费常遭人们质疑，但罗三对此却颇有好感：其他车被拦阻收费，而罗三的车畅通无阻，这种感觉是千金难买的！

可是眼下，罗三的“宝马”也被拦阻了，因此他很不情愿出这五元小钱，他对小翠儿说：“这收费站是新设的，你这收费的妞儿也是个雏儿——不认识我的车，你也该知道我是谁吧？”

小翠儿是个农村姑娘，寒窗苦读到中专毕业，这是她第一天走上收费工作岗位，当然不认识罗三的车，更不晓得他是什么人物。小翠儿满脸是笑，态度十分和蔼：“收费站有明文规定……”

罗三也轻蔑地冷笑着："王八的屁股——龟腚（规定），怀孕王八的肚子——内部应该还有其他龟腚（规定）吧？"他的意思是：收费规定是针对普通老百姓的，而对于特权人物、达官显贵，收费站应该还有内部规定——给予免费放行，可小翠儿听不懂他的"黑话"，迷惑地眨巴着眼睛问："您是说……"

罗三仍然乜斜着眼睛轻蔑地冷笑："你们领导难道没对你做其他交代？"

小翠儿这才算听明白了："我们领导是有过交代，除军车、警车外，就是县领导的车……"

其实，这时候罗三原本已经掏出了一张五元的钞票，听了这话他又把钱拿了回来："什么？县领导可以享受免费，为什么要我出钱？"

小翠儿又从收费窗口探出头来，看过车牌后说："县领导的车牌号我都做有记录，记录里面没有您的车牌号。"

罗三火了："你要知道，包括县长在内，这个县所有吃皇粮的，一年中有半年是靠我养的！他们有资格享受免费，我为什么就没资格？"

罗三的"企业联合体"，麾下有旅游公司、房地产开发公司等十几个企业，每年上交的税金，几乎占这个国家级贫困县企业税金的一半，因此他才会说出这样牛气的话。在罗三眼里，那些靠自己"养活"的县领导过卡可以享受特权，而自己却要被拦阻交钱，那真是"是可忍孰不可忍"了！

坚持"原则"的小翠儿哪知道这么许多？她还是不放行，罗三也就不再说什么了，他还是掏出了钱，但他递给小翠儿的已不是一张五元面值的钞票，而是一张百元大钞，同时恶狠狠地甩过去两个字："找钱！"

找钱天经地义，找钱后应该说事情就算了结了，可罗三的心里却怄得难受。二十多年前,他还是个靠偷鸡摸狗、坑蒙拐骗混日子的社会渣滓,大罪不犯小罪不断，但这家伙钻中小企业改制的空子，官商勾结，套贷巨款贱买了雾山县的几家企业，才吹气似的暴发起来。如今，罗三已是雾山县财政收入的“台柱子”，就是县里的头儿们和他称兄道弟，他有时也可以爱理不理了！因此，罗三认为过卡是否交费绝不是个钱的问题，而是个身份问题，是社会地位、社会层面上的问题！如果这时罗三打个电话给县里的头儿，免收过卡费肯定是不成问题的，但他没有这么做，对于他来说，张嘴求人早已成为历史，他要用另外一种方式，来显示自己呼风唤雨的能耐、翻江倒海的本事，来炫耀和强化自己的社会地位，来补偿自己巨大的“精神损失”！

罗三开车兜了一圈又来到收费站，还是乜斜着眼，冷笑着问小翠儿是不是还收费。小翠儿知道他这是找事儿，但脸上仍堆着笑：“还是五元——谢谢您的合作。”

罗三又掏出一张百元大钞递过去，阴阳怪气地回敬道：“丫头，我们会好好合作的！”

离开收费站后，罗三把车停到一个鱼塘旁边，拨通了自己办公室主任的电话，气呼呼地下达指令：下属企业的所有车辆立即停止正常运输，把车开到国道收费站；10 分钟一个来回从收费站穿梭而过，过卡费由司机到企业财务部预借，过后一概报销……他还特地强调：“预借的过卡费，必须都是百元大钞；每一次过卡，必须付百元大钞，违者一律视作重大责任事故严肃追究！”

指令下达完毕，罗三又打电话招来一帮带着酒菜的手下和舞厅三陪小姐，在鱼塘边临风把酒、谈笑风生，开始钓鱼取乐了。

转眼间，罗三调遣来的近百台轿车、卡车，纷纷在国道收费站往返

"穿梭"，司机都用百元大钞交过卡费；收费站的零钱很快"找"完，没有办法再找钱，不找钱车就堵在那里！

自从"李自成归宿新说"、"闯王藏宝在雾山"等文章见诸媒体后，几经炒作，到雾山旅游区猎奇、淘宝的人数剧增，这条国道上的车流量也随之加大，一塞车后果极其严重；而且，不少人开车有个共同的毛病：遭遇堵车后不是排队等候疏通，而是见缝插针往前挤，都想先走，结果是谁也动弹不得。罗三调遣来的车在收费站随便那么一堵，转眼间十几公里路面就完全塞死，一条坦坦荡荡的国道就这样陷入瘫痪，共和国的一条"血管"就这样形成了"血栓"……

"寄死窑"里的奇遇

天渐渐黑了，堵塞在国道上的车前不见头后不见尾，兰大伟猫在车上寻思：恢复通车也许还要一两个小时，自己在这里待得久了容易露出蛛丝马迹，思来想去，兰大伟决定提前下车，先步行到一个叫蛤蟆湾的村子，而后抄小路潜至旅游区。他辨明了方向，悄悄溜下大卡车，蹿上了一条田间土路。

明月把宁静的原野照得亮堂堂的，兰大伟走到蛤蟆湾已是拂晓时分，他累得实在走不动了，被迫改变计划，打算在蛤蟆湾一带歇息一天。蛤蟆湾紧靠绵延起伏的雾山，距县城五六十里路程，离兰大伟家也不太远。兰大伟小时候在蛤蟆湾读过书，因此对这一带情况相当熟悉。

打算归打算，可住宿地点却让兰大伟犯愁：村中没亲没故的，一个负罪在逃之人，当然不敢贸然到村民家借宿；眼下正是初春时节，寒气逼人，荒山野地怎能成眠？兰大伟灵机一动，想到了附近山脚下、土岗上随处可见的"寄死窑"。

所谓"寄死窑"，就是人在里面等死的土洞。远古时候，这一带有个奇特的民俗：凡是年满六十岁的老人，就主动与儿女们"分居"，独自到自家专用的窑洞中去等待死期降临，儿女们平时送些吃喝过去就算是尽孝了。老人死后，儿女们便将其尸体移出安葬，"寄死窑"再留给后人使用。现在，这一民俗早就废了，但破败不堪、无人问津的"寄死窑"还残留不少，是藏身避寒的好去处。

兰大伟绕过村落，在山脚下找到了一个掩在荒草中的"寄死窑"。窑洞冬暖夏凉，里面相当暖和，他往地上铺了些杂草，倒头便睡。连续几天几夜的担惊受怕、颠簸跋涉，他身心疲惫到了极点，往地铺上一躺，醒来已经是日落西山、暮色深沉了。

兰大伟醒来后饿得头晕眼花，正准备出去寻找吃食，外面突然传来由远而近、窸窸窣窣的响动——好像是人在荒草中走近的脚步声！

该不是警察来了吧？兰大伟急忙又躲进了窑洞深处，警惕地往外张望。窑洞外夜幕初降，窑洞内已黑暗如夜。这时，一个女人的身影闪进了"寄死窑"，并且径直往窑内走来！毕竟是作案在逃的嫌犯，兰大伟心里发虚，想溜出去却已经来不及了，只好潜伏在窑内黑暗处观察动静，心想：一个女人，入夜后到这荒废的"寄死窑"来干什么？该不是路过找厕所、找进我的"卧室"里来了？

那女人走进"寄死窑"后并没有解手，而是在地上坐了下来。借着窑外微弱的光线，兰大伟看见那女人掏出了个矿泉水瓶似的东西，而后就听见"咕咚咕咚"的喝水声。他暗暗叫起苦来：坏了坏了！看样子这女人也是无家可归、准备在这里过夜呀！

过了一阵，那女人却呜呜咽咽地哭诉开了："妈呀，哥哥呀，我不告别而离了家，这就要永远离开你们了，我是没脸活在人世上了……”

兰大伟听着听着，渐渐明白了：这个不速之客要走绝路！大概她是怕亲人接受不了自己死亡的打击，才选择悄无声息地在人间消失，选择了“寄死窑”作为自己的绝命之地，使亲人以为她不过是失踪了！

对方的声音越来越微弱，梦呓似的念念叨叨，说着说着就歪倒在地铺上了！兰大伟这才明白，这女人刚才喝下的一定是农药之类的东西，看样子她现在是生命垂危了！兰大伟顿时慌了手脚，情急之下他摸到了对方的身体，摇晃呼喊，可对方没有任何回应。

兰大伟一时竟忘了自身的安危，背起寻短见的女人跑出了“寄死窑”，他想把女人背到蛤蟆湾抢救，可跑了不到一半路程，兰大伟就栽倒了——他早饿得头晕眼花，实在背不动了。

兰大伟只好把寻短见的女人放到地上，自己继续往村子里跑，一路呼喊着：“有人自杀啦！”

寻短见者不是别人，正是国道收费站的小翠儿。

原来塞车事件最终惊动了县里的头儿，县领导亲自赶到现场处理，罗三接受了“赔礼道歉”，小翠儿被立即开除。

小翠儿中专毕业，找到这份体面工作不容易。然而上班才一天，她就在毫无过失的情况下被炒了鱿鱼。卷铺盖回家后，小翠儿越想越觉得没脸见人，越想越感到自己冤枉委屈，一时想不开就选择了自尽这条路。

这时，小翠儿的哥哥正在满村子找人，听到兰大伟呼喊后，一把将其拉进家门，慌慌张张问了个大概，而后便带村民将小翠儿抬到了本村的医疗站。

小翠儿哥哥手忙脚乱的只顾救人，一时竟把兰大伟忘了。这倒正合兰大伟的心意：他最怕暴露了自己。小翠儿被救走后，兰大伟偷拔了几个萝卜充饥，随后又钻进“寄死窑”内睡觉。在逃期间他几乎没有睡过一个囫囵觉，他打算在“寄死窑”中，把三年欠睡的觉补回来。这一睡下去，他又睡成了一头“死猪”。

兰大伟一睡过去就开始做梦，梦见自己被警察围住无法逃脱，便向警察哭诉起自己只身寻父的冤情，可是哭诉了半天，警察说法大于情，还是要给他戴手铐；兰大伟自知反抗没用，老老实实地把手伸着。手铐上手后越铐越紧，就像要把手腕铐断似的……兰大伟被疼醒了，醒来迷迷糊糊一看，自己的双手并没戴手铐，却是被一根带子牢牢捆着！

难道是恶梦成真了？兰大伟大吃一惊，眨巴眨巴眼睛再看：窑洞内竟然一片光明，光明来自于一个手电筒；那电筒已卸了罩子，蜡烛似的竖在地上；“蜡烛”旁边站着一个蓬头垢面的人！

兰大伟惊出了一身冷汗，企图爬起来逃跑，却被身边那人一脚踹翻；随着这一脚，窑洞里响起了让人耳熟的声音：“想不到吧？你小子最终还是落到了老子手里！”

惊魂未定的兰大伟仰面倒在地上，定睛再看，他简直不敢相信自己的眼睛：站在自己面前的，竟然是当年放走自己的治安员顾四！

当年，顾四进厕所后找不到兰大伟，口袋里装有“闯王藏宝符”的大衣也被穿走了，他才突然意识到自己上当了！他肠子都要悔青了，牙齿都要咬碎了！人犯逃跑可不是小事，一旦被查出私放人犯，他是要蹲大狱的！顾四害怕受牢狱之苦，给派出所来了个不告而别，也远逃他乡，和兰大伟一样在外东躲西藏了三年才潜回故乡；到家后一看妻子跟别人跑了，房子被妻子卖了，顾四连个临时藏身的地方也难找，走投无路的他来到蛤蟆湾，打算找一处“寄死窑”躲藏几天，看看风声动静再做打算。

正所谓“冤家路窄”——这一带山脚下、土岗上的“寄死窑”比比皆是，可顾四偏偏就选中了兰大伟住的这个！他入夜后走进窑洞，打亮电筒一照，里面居然睡着一个人！再从头到脚一打量，这个人居然是兰大伟！

情仇难了

仇人相见分外眼红，顾四摸出随身带的刀子，恨不得当时就把兰大伟给捅了！可是转念一想：这小子是带着半块“闯王藏宝符”逃走的，如今那物件在什么地方？他既然有“藏宝符”在手，为何也落魄到这般田地？

“闯王藏宝符”的传闻在雾山县已风行多年，至今越发盛行，说不清有多少人都在做着“藏宝符”的梦。尽管顾四成了丧家之犬，但三年来从未放弃过对“藏宝符”的幻想。眼下他已走投无路，若是能找到“藏宝符”，那可就绝处逢生了！

于是顾四打算先问个明白再说：如果能得到这小子的半块“藏宝符”，再把瘦老头的另一半也弄到手，自己这几年的罪也算没白受；如果这小子所谓的“藏宝符”只是一出骗局，再置他于死地、报仇雪恨不迟。

顾四怕兰大伟醒来后不好对付，就用刀割断了兰大伟的挂包带子，蹑手蹑脚地去捆他的双手。兰大伟缩作一团侧身睡着，两只手因寒冷握在一起，顾四先用带子套住他的双手，而后突然发力捆绑。那时，睡梦中的兰大伟还以为是警察在给他戴手铐呢……

此时顾四见兰大伟被自己踢翻在地，便冷笑开了：“你再忽悠啊？再跑啊？独吞了‘藏宝符’，你小子怎么还落难在此呀？”

兰大伟一看，顾四穿着破烂、蓬头垢面，手里还拿着刀子，满脸杀气地站在面前，顿时明白了个八九不离十。他一动不动地躺着，慢慢地说："我既然落到这田地，也就和你实说吧：当年我之所以逃跑，确实是想单独找到瘦老头，独吞'闯王藏宝符'。可是如今，我心里的酸甜苦辣呀……"

顾四仍然在冷笑："忽悠，接着忽悠！"

兰大伟一边挣扎着坐起来，一边大脑飞速地运转，想着怎么才能再编一套话哄住顾四，终于他有了主意，于是显出一脸诚恳的神情，平静地向顾四解释起来：当年，自己本想去找那瘦老头，不料瘦老头酒后失言泄露了秘密，被几拨黑道上的家伙盯上了。为躲避杀身之祸，瘦老头以打工仔身份，躲到旅游区基建工地藏身。等自己前去寻找瘦老头时，他却已经从工地失踪了，生不见人死不见尸，连铺盖衣物都不见了，"闯王藏宝符"就这样被他神秘地带走了。"要不然，我早成旷世巨富了！"

兰大伟说完，长叹了一声，他情急之下为了把谎话编圆，不自觉地把父亲的遭遇融合到了瘦老头的故事里。不料顾四听完，禁不住身子一抖，蹲下身子追问："你说的那瘦老头，长什么模样？"

兰大伟愣了一愣，答道："他……瘦瘦高高，留着大胡子，脖子上还有一块青胎记……"兰大伟说的哪里是瘦老头，分明就是在形容父亲的容貌，三年来，父亲的笑脸多少次出现在他的梦境里啊！

想不到，顾四听完后脸上顿时浮现出惊喜的神色，他拍手笑道："哈哈，老子知道瘦老头在哪儿，老子知道他的下落！这真是得来全不费工夫啊……"

这话使兰大伟心里猛然一震：瘦老头的事全是自己瞎编出来的，他的长相也是自己照着父亲的模样胡扯的，这顾四怎么可能真的见过瘦老头？莫非、莫非他见到的就是自己的父亲！

兰大伟的心跳一阵加快，暗自祷告：天可怜见，让顾四见到的就是我爹，让我父子团圆。他定了定神，问顾四："那个瘦老头，他、他现在在哪里？"问话的时候，兰大伟只觉得自己的声音都发颤了。

顾四看兰大伟一副紧张的样子，越发相信瘦老头手里的确有另一半"藏宝符"，他冷笑一声，说："你先别管他在哪儿，只要你告诉我，眼下你的那一半"藏宝符"在哪里，我自会带你去找瘦老头，到那时，咱们双符合一，可就要发大财了……"

兰大伟听了，心里却一片冰凉，他知道，只要自己一说出"藏宝符"的下落，心狠手辣的顾四一定会立刻杀了自己灭口，然后独自去找"瘦老头"。父亲的下落刚有了眉目，这个关键时刻，自己可不能死啊……怎么办？情急之下，兰大伟信口胡诌，说自己偷偷返乡后一直躲在这里，由蛤蟆湾的未婚妻悄悄送吃送喝，那半块"藏宝符"也藏在未婚妻家里："你现在要是把我松绑，我立马就去把它取来。"

"我再信你这一次，不过，老子要和你一起去取！"吃过亏的顾四当然不会再轻易上当，他不但没有为兰大伟松绑，而且还以绳子作"脚镣"拴住了兰大伟的双脚，使其能走不能跑，然后，他把刀子在兰大伟脸前晃悠着说："如果你敢玩花招，咱们的新账老账就用刀子'噗嗤'一声了断！"

兰大伟别无选择，只好答应了他的要求。顾四收起电筒，用刀子押着兰大伟向村子里走去。

三四里的乡间小路，兰大伟心里的小鼓也一直敲了三四里：村里唯一可以求助的是萍水相逢的小翠儿哥哥，进村后只有去敲他家的门了。可是进了他家该怎么办？对了，进门后我突然回身反抗，那时，身强力壮的小翠儿哥哥肯定会出手相助……

如意算盘拨着拨着就拨到了小翠儿家门外，兰大伟回身让顾四松绑，顾四却先冷笑着说出了一句话，这句话当时就断了兰大伟死里逃生的路："我不会上你的当——如果一同进了你未婚妻家，我独狼是斗不过群虎的！"

兰大伟试探着问："那你说怎么办？"

顾四恶狠狠说道："你自己进去，老子就在门外等着！"

兰大伟一听，差点没笑出声来：自己进去后，先让小翠儿家人给自己松绑，而后一不做二不休，与小翠儿家人一道，返身出门共同对付顾四。心里这么想着，他就用被绑着的手敲响了小翠儿家的门。

这时，顾四却跨上了门口的一台推土机。那推土机是小翠儿哥哥傍晚从工地开回来的，当时寻找小翠儿匆忙，连钥匙都没来得及拔，就在自己家门口停着。

顾四跨上推土机后压低嗓门，说："老子过去摆弄过这玩意儿，你小子进去后，20 分钟内不拿'藏宝符'出来，我就一脚油门踩下去，铲个墙倒屋塌，不把你和未婚妻全家碾成肉酱，也要把你们全活埋在屋子里！"这话一说完，他便发动了推土机。

兰大伟怎么也想不到顾四还有这一手，顿时惊出一身冷汗：大马力的推土机对付一座普通民房，简直是摧枯拉朽！这家伙是走投无路、狗急跳墙的亡命徒，有什么是他做不出来的呀！

这时已经接近夜里 12 点，小翠儿和哥哥却还在灯下说话，谈论着这两天来发生的事情。小翠儿服用了过量安眠药，因抢救及时很快脱离危险回了家。到家后小翠儿哥哥才想到救命恩人兰大伟，可找遍了村里村外也没找到人，兄妹俩正念叨着这事呢。

听到敲门声和发动推土机的轰响声，小翠儿哥哥不知道出了什么事，开了门正要查看究竟，兰大伟却先一头撞了进来。他不容小翠儿兄妹开口，先示意他们马上给自己松绑，而后压低嗓门，急匆匆道出了自己面临的险境："我是万般无奈才求上门来的。眼下，咱们只有先从窗户逃出去再想办法了！"

可是，小翠儿家房子的窗户都装着防盗网，大门是唯一的出口！

很快，20 分钟过去了大半，即使打电话报警，等警车赶来后，房毁人亡的惨剧只怕也已经发生了！

松了绑的兰大伟见状眼都急红了，要返回室外与顾四拼个鱼死网破，不料小翠儿却一把拖住兰大伟，同时叫哥哥赶紧到厨房里去。兰大伟以为小翠儿要哥哥到厨房里去拿菜刀，更是惊得满脸煞白："硬拼使不得！推土机正堵着门，那家伙一脚油门踩下去……"

不等他把话说完，小翠儿哥哥已进了厨房。兰大伟悔恨得直拿拳头擂自己脑袋："蠢蠢蠢！这不是让人家一家子陪我同归于尽吗？"

漫山遍野的"勿忘我"

就在兰大伟痛心疾首的时候，推土机的轰鸣突然停了下来，取而代之的是顾四的惨叫！

原来，这一带屋里屋外都挖有红薯窖，小翠儿家屋子内外的红薯窖是相通的！小翠儿哥哥受妹妹启发，用"地道战"的办法来到室外，从顾四身后发动了突袭。小翠儿哥哥以前在部队当过侦察兵，收拾一个顾四简直是老鹰对付一只病鸡。

当兰大伟和小翠儿破门而出、打手电看时，顾四已被拖下了推土机，被小翠儿哥哥反剪了双手，狗吃屎趴在地上哀号。

三个人连推带搡将顾四揪进家门，在明亮的灯光下这么一打量，小翠儿哥哥先是疑惑地直眨巴眼睛，眨着眨着他的眼睛就瞪直了，他问顾四："你、你可做过罗三的保镖？"

顾四打量着小翠儿哥哥，也是一愣："你、你可在旅游公司干过保安？"

原来，顾四早年是推土机司机，不久成了罗三的保镖，后来因故被罗三开除，很快又混上了治安员的饭碗。而小翠儿哥哥刚从部队复员那会儿，难辨黑白，在罗三的公司里当过保安，这样，两人就曾有过一段"露水"交道。

一见意外遇到了熟人，顾四如同抓到了救命稻草，又是鼻涕又是泪的，求小翠儿哥哥放他一马："我是走投无路、财迷心窍才出此下策呀！"

这时，在兰大伟的眼里，顾四已经不是一个蓬头垢面的亡命徒，而是一把打开父亲下落的活钥匙：他曾是罗三的保镖，那么他所知道的瘦老头，多半就是自己的父亲！这家伙的肚里肯定有牛黄狗宝！如何把他的牛黄狗宝掏出来？还是得打"藏宝符"这张牌。因此兰大伟松开拳头，接着顾四的话说："爱财不算过错，错的是你不带我去找瘦老头的'藏宝符'，却逼我交出另一半，你好吃独食儿！"

小翠儿哥哥在一旁听了一会儿，便敲起了边鼓："你们两个拜把子的兄弟能劫后重逢，是前世缘分哪！眼下你们同病相怜，要是能把两半'藏宝符'合成一处，我们也能跟着沾些光啊！"

小翠儿也早看出了眉目，她假意冲哥哥发火道："不要同他瞎掺和！他一个在逃犯，又在窑洞里劫持绑架、胁迫勒索、夜闯民宅……我们还是明天到公安局告发的好！"

顾四一听就慌了神，兰大伟趁势对他说："你还不快说，瘦老头到底在哪儿？不然我也保不了你啊！”

“要我说可以，不过……”顾四翻了一阵眼珠子，“拿到了瘦老头那一半‘藏宝符’，金银珠宝咱们怎么分？”

兰大伟先是一怔，继而一拍胸脯道：“你我二一添作五！”

顾四的眼睛还在眨巴：“空口无凭，咱们是不是立个字据？”

小翠儿哥哥从地上跳起，拿出纸笔交给顾四，顾四撸起袖子便写字据，小翠儿兄妹算是旁证人，两个当事人各按上了朱红手印，字据一式三份，当事人和旁证人各持其一。

天亮之后，兰大伟迫不及待地催着顾四带自己去寻瘦老头，小翠儿兄妹俩不放心，也要求跟着一起去。

一行人走在路上，兰大伟想到或许马上就能见到父亲了，只觉得心里一阵阵发慌，他问顾四：“瘦老头到底在什么地方，离这里远吗？”顾四一摇脑袋，说：“不远，就在这了。”说着，他竟把兰大伟他们引进了山脚下的另一个“寄死窑”。

难道自己辛苦找了三年的父亲竟然在这？兰大伟愣了一下，抢先一步跨进窑洞，只见阴暗的窑洞里空荡荡的，没有一丝生气，根本不像有人落脚的样子，一种不祥的预感袭上了兰大伟的心头。这时，小翠儿兄妹也进了窑洞，小翠儿哥哥打量了一番四周，一把抓住了顾四的衣领：“好小子，你敢骗我们，这哪有人？”

顾四轻轻推开小翠儿哥哥的手，冷冷地道：“别急呀，人嘛，就在这下面……“他用手指了指地下，然后拿起随身带来的铁锹，挖了起来。

首先挖掘出来的是一些随身用具、铺盖衣物，兰大伟一看，果然是父亲之物，继续再挖，就看到了一具遗骨……兰大伟两眼一阵发黑，差点晕了过去：原来父亲已经不在了！

顾四却一点也没注意到兰大伟他们的异样，一边挖，一边嘴里还念叨着："这死鬼就是瘦老头了，老实告诉你们，他的尸首、铺盖衣物，当年正是老子亲手埋的，谁叫他得罪了罗大老板呢，那不是找死吗……唉，我要是早知道他身上有'藏宝符'就好了，呆会挖出了那半块，你们可要守江湖规矩，不能反悔啊……"

顾四这几句话一说，兰大伟心中如明镜一般，他一下子明白了事情的前因后果，这话还得扯回三年前：

李自成归宿是历史上的一大悬案，鬼精的罗三从这中间看到了商机，为拉动雾山县的旅游业，牟取暴利，他浑水摸鱼，先是组织人在山区伪造了闯王藏身地遗迹，之后又雇"枪手"杜撰所谓的考证文章，称雾山为闯王的遗宝埋藏地，向社会撒下弥天大谎。作为"制假"工程的一部分，他还让人刻写了"闯王藏宝符"，密封在罐子里埋藏。

兰大伟父亲当时在罗三的旅游公司打工，受指派四处埋藏破罐子烂碗，而埋藏这些物件的目的，以及罐子中装有何物，他却一无所知。当兰大伟捞到"漂流罐"，带回家报喜时，父亲发现，这罐子正是他前不久亲手埋的！再看罐子里面的"闯王藏宝符"，父子俩才恍然大悟。随后，兰大伟把罐子随手丢到了床铺下，父亲则向工友透露了罗三的秘密。

听到风声后，罗三气急败坏：自己精心策划的整套骗局，连老婆、二奶都没让知道，这"商业秘密"怎么被农民工给捅破了？他立刻以这个民工违规抗命为由，指派顾四害死兰大伟的父亲灭口，之后又移尸灭迹，连人带铺盖衣物一起埋掉……

当天下午，兰大伟和小翠儿兄妹押着顾四，向县城走去，他们此行的目的，一是投案自首，二是报案。有了顾四这个人证，还有字据、父亲遗物做物证，他们有信心让罗三之流得到法律的严惩。

去县城的路上，兰大伟对小翠儿说，自己有罪在身，蹲监狱肯定是免不了的："我这一关进去说不定要多少年……"

尽管相处短暂，但同仇共恨已使两颗年轻的心紧紧连在了一起，相互给予的帮助更使他们产生了终生相守的渴望。小翠儿含情脉脉地注视着兰大伟，说："我在监狱外等着你，等你一万年，勿忘我！"

正是初春时节，漫山遍野都是淡蓝色的"勿忘我"……

（尹全生）

（题图：杨宏富）

难。

正是因为世事无常，想要坚持最初的信仰才会如此艰

天涯·奇情录

tianya qiqinglu

心里有个小九九

西双版纳深处有个不为人知的村子，村子里有个古怪爷，他有两个儿子，还养了一只叫“长毛”的大象。当年古怪爷把长毛从猎人的陷阱里救出来，从小带到大，如今长毛老了，古怪爷也老了，古怪爷遇到了烦心事。原来，大儿子成家以后，天天在古怪爷耳边闹着要分家。

终于有一天，古怪爷把两个儿子叫到面前，说：“老大整天要分家，我也不能硬撑着，不过这个家怎么分，得我说了算。”古怪爷抽了口烟，接着说，“一样是除了我现在住的老房以外所有的房产家当，一样就是长毛，你们哥俩各选一样。”

老大眼珠子转了几转，心里打开了小九九：长毛老得不成样子，既干不得活，又没颗好端端的象牙，除了一天得吃十几块钱的草料，可以说是百无一用，谁会傻得要这个废物呢？这么想着，老大就低下头不吭气。

老二说："爹，如果实在要分家，那我要长毛。"

古怪爷对老大说："你的意思呢？"

老大马上顺水推舟地说："既然弟弟是这个意思，那就按弟弟说的办呗。"

古怪爷分家的消息马上传遍了全村，村里人议论纷纷。按理说，小儿子最孝顺最听话，是古怪爷的心头肉，可这次分家他却只分了头老象；老大刁钻不讲理，反倒分得了大部分家产，真不知古怪爷是怎么想的。再后来就有了另一种说法，说那小儿子分到的老象是头神象，不知道值多少钱哩！

这说法传到了老大耳朵里，他的心猛往下一沉：是啊，爹最喜欢老二，怎么会让他吃亏呢？怕是那象真的有名堂。老大越想越感到不对劲，晚上躺在床上和媳妇一合计，两口子决定第二天到老二那去看个究竟。

第二天一大早，老大就敲响了老二的房门，见哥哥嫂子来了，老二忙把他们让进屋。老大说："弟，明天你大侄子班上要来几个同学，他们想和长毛照张相，把长毛借我一天，你看行不？"老二笑着说："哥，你说的是哪里话，这有什么不行的，不就是照张相吗，你牵走就是了。"

老大点点头，牵着长毛回到了家。两口子忙关上房门，围着长毛上上下下地端详。长鼻子大耳朵，这长毛看了几十年了，还不是这个样！老大不甘心，他打长途电话到省城动物园，问一头象值多少钱，动物园答复说象是国家保护动物，不允许个人买卖。这下老大没招了，看着摇头晃脑的长毛，老大心里猜不透：爹，你这葫芦里卖的究竟是什么药啊。

见丈夫愁眉苦脸的样子，老大媳妇凑过脸来说："孩他爹，我倒看出了点门道。”老大忙问：“啥门道？”媳妇说：“我先给你念叨个事儿，还是我在娘家听的。”媳妇干咳了一声，继续说，“我娘家村里有个光棍养了头牛，别人的牛越养越肥，可他这头牛却越养越瘦，还干不得活。实在过不下去了，光棍就把牛宰了。牛宰了你猜怎么着？”“怎么着，还成了精不成？”“比成精还冲……那牛肚子里长了半斤多重的牛黄，这天然牛黄多珍贵，值好几万，光棍从此就发家致了富。”

老大一听，张大的嘴半天没闭上，他拉住媳妇的手说：“你的意思是长毛……”

媳妇点点头：“我看十有八九。”

老大叹一口气说：“那咱们就沾不上边了，你知道长毛啥时候死。”

媳妇撇了撇嘴：“它一头象，啥时候死还不是人说了算。给它的草料里拌上点儿农药，不就什么都有了。”

“害死长毛？它可是和我一起长大的，我下不了手。”

“一起长大的也还不就是个畜生，你下不了手我下。”

“可它要是死在咱们手里，爹那儿我怎么交代？”

“你个实心眼。你往它草料里放耗子药，那药药劲慢，咱把象还了，到晚上它是死是活谁还能找到咱？”

老大咬了咬嘴唇，点点头，于是两个人便依计而行。

送走了长毛，从老二家回来，天已经全黑了，老大躺在床上翻来覆去地睡不着，他索性坐起来和媳妇合计：“长毛要是今晚上死了，那肚子里的东西还不得让爹和老二拿走，还能轮到咱，那咱能图个啥？”

老大媳妇皱着眉说：“也是。要不，你夜里去把长毛牵出来，拉到深山老林里，等它药劲上来翻了，你再来个开膛破肚，神不知鬼不觉。”

老大一拍大腿——今天豁出去了。到了半夜，一个黑影出现在老二家门口，他蹑手蹑脚地走进马棚，牵出长毛，飞快地向密林深处走去。来人正是老大，可怜的长毛毫无戒备，顺从地晃着大耳朵，紧紧地跟在老大身后。

路越走越黑，林子周围不时传来狼的嚎叫，老大心里不由得打了个寒战，可他看到长毛毫无中毒的样子，他咬了咬牙，继续往前走。渐渐地，长毛的脚步越走越慢，身体也开始左右摇晃，老大心里窃喜——他知道，这是药劲上来了。

正走着，长毛突然停住了脚步，它侧起头，好像在听着什么。老大正在纳闷，突然，他耳边响起一阵刺耳的嚎叫，抬头一看，顿时吓得魂飞魄散：一只巨大的黑熊，正在前面不到十米处虎视眈眈地看着他们。老大头脑一片空白，他十分明白这种老林中已经很难遇见的黑熊是多么可怕。只见黑熊凶恶地嚎叫着，它死死盯着老大，并且已经开始试图绕过长毛去接近老大。

长毛甩着长鼻子，像座大山一样挡在黑熊前面，不给它半点机会。黑熊似乎有点不耐烦了，它愤怒地用爪子刨着地面，龇着的长牙上闪着点点寒光，如果在平时长毛对黑熊根本不屑一顾，但现在，长毛已经力不从心了——它的脚几次瘫软下去，然后又挣扎着站起来，但它的眼睛却始终没有离开黑熊。

黑熊似乎看出了些门道，它凶相毕露，毫无顾忌地绕过长毛向老大冲来。老大想跑，可他的脚却像灌了铅，钉在地上一动也动不了，他吓呆了。

长毛愤怒地一声长啸，长鼻子甩过来，狠狠地抽在了黑熊脸上。黑熊用厚厚的熊掌使劲向外一挡，长毛的鼻子立刻被划出了一条深深的血印。长毛急了，它用巨大的身躯猛地撞向黑熊，黑熊被撞了一个滚，长毛也险些跌倒在地上，受伤的黑熊近乎疯狂了，它不顾一切地又一次向老大冲来。正在这危急时刻，长毛飞快地用长鼻子卷起老大，高高地举向空中，而把自己的前胸整个地袒露给了黑熊。

黑熊并没有扑上来，望着雕塑般的长毛，它停住了脚步。它们两个对峙着，谁也没有让步。突然，长毛冲天一声吼，震耳欲聋的叫声震得周围的树叶都纷纷往地上掉，黑熊怯懦地看了长毛一眼，掉头飞快地逃走了。

长毛的身体轻轻晃了两晃，嘴里开始大口大口地吐白沫。它轻轻地把老大放到了地上，转过身，向林子深处走去。长毛鼻子上的血一滴一滴落在地上，溅起了一朵朵小红花，老大拼命地叫着："长毛，长毛！"长毛没有理老大，它依然跌跌撞撞地向前走，好像前方有什么东西在召唤它。老大哭喊着跟在长毛身后，他不知道长毛要干什么，但他下决心要救长毛，要给它解毒。

长毛没有停步，不知走了多长时间，也不知是到了什么地方，突然，森林消失了，老大眼前出现了一片开阔地。长毛又发出一片长啸，随后便开始用前腿和残缺不全的象牙在地上挖洞。老大停住脚步，他简直不敢相信自己的眼睛，这是什么地方啊——他看到地上满是白森森的象骨，数不清的象牙一根根直指天际，在月色下发出幽幽的白光。

老大终于明白了，他来到了传说中的象冢——那还是老辈人说的，大象是一种十分有灵性的动物，特别是头象，它死前会找到祖先留下的象冢，把自己半埋入土，然后静静地死去。在许多人眼里，找到象冢无异于找到了一座金矿，但多少年来，却没有人找到过它。

长毛吃力地掘着坑，很快就埋进了半个身子。它停下了工作，轻轻闭上了眼睛，慢慢地，它的身体僵直了。

"长毛！"老大的眼泪滴落下来，洒湿了衣襟。他采了一束白花，轻轻地放到了长毛身边，然后深深鞠了三个躬，长毛高大的身躯一动不动，在老大的眼里，长毛是一座高高的丰碑。周围满是珍贵的象牙，任何一根都价值连城，可是老大没有动一下，甚至没有再看一眼——在高高的象冢面前，他感到自己分外渺小。老大转身往回走，回头路上，他没有做路标，他不想任何人打扰长毛。

老大走了，真的再也没有回来过。象冢的故事至今仍是美丽的传说。

（文　华）

（题图：魏忠善）

小偷的抉择

一个小偷大胆地撬开了锈迹斑驳的门，进到屋内，把门关严，撬开抽屉，发现了两张五十元票子，他拈起钱，下面压了一张纸条，上面写着：

假如你和我一样，这100元钱你偷走好了；假如你还剩一只手，请为我留下50元，以便我失业那天用它到职介所去登记谋职；假如你是四肢健全的贼，请用第三只手把你良心掏出来放在里面，并替我锁好这个柜子，谢谢！

一个失去双手的残疾人

小偷看完纸条后不以为然地“哼”了一声，又用两根手指头夹着钱在阳光里照、弹，心里嘀咕着:“瞧你多缺乏幽默感，你把‘偷’说成‘捎’字多文雅！‘贼’这个称谓也太不时尚，你叫我‘衣兜清洁工’不行么！”

小偷拿着钱正准备出门，忽然看见柜子上端挂着一张残疾人证书，屋里空荡荡的，唯有证书上那个残疾人的眼睛雪亮又锐利，小偷看着照片，不觉有点儿如芒在背的感觉。

小偷想了又想，犹豫再三，琢磨着是否将钱还回去，却又不甘心自己空手而归，要知道，刚才翻过屋外那道院墙时，他的大腿被玻璃碴划伤了，一双皮鞋也蹬破了。

小偷又踢开鞋柜，一双崭新的大路牌皮鞋赫然入目，四十码，就像是给他定做的。他穿上鞋在地板上走，感觉脚尖处憋得紧，伸手一掏，便掏出一个纸团，上面写着：

这是我用替人看门积攒的钱买来的一双皮鞋，假如你的脚残疾又没有工作，不妨穿上这鞋到街上碰碰运气；假如你仅仅没有工作，你也可以穿走它继续你现在的偷盗，但你的路会越走越窄。

一个左脚安了假肢的人

小偷看完纸条，立刻像被烫了一般缩回了手，妈的，这人真恶毒！你咒我残疾吗？我咒你灭亡！贼将鞋放回原处，走到厨房，决定打开天然气阀，关紧门窗，他要让这屋的主人回来休息时在瞬间“羽化成仙”！他把手伸向气阀，却看见气表上早贴着一张令人毛骨悚然的纸条：

贼先生，这封信上有个秘密，请你务必读完——

你可能是第一个也可能是最后一个进这屋子的人。我的天然气管年久失修，有点儿漏气，你只需在沙发上一躺就一了百了了。告诉你，我暗设了机关——你不要以为我失去了双手不可能做这样的事，我的嘴、脚，都是灵巧的人体机械，告诉你，所有的门窗你都已经无力打开！如果仅仅是因生活所迫偶尔做贼，你偷了这一次后，愿意狠下决心金盆洗手，那么请你立即拨打我写在这纸条背后的电话，本话机还有一元话费可打。谢谢你看完了这封信。

一个凭嘴巴在电台谋生的人

小偷惊悸片刻，鼻子嗅了嗅，果然闻见了很浓的异味，他恐惧了，急着去开门、推窗，然而都无济于事，紧接着，他的身子忽然绵软下来。屋里很暗，他在后悔的同时又感觉似乎心中有一盏明亮的灯在闪烁，他咬着牙自问：一个身体健全的人为什么不能走另一条路？

强烈的求生欲望支撑着小偷抓过话机，他决定给这位在电台谋生的残疾人打个电话，向他诉说一个自小失了爹娘、到处流浪、处处遭人白眼的小偷的那些屈辱和忏悔。

他抓起了一旁的电话机，电话是通的，他费力地拨完那个号码，“叽呷”一阵响，所有的门窗突然自动打开，与此同时，他也昏倒在地……醒过来后，借着明媚的阳光，他再次拨通了这个神秘的电话，随即一个浑厚的男中音直捣耳膜，撼人心扉：“我感谢你拨了这个电话，告诉你，这个电话机实际上是个带遥控装置的特设留言机，不过，不是这个貌似电话的留言机救了你，而是你决心痛改前非的诚意拯救了你自己，光明与黑暗，生存与死亡，往往是在瞬间决定下来的。谢谢！”

电话突然挂断，再拨，是一个女人温柔的声音：“尊敬的用户，你的话费已经消费完毕……”然后是一串他无法听懂的英语。

显然，房主人将话费设置到刚刚够打一分钟。望着墙上那张相貌睿智的残疾人照片，已经神清气爽的小偷始而害怕，继而敬佩，再生感动，怜悯之情油然而生……

决心洗心革面的小偷记下了房主人的电话，抬脚出门，猛然间却又想起应该写几句什么话留下来，写啥呢？他再次看那照片，圆滚滚的脸盘真的像屋外圆圆的太阳，他的心里便热起来，眼里也涨了潮。他找不到笔，便在屋外捡了块石灰，在木门上写下了这样的话：

这屋的主人没手没脚但有良心、戒心，有梁上君子擅入者，请准备好骨灰盒带上，或者你请人修好天然气管道再进吧。苍天在上，阿门！

衣兜清洁工：浪回头

（李善平）

（题图：魏忠善）

孝顺频道

这一天晚上，王科长刚走进房间，老婆便在他身边坐下，嘟囔着说:“最近的电视节目真没意思，个个频道都在大谈孝道，新闻、电视剧、谈话类节目都是这个主题，甚至连动物世界也在讲孝道。”

王科长将信将疑，走到客厅里打开电视机，看了电视后，觉得奇怪:“奇了，真是这样! 不会是全国性的国民孝道教育吧? ”电视里面正在播放一部连续剧，名字叫《常回家看看》，是讲孝道的，他又调了个频道，是对一个九十岁老人的采访，他接连换了几个频道，竟然真是那样——全都是有关子女应该如何关爱父母的节目。

王科长选定一个频道看了起来，镜头里出现了一位白发老人的背影，他正挑着担子，在弯弯曲曲的山间小路上蹒跚地走着，佝偻着身子，步履艰难。

突然，王科长全身一震：这老人的背影竟然酷似自己的父亲，王科长等着那老人转过身来，可老人却始终没有转身……

王科长的父母都在乡下，王科长不愿意让老人家到城里来居住，说白了，他确实有点嫌弃。他有多久没有回家了？三年吧？是的，三年！

第二天，王科长刚到单位，就听见别人在议论一个外国总统到他们城市访问的事。王科长惊诧地问:“总统来访？我们的电视怎么不报道？”有人诧异地看着王科长，说：“报道了呀，整整十分钟！”

王科长吓了一跳，播了十分钟？昨天本地电视台播放新闻的时间里他一直守在电视机前呀！王科长试探着问：“那么，昨天晚上七点半谁看了中央三台？是不是在播《戈壁母亲》？”同事小王睁大眼睛叫了起来:“你说的是什么呀！七点半明明播的是韩剧《人鱼小姐》！”王科长又问:“那么,谁又看了四川一台？八点钟开始的是不是《常回家看看》？”小李说：“胡说！应该是《笑傲江湖》才对，我是武侠迷，看的就是这个频道！”

王科长简直成了外星人，他家的电视机竟然播放了和别人家完全不同的节目！

不过，王科长还是不相信，回家后，他立即打开电视机，一边看一边用手机和朋友联系，问他们是不是播放一样的节目，朋友们对他的话感到莫名其妙，因为他报的节目全部不一样，有个朋友甚至问他是不是发高烧，要不要上医院……

王科长瘫坐在沙发上，他不知道是怎么回事，也许是自己的电视机中了什么病毒，受了其他卫星干扰，或者是自己太不孝顺，受到了冥冥之中什么力量的惩罚？

这几天里王科长食不甘味，夜不成眠，一睁开眼睛，眼前全是爹娘的形象：小时候娘如何为他洗尿布，爹如何为他喂稀饭，如何送他上学，如何省吃俭用为他凑学费……

王科长觉得自己无论如何应该回一次老家了。

这一天，王科长请了个假，乘上了长途汽车，傍晚时分他到了老家，到了那个破旧的草房子前。

王科长正要进屋，却听见屋里传出了娘的声音："孩子他爸，快点，快来看电视！"

王科长很吃惊，爹娘买上电视机了？他可没往家里寄钱呀！

王科长站在屋外，从窗口往里一看，他大为惊讶：爹娘正坐在床沿上，对着一个旧柜子看，那旧柜子上没有电视机，可爹娘却看得津津有味！

王科长再细细一看，旧柜子上摆放着一块菜盆大的石头，爹娘看的正是这块石头！

王科长不会知道，十多天前，山里来了一个仙风道骨的老者，那老者听王科长的爹娘说了思子之情后，便从河滩上捡来了两块平如镜面的石头，老者把其中一块给了王科长的爹娘，于是，两个老人便从这石头里看到了儿子家中的情景，24 小时，从不停息。比如此刻，这石头里映现出来的是王科长的妻子在打毛线，女儿在做作业，两个老人看得乐呵呵的，就像看电视一样，道士将另一块石头拿到了城里……

王科长想起来了：十多天前，有一个银白长须、鹤发童颜、身穿青衣长袍的老者在他家门外卖一块石头，那石头很精美，他买下了，就放在电视机旁，想不到父母看到的情景，竟然全是靠它"转播"的……

（谢丰荣）

（题图：安玉民 梁　丽）

我要和你在一起

姚师傅在路口摆了十年的钥匙摊，这南来北往的人、奇奇怪怪的事，他可算是见识了不少，但是这天他遇到的人和事，却着实让姚师傅永生难忘……

这是深冬的一个黄昏，寒风凛冽，姚师傅正要收摊，来了一个跟他差不多年纪的老先生，这位老先生人虽老了，可他穿着大衣，围着围巾，风度犹存，一看就是那种有头有脸的人。

老先生径直走到摊前问道："老哥，请你帮个忙行吗？"姚师傅说："哪有不行的？是不是忘了带钥匙，回不了家了？"

老先生说："不是的，是家里有一个上锁的东西，那钥匙丢了，开不了，急死我了。你能不能跟我一块儿去帮忙开一下？”

姚师傅问：“你不能把那东西拿过来吗？”老先生无奈地摇摇头说：“不行啊，那东西是不能随便拿出来的。”姚师傅和气地说：“那行，你等会，我收了摊，就跟你去。”

收摊后，姚师傅带齐工具，跟着那位老先生七拐八拐地进了一个住宅区，上了七楼。老先生掏出钥匙，开了门，姚师傅便跟着进去了。

老先生请姚师傅坐下，很抱歉地说：“不好意思，家里有一段时间没住人，连一杯开水也没有。”姚师傅边拿工具边说：“没关系，要我开什么锁，把东西拿出来吧！”

老先生搬了张凳子，站上去，从一张高高的供桌上把一个盒子抱下来，放到姚师傅面前。姚师傅吓了一跳，这不是骨灰盒吗？便问：“老哥，开骨灰盒干吗？”那老先生突然哽咽了，伤感地说道：“老哥，你有所不知，我老伴过世后，我特意在骨灰盒上加了锁，生怕她的骨灰有什么闪失。昨晚，她托梦给我，要我把她的骨灰撒到我们第一次相遇处的那条小河里，可我……竟把这盒子的钥匙给弄丢了！你就当为我们做件善事，积积德吧！”

姚师傅被老先生感动了，便说：“老哥，你放心，我一定为你打开它。”说完他拿出工具，三下五除二，便把盒子打开了。

那老先生抱着骨灰盒，盯着里面的骨灰，老泪纵横地自言自语道：“阿蓉，我看你来了！”姚师傅怕老先生勾起伤心往事，便劝慰道：“老哥，你也别太伤心了，你跟老嫂子好好聊，我该走了。”

老先生擦擦眼泪，拿出一百元钞票递给姚师傅：“谢谢啊，你帮了我一个大忙，这点儿钱，不成敬意。”姚师傅推辞着：“这哪儿成？动一下手而已，我哪能收这么多钱？”老先生说：“这点儿小钱还不足表达谢意呢！你收下吧，不然我到了九泉之下也难以心安！”姚师傅只好收下钱。从那老先生家出来后，姚师傅感慨不已，他想：那老先生，还真是个重情重义的人。

第二天，姚师傅吃完早饭，刚要把钥匙摊子摆出去，他发现自己的那顶帽子不见了，怎么找也找不着。这可不行，那顶帽子跟了他十多年了，老人的帽子就跟鞋子一样，要找一顶戴起来舒适的还真不容易……姚师傅焦急地找着，突然，他一拍大腿，想起来了，那顶帽子昨天晚上落在那老先生家里了！得，只能再去一趟。

幸好姚师傅的记性还不错，七拐八拐的，又上了那老先生住的七楼。门紧闭着，他按了按门铃。一会儿，门开了，一个略显富态的中年妇女探出头来问道："找谁啊？”姚师傅回答说："哦，我是路口配钥匙的，昨晚上来为你们开锁，把帽子落在你们家了。”那妇女说道："你走错房间了，我们这昨晚没人呀！”姚师傅说："不会错的，昨晚你们家里的一位老先生请我上来，帮他打开放在供桌上的那个骨灰盒。”

妇女问："那人长什么样儿？”姚师傅想了想，说："穿着大衣，颈上围着围巾，很有风度的。他说要将老伴的骨灰撒到小河里，可钥匙丢了。不信你去看一下供桌上的那骨灰盒。”那妇女眼中忽然现出惊恐之色，她说："老师傅，你进来吧！”

姚师傅进了屋里，一看，那骨灰盒却还在老地方放着。那妇女搬了一张凳子，把那盒子抱了下来——那盒子的锁真的被打开过了，妇女连忙打开盒子，突然大叫一声，跪在地上："妈，你别吓我，我、我不该阻止你们重组家庭，我错了！我该死！”

姚师傅忙问："大闺女，怎么回事？”那妇女边抹眼泪边说："师傅，你有所不知，我爸死得早，我妈辛辛苦苦把我们拉扯大，几年前她忽然说要跟一个老伯结婚，可我们做儿女的怕别人说闲话，都不同意。去年，我妈去世了，不久，那个老伯也死了，没想到……”

妇女从抽屉里拿出一张照片递给姚师傅："师傅你看，昨晚请你上来的是不是这个人？”姚师傅一看，照片上，正是昨晚那个老先生，他和一个老太太在长椅上并肩坐着，两人脸上满是幸福、陶醉的笑容。姚师傅说："没错，就是他，这么说，昨儿晚上我见到的是……可他怎么没把你妈的骨灰撒到河里呢？”

那妇女又流下泪来，说："师傅，你有所不知，其实老伯他只是想骗你帮他开锁，根本就没想要把我妈的骨灰撒到河里去啊，他一心想的，就是跟我妈在一起，你瞧，盒里的骨灰，足足比原来多了一倍啊！”

（余少镏）

（题图：安玉民）

影子丢了

有个青年人叫王柯，他到某市出差已经好几天了。这天早上，他在街上闲逛的时候，觉察到许多人在他背后指指点点、交头接耳地说三道四。他觉得奇怪，下意识地摸了摸脸，整了整衣服，可没什么不对头呀！就在他迷惑不解的时候，只听一个小孩子说："妈妈，你看，这个叔叔把影子丢了……" 王柯急忙往身下看去，立刻惊呆了，在灿烂的阳光下，他居然没有了影子。这就奇怪了，一个大活人在大太阳下怎么会没影子呢？

王柯正愣愣地在那里发呆，一个老太太走过来说："小伙子，年纪轻轻的，可要学好呀！" 听了这话他疑惑地问："老奶奶，这究竟是怎么回事儿呀？”老太太接着说：“影子丢了呗，叫你不学好！知道影子的下落吗？不知道就去派出所打听打听！”

王柯很快来到了附近的派出所，一个坐在椅子上的民警见他一脸不安，关切地问：“发生什么事儿了吗？”王柯觉得民警面熟，却又想不起在哪儿见过。他接过话说道：“您看，我的影子没了——昨天还有呢！请您帮我找找！”

听了这话，民警板起了脸：“老实交代，昨天你干什么坏事儿了？”

这话把王柯吓了一跳，他怯怯地说：“没呀！我没干什么坏事儿。我来这里出差，人生地不熟，不太懂这里的规矩。”

民警冷冷笑道：“没干什么坏事儿怎么把影子给丢了？你得配合我工作，不然我到哪儿给你找影子！说，你昨天都去什么地方了？”

被训斥了一顿，王柯的汗都冒出来了，他回忆了老半天，把昨天所有去过的地方一五一十说了出来。民警一边听着一边查看着电脑，最后他生气地说：“市郊八里路北段？就是这儿！昨天这里发生了一起强奸案。”

民警话未说完，王柯便紧张地说：“我可不是强奸犯！”

“住口！”民警大喝一声，“受害者后来说，案发时有两三个人在现场，可被歹徒一吓，都不敢相救。你昨天就在现场对吗？”

王柯惊呆了，他没想到这种事儿都能被警方查出来，他点了点头辩解说：“我有急事儿，才匆匆离开。”

民警重重地叹了口气说：“去案发地看看吧，你的影子应该是丢在那儿了，不过你去了也不会有什么用，你得干件好事将功补过才行。记住，在我们这个城市，如果不想把影子给弄丢，就得当个见义勇为的好人……”

王柯走的时候，那民警只是目送他离开，屁股丝毫没离开椅子。王柯闷闷地想："这警察好没礼貌呀！也不起身送一送。"

王柯很快赶到了目的地，果然，在明媚的阳光下，地上有三个人形的黑影，他辨认了一下，认出了自个的影子，于是就向影子走去。然而影子不认得他了，他走近两步，影子就后退两步，他急步追，影子就大步逃，不一会儿王柯就累得气喘吁吁，他想，不能来硬的，那就来软的，于是对着影子说好话："影子呀！是我不好，你原谅我一回，下次我一定见义勇为，跟我走吧，好吗？"影子并不理会他，这让他一筹莫展起来。

王柯抓耳挠腮地四下张望，突然他两眼一亮，在一面墙上他看到几个字："影子公司：帮你找回丢失的影子，联系电话……"王柯想："明天就要回家了，我这一时半会儿地往哪儿找见义勇为的事做呀！不如打这个电话试试。"

影子公司的答复很让王柯满意，他一直悬着的心总算掉进肚子里了。挂断电话后，他找了个地方躲避开了影子，等影子公司的人来。很快，来了两男一女，王柯往他们脚下看了看，不禁失望极了，他说："你们还影子公司呢，自个的影子都丢了。"那三人相视而笑，其中一人说："我们是为了顾客，只得出卖了自个的影子。电话里已经给你说明了，五百块！包你把影子找回来。"

王柯不情愿地把钱交给对方，还不放心地说道："找不回影子还得把钱退给我呀！"

按照计划，王柯回到影子近前，继续跟影子谈话。他刚和影子聊了几句，那名女子已走在了大街上，在她身后跟随着那两名男子。突然间，两男子冲到女子近前，把女子抱住，女子大呼道："救命呀……"

王柯转身飞快地向女子奔去,口里还大叫着“住手!”这招还真管用,只见影子跟在王柯身后急追了过去。

王柯用力一推，一个男人便被他推倒在地，他再去推另一个男人的时候，那女人叫道：“停!”王柯便停了下来。王柯低头看了看，哈哈大笑起来：“影子呀影子，你还是回来了!”

戏演完了，那三人恭喜王柯一通就走了。影子归来让王柯兴奋极了，他一边走来一边唱，好不高兴。然而他没乐多久，就听到一个孩子的声音说：“妈妈你看，这个叔叔的影子和鸡蛋一样小呀!”

王柯大惊，低头一看，果然，刚才还高高大大的影子这会儿竟变成鸡蛋般大小了。他赶忙蹲在了地上，生怕这古怪的影子再被别人看到。接着他又给影子公司打电话，那边人家解释道:“都这样!谁让你作假呢，作假就是小人,小人当然就是小影子了!再说,我们只答应给你找回影子,可没说影子大小的事儿……”这话差点没把王柯给气死，这可怎么办?明天就要回家了，带着这个小影子回去，这一辈子可就出不了门抬不起头了。

王柯思前想后，最后又来到了派出所。那个民警还坐在椅子上，他看到王柯就笑了:“作假了吧!自作自受，你就不会干点真事儿?”

王柯苦笑道：“求您帮帮忙，您这儿消息多，给我个机会叫我将功赎罪。”看着王柯一脸真诚,民警点了点头。王柯再次走出派出所的时候,那民警依然稳坐在椅子上，这不禁让王柯想：“这民警坐了一天板凳了，就这还指望他为人民服务?”

晚上十点多钟的时候，王柯跟那位民警在约定的地点会合了，他们躲在一个偏僻的黑暗角落里。民警说：“那些坏人都没有影子的，所以他们不敢在白天出现，只有晚上才作案。这一带案子多，但愿今天能帮上你的忙。

很快两个小时过去了，在王柯有些困意的时候，突然听到不远处一声叫："救命呀！救命……"两人猛地跳了起来，飞快地向声音传来的方向跑了过去……

歹徒见有人赶来，赶紧扔了刚抢到的钱包。那民警和王柯一路追了过去。

这一追就追了一公里，那歹徒跑不动了，转身面对王柯拔出了刀，还问道："你追什么追，不要命了？"

王柯说："为了我的影子，因为我要做一个活在阳光下的真正男人，才不要像你们这样的人永远活在黑暗中。"

然而王柯怎么会是心狠手辣的歹徒的对手，他被歹徒一脚踢倒在地。就在这危急之时，那民警飞身扑了过去，把歹徒压在了地上。

王柯上来帮忙，把手铐戴在了歹徒的手上。然而，在民警站起身来的时候，王柯清楚地看到他的身上插着一把刀。

民警苦笑道："对不起，我骗了你。因为我昨天晚上喝醉了酒，作为一个警察，我竟然不能救一个女孩，唉！你想起我是谁了吗？昨天八里路上，你我都在同一个现场。之所以今天一整天我都坐在板凳上，就是怕别人看到我没有影子。不过，现在好了，影子应该回来了……"

王柯在急救室外紧张地等待着，同时也在祈祷着，他祈祷生命垂危的民警能渡过难关，他祈祷每一个人都能生活在明媚阳光下……然而他忘记了看那灯光中，立于墙上的他的影子，已是那么高大……

（老　海）

（题图：魏忠善）

换个瞎子做人质

早有预谋

史密斯是一家公司的老板，十二年前，他五岁的儿子乔治玩耍时不慎刺伤了眼睛，导致双目失明，为了让乔治能够自立，史密斯把他送到位于纽约、美国最好的盲人学校。五年前，他的妻子又为他生了个女儿，取名叫伊芙尔，可是，伊芙尔从小就被诊断患有很严重的糖尿病。昨天，史密斯的妻子去纽约接乔治，史密斯留在家里，通过电脑处理公司的业务。他正忙着，突然，电脑掉线了，无论如何也接不通网络。史密斯赶紧打了电话叫人来修理。等了一会儿，不见人来，史密斯便决定先去机场接妻子和儿子回家。

他驾车出了别墅，却没留意到，有一辆工作车一直藏在隐蔽处，见他走得远了，工作车缓缓驶向别墅。

工作车里的人是约翰和他的两个伙伴，约翰曾经是史密斯公司的员工，后来被史密斯解雇，怀恨在心，这次他找了两个同伙琼斯和古里塔，准备绑架五岁的伊芙尔。半小时前，他们破坏了通往史密斯家里的网络电缆。果然，就像约翰所预料的那样，史密斯打电话给维修部门，但史密斯不知道，他打的电话，是约翰的伙伴琼斯接的，他们早就在别墅的电话线上动了手脚。

约翰坐在车里，琼斯和古里塔穿着工作服，大摇大摆地提着工具箱下了车，骗得史密斯女佣开了门，马上打昏女佣，随即来到卧室。史密斯的小女儿伊芙尔正独自在玩，见到他们，吓得大哭起来。琼斯一把将她抱起，大步走出别墅，将她扔进工作车内，约翰冷笑一声，驾车扬长而去，整个绑架过程，不过十分钟。当然，他们离开史密斯家时，没忘顺手恢复了他们破坏的网络电缆，然后改乘早已备好的另一辆车，来到市区边缘的一个大院子里。这里比较偏僻，是个安全的地方。他们将伊芙尔抱进房间，伊芙尔却一直大哭不已，约翰理也不理，和他的伙伴到另外的屋子去了。

过了一会儿，估计史密斯已经接了儿子回到家，约翰给史密斯发了封电子邮件，声称伊芙尔在他们手里，命令史密斯拿出六百万美元旧钞做赎金，不得报警，否则，他将杀掉伊芙尔。看他发完电子邮件，古里塔有点担心地问："你肯定你的老板不会报警吗？"

约翰没好气地瞪他一眼，说："我在他手下干了两年，他是什么样的人我会不了解？他是个把家庭看成生命的人，他宁可失去他的公司，都不愿他的家人掉一根毫毛。你们就放心吧，他无论如何都不敢报警的。”

没一会儿，史密斯回复了电子邮件：“其他的事情以后再谈，我必须告诉你们一件十万火急的事情：伊芙尔有严重的糖尿病，时常会发作，如果不及时抢救，她就会死，千万看住她，如果她犯病了，她的口袋里有一支急救针，一定要马上给她注射，否则她有性命之忧。”

约翰看了史密斯的邮件大吃一惊，如果伊芙尔死了，精心策划的绑架就泡汤了。他急忙冲进关着伊芙尔的房间，他差点吓呆了——伊芙尔正躺在地上，抽搐不已，看上去随时都会死。他大叫一声扑过去，在伊芙尔的口袋里，翻到一支装满液体的针剂，他立刻注射进伊芙尔的身体，伊芙尔慢慢地停止了抽搐，可是脸色还是难看到了极点，她张开眼睛，看到约翰，又恐惧地大哭起来。

约翰差点气死，他策划绑架的时候，也知道伊芙尔的身体不好，可他没有想到，这小女孩儿得的是这种怪病，竟然随时会死。他告诉琼斯好好哄哄伊芙尔，自己赶紧去看电脑，史密斯已经又发来了第二封邮件：“六百万没问题，但旧钞有麻烦，我需要时间去搜集，不过，我担心我女儿的病，请你们答应我，用我来换我女儿，你们放心，我绝对不敢报警，如何交换由你们定。那一针只能救我女儿一次，而且，她更需要医生，求求你们了。”

以子换女

约翰迅速转动脑筋，他知道史密斯说的是实话，这么一大笔旧钞需要时间，而这期间伊芙尔如果死了，他就会一分钱都拿不到。可是，用精明的史密斯来交换？他可不敢。突然，他想起了史密斯刚刚接回来的儿子乔治。他知道乔治是个瞎子，在史密斯的心里，这个瞎子的分量可能更重。他马上回复邮件："你尽快给我们筹钱吧，你可以用你儿子交换女儿，听我的指令。"

半晌，史密斯回复可以。这回，轮到约翰犹豫了，绑架途中交换人质，会不会是个陷阱呢？如果史密斯报了警，利用交换人质的机会来抓他们，那危险就大了。约翰仔细思考了好半天，最终他断定，史密斯不敢拿女儿的性命冒险，六百万对他不是大数目，要是因此害死了伊芙尔，他也就活不下去了。想到这儿，他再发一封邮件："我一定要先得到你儿子，然后才把伊芙尔还给你。没有商量余地，如果你不同意，六百万我不要了，等着给你女儿收尸吧。"

史密斯毫不犹豫地同意了。约翰派琼斯驾车出去接乔治，并用早已准备好的、无法追查号码的手机跟史密斯联系，而他自己则跟在琼斯后面，换了几次地点之后，约翰确定史密斯没有报警，没有警察跟踪他们，于是命令琼斯可以行动了。琼斯指挥史密斯来到无人处，让乔治下车，史密斯离开，然后琼斯驱车到乔治身边，一把将他扯进车里。再绕了几个圈子，并对乔治搜了身，他的身上没有任何可疑的东西，可是琼斯还是命令他把所有的衣服都换掉，然后才带他回到藏身之地。

约翰在史密斯手下工作两年，但他从来没见过乔治，不过乔治的照片就摆在史密斯的办公桌上，他见过无数次，只是现在，十七岁的乔治比三年前照片上的孩子高大强壮，他的一双眼睛深陷进去——现在的医术再高明，他爸爸再有钱，也没办法为他换一双眼睛。他不断地晃动脑袋，嘴里还不断地喃喃自语，好像在祈祷什么，约翰拿一根棒球棍轻轻地敲了敲他的脑袋，恶狠狠地说："知道这是什么吗？棒球棍，你在这儿乖乖的就没事，如果敢有什么行动，我就用这棍子活活打死你。”

乔治一脸抑制不住的恐惧之意，结结巴巴地说："我不会跑，我一个瞎子想跑也跑不了，你放心吧，我爸爸说尽快把钱给你。”

约翰纵声狂笑，仇人的儿子这个德性，让他开心不已。他将棒球棍立在墙边，扶着乔治坐在椅子上，用手铐将他反铐住，然后长长地吁了口气，命令古里塔将伊芙尔放到大街上，然后通知史密斯去接她。

转眼到了第二天晚上，史密斯发来邮件，说是钱已经备好了，但要听听乔治的声音，确定他还活着。于是，约翰接通了史密斯的电话，让乔治报个平安，史密斯放下心来。

眼瞎心明

约翰早就策划好了收钱的细节，他让琼斯和古里塔取钱，待他们走后，约翰端来酒菜，摆在桌子上，为乔治打开手铐，阴沉地笑了："小伙子，吃点吧——这是你最后的一顿饭了。”

乔治脸色大变，他瞪着一对空眼眶，指着约翰说："你不守信用？想杀我吗？”

“你爸爸不知道我是谁，可我不妨告诉你，就因为你爸爸开除了我，我失业后，老婆跟我离了婚，我因抢劫进了监狱，被关了两年，这都是你爸爸造成的，我不杀掉你，怎么能出了心里这口恶气？要怪就怪你爸爸吧。”

约翰越说越激动，掏出枪来指着乔治的头，乔治脸色苍白，身子发抖。见他这个样子，约翰只觉得心里无比兴奋，不禁仰天大笑起来，就在这一瞬间，乔治突然一把抓住约翰持枪的手，狠狠砸在桌子上，约翰手上一痛，枪险些脱手飞出，乔治再猛地一低头，他的脑袋撞在约翰的脸上，约翰惨叫一声，往后便倒，只见乔治一个转身，准确地抄起约翰放在墙边的棒球棍，哇哇大叫着，劈头盖脸地打向约翰。约翰挨了一下后，就地一滚，伸手抓住手枪，刚抬手对准乔治，没想到，乔治手里的棍子像长了眼睛一样，敲在约翰的手臂上，枪又飞了出去。约翰忍着剧痛再扑向枪，只见乔治一个箭步冲上前，一脚将枪踢到另一边，同时，棒球棍又抡了下来。

约翰连声惨叫，几乎失去了反击能力，连滚带爬地向外逃去。他没逃得几步，乔治哇哇大叫着又追将出来。约翰突然想到，乔治之所以能准确地打到他，就是因为瞎子通常都有一双灵敏的耳朵，他听到了自己发出的声音，想到这里，约翰突然站立不动，屏住呼吸，乔治依然大叫着冲过来，眼看着要在约翰身边擦肩而过，约翰心中暗喜时，乔治突然一转身，棒球棍神奇地砸向他的脑袋。这下，可怜的约翰是绝对躲不了的，他只来得及伸手一挡，“咯嚓”一声，他的手臂被打断了，随后乔治又将球棍敲在他的膝盖上。约翰跪在地上，痛不欲生。乔治嘴里还在乱叫，一边叫一边脱下上衣撕成布条，像长了眼睛一样将约翰捆起来。然后从他口袋里搜出手机，报了警。

几分钟后，警察赶到了，一举抓获了约翰和他的同伙琼斯和古里塔。约翰知道，这一次的监狱假期会十分漫长，痛悔之余，他绞尽脑汁也想不明白：乔治明明瞎了眼睛，为什么却像能看到一切一样？

在宣判的那天，史密斯带着乔治参加了庭审，这一次，乔治戴着大墨镜，他根本不用史密斯搀扶，就像正常人一样来到自己的座位。宣判之后，乔治对着约翰冷冷一笑，起身和史密斯准备离开，约翰觉得自己要疯掉了，突然他大喊起来：“乔治，你的眼睛根本就没瞎，史密斯你这个王八蛋，你他妈的骗我……”

警察冲上去按住他，可他仍然狂叫不已。乔治转过身来大声地笑了，他一边笑一边来到约翰面前，摘下墨镜，约翰看得清楚，他的眼睛里只是两个黑洞。他轻轻地说："实话告诉你吧，我的眼睛确实盲了，我爸爸没有骗你。但你知道蝙蝠和海豚是如何看见东西的吗？它们用的是'回声定位法'，我也一样，我能用舌头发出声音，再通过回声辨别出物体的位置。你抓到我的时候，对我不停地喃喃自语不奇怪吗？那个时候，我就通过回声知道了屋子里面的摆设，还有棒球棍的位置。”约翰听得目瞪口呆。乔治继续说："我在五岁的时候，就在学校里学回声定位，在这方面，我可能是全世界学得最好的盲人。如果你拿到赎金放我走，我想我不敢反抗，但你既然想杀死我，我就只能跟你一拼了，要怪只能怪你的心太毒。”

（唐雪嫣）

（题图：佐　夫）

圣手神偷

抗命出逃

故事发生在解放前。在湖南道州有条西门街，西门街尽头有个四合院，院内住着一对夫妇，丈夫叫高强，妻子叫文英。他俩结婚好几年，才生下一个儿子，夫妻俩高兴得不得了，特地给儿子起了个“正道”的好名字。今天，是小正道满周岁，一大早，夫妻俩给儿子穿上新衣，打扮得漂漂亮亮。高强夫妇虽说没什么亲朋好友，但他们与左邻右舍相处极好，所以客堂里还是来了不少给小正道贺喜的客人。

小正道长得白白胖胖，聪明活泼。当高强抱着儿子来到客堂，人们便围了上去，这个亲亲，那个吻吻，特别对小正道的那双小手赞不绝口。这双手的确生得出奇：手长过膝，十个手指也比常人长出一大截，清秀可爱。客人们都说这双手适合弹钢琴，孩子长大了，一准是个钢琴家。

高强夫妇听在耳里，喜在心中，他俩多么希望儿子将来能当个钢琴家呀！但高强也担心，因为黑道上有句话：手指长，钳金砖。就是说手指长适合做“钳工”。儿子长大后，是弹钢琴还是当“钳工”？夫妻俩一商量，经过精心准备，趁儿子满周岁“抓周”，测试一下儿子将来的情趣和志向。

高强夫妇在客堂当中，摆上毛笔、图书、剃头剪、教鞭、木尺、算盘……还特别为儿子准备了两样东西：一样是稀有的玩具钢琴，一样是祖宗神牌。他们把这两样东西混在其他物品当中。祖宗神牌鲜红艳丽，高高矗立着，十分显眼；玩具钢琴精致灵巧，有声有光，也引人注目。

在众贺客簇拥下，文英把儿子抱来，放在地上。小正道立即被跟前这堆花花绿绿的东西吸引住，一双圆溜溜的眼睛望着高高矗起的祖宗神牌，嘴里咿咿呀呀，伸手就要去拿。高强和文英一见，心猛地一沉。但小正道的小手伸到中途又停下来，因为那玩具钢琴发出的悠扬琴声引起他的兴趣，小家伙调转目光盯着钢琴，那东西不但能够发声还能发光，七彩光点随着琴声一跳一跳，也确实好玩！小正道伸手抓起钢琴，捧在怀里。文英一见，心花怒放地叫起来：“高强，你看！你看！儿子挑的是钢琴，儿子要当钢琴家哩！”客人们齐声欢呼，拍起手来。高强也笑得合不拢嘴：“好！好！当钢琴家好！”

谁知高强话音没落，门外突然传来低沉的声音：“当钢琴家有什么好？把高家的绝技传给你儿子，比什么都强！”随着话音，从门外走进一个人来。众人一看，只见来人年近六旬，头发花白，个儿不高，精瘦精瘦的，穿一身玄色衣裤，动作敏捷，两眼闪光。他进得门来，双手抱拳，向众客人拱拱手后，就弯腰抱起小正道，其他地方不看，先抓起孩子的小手，看着看着，两眼放光，连赞三声：“好手！好手！好手！”接着，回头瞪了高强一眼，说道：“你自己丢人现眼不说，还要毁了你儿子的前程？没出息的东西！”

众客人见了老头，惊愕得一时无语。高强夫妇听了老头的话，顿时吓得脸色惨白。

为啥这老头一露面，会引起如此震动？原来，这老头是高强的父亲，名叫高斌。说起这个高斌，可不是等闲之辈。他是名震湘粤的盗首，人称“南方第一偷”。他手指奇长，特别是右手二指，滑如泥鳅，坚如铁棒，探袋窃物，百发百中。但他虽是小偷，却一生遵守高家“偷富不偷贫”的祖训，做了许多盗富济贫的义举。他认为在这人吃人的乱世，偷，也是一种侠义行为，是他高家子子孙孙唯一的求生之道。因此，高强从小就学会了偷技。出道之后，一次在广州行窃，被人抓住，剁去二指。高强回到家，妻子文英捧着丈夫的手，伤心落泪。可高斌不但不痛惜儿子，反而骂儿子“没用，丢了高家的脸”，一气之下，离家数年未归。高强痛定思痛，再不愿做贼。夫妻俩在街上摆了个摊子，靠劳动谋生，几年来，日子过得还算太平。自从儿子出生后，夫妻俩再也不愿儿子像父辈一样，所以特意给儿子取名“正道”。哪知爹突然露面了。

众客人见了高斌，均纷纷离去。高强被爹骂得呆在一旁，不敢吭声。文英“扑通”跪下求道：“爹，求您了，放过正道吧，让他做个清白人吧！”“什么？清白？你敢说我不清白？你敢说我们高家不清白？我老实对你说，我高家从来就是靠两个指头吃饭，取不义之财，救济穷人，这是侠义行为，像梁山好汉一样，清白得很！你要是看得顺眼，就留在高家，看不顺眼，你就离开高家，两条路由你挑。但正道是高家的子孙，他的道路由我决定。”说到这，他又抱起小正道，反复抚摩孙子的小手，说，“正道，正道，走高家的这条路，就是正道！”

高斌说话不留余地，声色俱厉！文英又急又怕，拿眼瞅着高强。高强面无表情，沉默不语。文英气恼高强不帮她向爹求情，夜里悄悄埋怨高强。高强长叹一声，说道："你还不了解爹的脾气？他认定的事，你我再怎么苦求，也没用，惹恼了他，他会抱着正道远走高飞，连面都不让你见着。十年八年之后再回来，正道啊，早成了惯盗了！"

文英听了，目瞪口呆，伤心落泪道："照这么说，我们的儿子只有做贼的份了？"高强安慰她："这事我想过了，要想儿子不偷，我们只有离开爹，带着正道到外面住上十年、二十年再回来，那时正道长大了，爹要调教也晚了。"文英这才转忧为喜。

几天之后，高强和文英趁高斌外出之机，抱着儿子悄悄离开了道州。

自戕示警

高强夫妇带着儿子逃到河南。那时兵荒马乱，城市里小偷活跃，这些人大多是高斌的徒子徒孙，高强和文英不敢去，就来到一个叫枫林的边远小镇，租了一间房子，落脚栖身。

枫林镇虽然偏僻贫穷，民风却极古朴，老百姓待人厚道，高强夫妇与这里的人相处十分融洽。他们在这里还结识了一个姓崔的老师。崔老师原来是河南小有名气的钢琴家，因受流氓欺压，一气之下离开省城，来到小镇教书。他看见小正道的双手，也赞不绝口，拍着胸脯，担保要把孩子培养成一流的钢琴家。

崔老师几乎天天让高强夫妇抱了孩子到他家听他弹钢琴，他说："一定要让孩子听钢琴，孩子听得越多，就越有好处。欢乐的刺激留下欢乐的记忆，恐怖的刺激则留下恐怖的记忆，孩子受到优美旋律的强刺激，形成条件反射，日后训练，孩子就容易接受，事半功倍。"果然，开始孩子听崔老师弹钢琴，显得很不安宁，时间一长，就渐渐入了迷，不但能安静地聆听，小脑袋还一晃一晃，小手一摇一摇，不知不觉就合上音乐的节拍了！高强夫妇瞅着孩子这些变化，脸上绽开了笑容。

谁知好景不长，他们在枫林镇住上不到半年，高斌的人就找来了。高强和文英幸亏机警，抱着儿子及时逃离了枫林镇。此后，夫妻俩不论逃到哪里，住不上两个月，追寻他们的人就会闻风而至，怎么也甩不掉。

高强和文英终于明白：父亲关系广，消息灵通，他们无论怎么努力，都难冲破父亲编织的这张网！父亲一旦追上他们，就会把正道抢走，正道的一生也就完了！

文英急了，要高强快想办法。高强愁眉苦脸，望着自己残缺的手指，凄惨地说："要救儿子，办法倒是有一个，看你舍不舍得？""什么办法？你快说，只要能保住正道的清白就行。""那，把正道的两个手指掰断！"

文英吓得脸色煞白，赶快把儿子搂在怀里，说道："你发疯了！你掰断了儿子的手指，他将来怎么弹钢琴？怎么当钢琴家？"高强凄然说道："你真糊涂，爹把正道抢走，正道连自己的清白都保不住，还当什么钢琴家？文英，正道只有等下一辈投胎转世，才能圆钢琴家的梦，他这一辈子，能保住清白就不错了！"

文英抱着儿子，放声大哭。高强含悲忍泪，将妻子的双手慢慢掰开，抢过正道，捏着他的右手，轻轻抚摩，泪水像断线的珠子滚下来。小正道还以为父亲在逗他玩耍，咧开小嘴咯咯直笑。儿子的笑声像刀在剜父亲的心，高强双手抖个不停，几次想掰都下不了手。可是，不掰掉儿子手指，儿子的清白就保不住哇。高强对笑嘻嘻的儿子说道："儿啊儿，不是爹爹狠心，是你的命不好！为了你将来的清白，爹只有下此毒手了！"

高强狠了狠心，捏着儿子的手指刚要掰。"慢！"文英一声高叫，把儿子夺过去，哭道："不能掰！不能掰啊！好好的一双手弄残了，他将来怎么生活？高强，难道除了掰断儿子的手指，就再没有别的办法了吗？"

文英死活不让丈夫掰儿子的手指，弄得高强左右为难，唉声叹气。这时，恰巧从不远处传来了优美的钢琴声，小正道一听这琴声，就哭着闹着要去听，高强瞧着儿子的神情，心里一亮："有办法了！文英，我有办法救儿子了！""啊！什么办法？你快说，快说呀！""文英，你还记得崔老师的话吗？他说欢乐的刺激留下欢乐的记忆，恐怖的刺激留下恐怖的记忆。我们何不用苦肉计吓吓儿子？我当着儿子的面去偷东西，让人打我，让儿子目睹这种场面，在他心里留下恐惧的记忆，日后如果爹把正道抢了去，教正道偷东西，正道也不敢偷。""这……能行吗？""试试吧！我估计……会有用处的。"

文英默默无语，高强知道她在想什么，说道："除了这个办法，再也没有别的办法了。你别心疼我，为了儿子，我吃点皮肉之苦还是值得的。"

文英叹了一口气，抱着丈夫哭了。

第二天，高强夫妇抱着儿子来到集上。市集人来人往，熙熙攘攘，小贩们的叫卖声此起彼伏，好不热闹。高强断指之后，发誓不再做贼，如今为了儿子，重操旧业，他心里十分痛苦，在集上转来转去，总是下不了手。文英抱着儿子，跟在丈夫的身后，心怦怦乱跳，紧张而又痛苦，连头都不忍心抬。小正道天真无邪，哪知父母的心情，在妈妈的怀里手舞足蹈，咿咿呀呀，欢叫不停。高强回头看了儿子一眼，一咬牙，将手伸进一个虬须大汉的口袋……

虬须大汉捉住了高强，可高强不肯将钱退还给他，还要挣扎逃跑。虬须大汉怒火中烧，骂道："可恶的小偷，我打死你！"边骂边揪住高强衣领，挥起拳头，把他打倒在地。山里人最恨小偷，一人带了头，众人也一拥而上，围住高强，你一拳，我一脚。高强在地上惨叫翻滚，鼻血流了一脸。

文英抱着小正道躲在一边，儿子目睹这一幕惨景，吓得嗷嗷大叫，紧紧抱着妈妈哆嗦发抖。文英流着泪，对儿子说："正道，你看到了吧！你爹偷东西，才被人打，偷东西没有好下场，你长大之后，千万千万不要做贼啊！"

文英担心再打下去，丈夫经受不住，连忙上前，将钱还给失主。她一手抱着儿子，一手搀着丈夫，在众人的斥责和冷眼中，好似丧家之犬，回到住处。

高强身上伤痕累累。文英一边给丈夫擦药，一边暗暗落泪。高强忍着疼痛，回头招呼儿子，可小正道吓得脸色苍白，直往后躲，他又是心酸又是欣慰，对妻子说："你看，我们的苦肉计起作用了，今天这顿打我没有白挨！"

此后，高强一次次上集扒窃，小正道一次次目睹父亲遭人毒打的情景，父亲撕心裂肺的惨叫吓得他浑身发抖。这个原本活泼天真的孩子，慢慢变得痴痴呆呆，神色阴郁，听到一点点响声，就吓得发抖，哭叫不止。瞧着儿子的变化，文英心如刀割！她心疼孩子，更心疼丈夫。高强身上一团青，一团紫，血迹斑斑，伤痕累累，一个原本壮壮实实的汉子，日渐消瘦，几乎成了弯腰曲背的半老头。

这天，他们来到江西长塘镇。高强今天气色特别难看，咳嗽吐出的痰中还带着血丝。文英见高强又要去行苦肉计，忙上前拦住他。高强苦笑道："苦肉计既然对儿子有作用，你就让我用吧！"文英抱着丈夫，放声大哭："不！不！苦肉计不能再用了！我不能这头救了儿子，那头失去丈夫啊！"

以死苦求

文英不但阻止高强再行苦肉计，而且不同意再逃来逃去。她对丈夫说："既然我们逃不脱爹编织的网，我们再怎么逃，迟早要让爹追上的，我们就在长塘等爹来好了。"

高强忧心忡忡地说："爹来了，正道怎么办？难道让爹把正道抢去？"文英苦笑道："你放心，兔子逼急了还咬人呢，爹想抢走正道，没那么容易！"高强看了妻子一眼，似乎听不懂她的话。

过了几天，高强在街上发现了他的师兄徐长清，他知道寻找他们的人已来到长塘，连忙跌跌撞撞跑回住处，一把抓住妻子的手，急切地说："他，他们来了，快、快抱正道逃！"文英听了却毫不惊慌，安慰高强道："别怕！"就走了出去，过了一会，她竟然把那帮人带回家来。

高强吓得脸色都变了，一句话也说不出。文英却镇静地让座倒水，还抱出正道来。徐长清等人看了小正道的手，啧啧称奇，说道："侄儿这是天生盗指，全中国也找不出第二个！难怪师傅铁了心要找到你们！"高强作声不得。文英说道："我们也想通了，有意在这里等你们。"文英听说高斌离此不远，明天中午就可以赶到，便对徐长清说道："师兄，你快去通知我爹，约好了，明天中午在这里见面。"

徐长清领着人走远了，高强忙问妻子到底打什么主意。文英低着头，不言不语，躲避高强的目光。高强更加生疑，再三追问。文英"扑通"跪下，说道："高强，请你原谅我，为了正道的清白，我只能对不住爹了。""啊！你……想干什么？""明天上午，我去警察局……""啪！"没等她把话说完，高强竟像一头暴怒的狮子，抬手扇了妻子一记耳光，骂道："混账！你竟想做这大逆不道的事！"

文英手捂着腮帮，惊愕地望着丈夫，只见他双目圆瞪，面孔铁青。结婚快十年了，她还是第一次被丈夫扇耳光，第一次见丈夫如此发怒。

她愣怔了好一阵子，才声泪俱下说："高强，我也是迫不得已呀！不这样做，就不能保住正道……"

高强指着文英斥道："你只知道保住儿子的清白，但你可知道爹虽以偷为业，可他一辈子坚持偷富济贫，与有钱人、与军警为敌。你向警察报告，就是出卖亲人，我们高家祖宗饶不过你，穷苦老百姓也会骂你！警察恨死了爹，如果爹落到他们手里，必死无疑！"高强喘了喘气，语气温和下来，"我不愿让儿子走爹的路，但我宁愿死，也不会出卖爹，也绝不允许你出卖爹！"说了这番话后，高强已是冷汗直淌，一阵猛烈咳嗽后，又吐出了一口鲜血。

文英跪在地上，脸色惨白，一副哀伤和绝望的神色。她瞅瞅一旁痴痴迷迷的儿子，望望瘦骨嶙峋的丈夫，止不住泪如雨下。说起文英，出身小康之家，生性善良，知书识礼，后因兵匪打劫，家破人亡，文英在逃难途中，结识高强，结婚后得知高强是小偷时便苦苦相劝。从小受家庭影响，使她视名声重于生命，为了保住儿子的清白，她随着高强，东躲西藏，几乎走遍大半个中国，已是心力交瘁，而高斌还在苦苦追逼，她才狠下心肠，决定报告官府。但当她听了高强的一番话，她觉得丈夫的话有一定道理，她无言反驳，也不想反驳。她感到绝望了。

此刻，只见她跪爬上前，伸手替丈夫擦去嘴角边的鲜血，朝高强拜了三拜，然后站起身，默默无言地抱起儿子，走进卧室。

高强见妻子不言不语，还朝自己跪拜，认定她知错认错了，心里感到欣慰，本想跟进卧室，和妻子说几句宽慰的话，但他病得实在厉害，挣扎了一阵竟起不了身，便疲惫地倒在地上昏睡过去。

也不知过了多久，等他悠悠醒来，发现天已开亮。他听听卧室里没有一点声响。他喊了几声“文英”，不见回音，便挣扎着想爬起来，但爬不起来。他只得拼命地爬呀爬，爬到卧室门前，吃力地伸出发抖的手，推开虚掩着的门，朝里一望，只见文英高高吊在了空中。高强一声惨叫：“文英——”也不知是什么力量，他竟蹿起来抱住文英，悬在梁上的布带“噌”断了，接着“扑通”“哗啦”，两人摔倒在地。高强的脑袋砸在了凳角上，他口中喷出一串鲜血，紧抱着妻子，吭也没吭一声……

不治之症

当天中午时分，高斌来了。他走进门见高强和文英双双躺在血泊中，他先是一愣，上前去拉，发现两人都已僵硬了，顿时惊得目瞪口呆。而孙子正道却坐在床上，不叫也不哭，痴痴地望着两具尸体。

高斌一时还弄不明白儿子媳妇怎么会死的，在处理二人后事时，从文英口袋中发现了一封写给自己的信，他展开一看，信是这样写的：

爹！我们不想正道走您的路，所以才离家出走。高强为此付出了血的代价，我看了心在滴血。可您却穷追不舍，苦苦相逼。在走投无路时，我决定做对不起您的事，在您来长塘前向警方报告，但高强强烈反对。我想想高强的话不无道理，然而，作为母亲，我不能眼看自己的儿子往死路上走！万般无奈之下，我只好以死求您，求您放了正道，让他跟他父亲去寻求一条正当的谋生之道，让他将来当个钢琴家吧！爹，求您满足儿媳的要求，儿媳在九泉之下会感谢您的！

高斌看完信，也禁不住老泪纵横了。他抱着孙子，在屋子里转悠了好久好久，最后，一咬牙，一顿足，“嚓嚓”把信撕得粉碎，扔到窗外，尔后，带了儿子媳妇的骨灰，抱了孙子，回到了道州。

儿子死了，高家的希望就寄托在孙子的身上了。高斌决心要把孙子培养成黑道一流高手，然而，如今正道的模样让他忧心如焚，他不明白活泼可爱白白胖胖的孙子，怎么会变得这么面黄肌瘦痴痴呆呆。他把正道带在身边，精心呵护，半年之后，见孙子的情况有所好转，就开始调教他。

他依照祖传秘方，上山挖来草药，天天熬汤给孙子泡手。这是高家的祖传秘方，长期浸泡，就会骨柔筋壮。两年后，高斌开始教孙子练眼神，练指功，练速度。同正道一起训练的，还有十来个孩子。正道接受能力最强，表现出众：高斌撒一筐铜钱出去，让他们去抢，别的孩子乱扑乱撞，碰得头青脸肿，而正道却像只灵活的紫貂，在这些孩子中间蹿来蹿去，出手快捷，躲闪灵敏，抢的铜钱比别人多，连衣角都没有让人碰着。十年下来，正道的二指神功，已出神入化，柔若无骨，硬若钢铁，从开水锅底夹肥皂片，肥皂片夹出来，手指都没红！高斌见了，不禁心花怒放。

高斌拣了个好日子，带着一批新弟子“出山”。他们来到闹市，高斌一使眼色，这些十几岁的小偷儿窜进人群，各自寻找目标。高斌注视着正道，只见孙子往人群中扫了一眼，就盯上了一个大胖子。大胖子西装革履，挽着一个摩登少女边走边乐哈哈说着什么。高斌见孙子眼光不低，暗暗高兴。哪知正道在大胖后边跟着跟着，突然站住不动了。高斌以为有情况，可扫视四周，不见异常情况。他奇怪地走过去，只见正道像根木头立在路旁，两眼发直，脸色发白，头上直冒冷汗。

高斌惊疑地问：“正道，出什么事了？”“爷爷，我……怕。”高斌一听恼了，低声喝斥：“有什么好怕的？快，快追上那胖子，钱在他左边口袋里，找个机会下手。去！快去！”在高斌一再催促下，正道慢慢移动脚步，两条腿颤颤抖抖，摇摇晃晃，看上去像个病人，没走多远，他慢慢蹲下去，倒在地上，口吐白沫，四肢抽搐，模样十分吓人。

高斌气得要死，只得把孙子扶上一辆三轮车回家。谁知正道一回到家，就和平时一样活蹦乱跳了。高斌还以为这是偶然现象，把孙子骂了一通，第二天又逼孙子去扒窃。可是高正道一到现场，又冷汗直冒，口吐白沫，四肢抽搐……此后高斌又让正道试过多次，次次如此。

高斌见孙子临盗怯场，形同废物，又气又急。但他不甘心，就带着孙子去广州，到上海，几乎走遍了南方的大城市，找遍了最好的心理医生给孙子治病。有的医生，一听高斌要求给小偷消除犯罪心理障碍，以为这老头神经出了毛病，把他轰了出去。有的医生看在钱的份上，愿意为正道治病。医生同高斌爷俩交谈了两天，又去现场观察高正道临盗反应后，告诉高斌：高正道是由于过去的扒窃行为受到过度刺激，形成行为性心理障碍。高斌一听连连摇头说："我孙子从未作过案，怎么会因为扒窃受过刺激呢？"

"高师傅，你敢肯定你孙子从未作过案？""我敢肯定！我孙子从两岁起就跟着我，从未离开过我。""你孙子两岁之前作没作过案，你也能肯定吗？"

高斌回答不上了。他确实不知道孙子那两年的经历，只好对专家说出实情。专家听了之后，为难地说："高师傅，心理治疗最讲究针对性，如今我们对病人是在什么环境中，受过什么刺激，一无所知，对这样的病人我是无能为力的。"

高斌还抱着一丝侥幸心理，请求医生治治试试。医生作了各种治疗尝试之后，宣告治疗失败。他告诫高斌：不能再逼病人去扒窃了，否则，病人会精神崩溃，成为一个疯子。

医生的忠告让高斌感到沮丧。从医生家出来，已经华灯初上。两人走到一处露天音乐会广场，见游人如织，万头攒动，高斌不无遗憾地想：唉！孙子如果不怯场，今晚正好大显身手！这么一想，他心有不甘，就叫孙子再去人群中试试。高正道听到一个“偷”字，顿时头上冷汗直冒，浑身哆嗦起来。高斌见孙子这副熊样，气得骂了一声：“没出息的东西！”挥拳就要揍孙子，可一见孙子可怜巴巴的样子，想起医生的忠告，只得无可奈何地叹了一口气。

但他置身这种热闹环境，心里很有跃跃欲试的冲动。于是，他喝令孙子坐着，不许动，他今晚要捞一个痛快，借以冲淡心中的不快，也好让孙子看看他的身手。他钻入人群，行似狐狸，滑如泥鳅，果真身手不凡。

等到他心满意足、洋洋得意地回到原地时，孙子不见了。他大惊失色，连忙四处寻找，终于发现孙子站在一处高坡上，正如痴如醉地在欣赏钢琴演奏，此刻正好一曲终了，孙子竟激动得满脸通红，使劲鼓掌。高斌第一次看到郁郁寡欢的孙子这么兴奋，他惊讶之余猛地想起了孙子“抓周”的情景，想起儿媳在信中提到的遗愿，顿时心中腾起一股妒火。他气恼地冲过去一把揪住孙子，拖到僻静处，朝孙子吼道：“你是高家的孙子，你注定是偷的命，你必须走爷爷的路！”

怯盗奇遇

高斌从外地回来，就发疯似的逼迫孙子去扒窃。每逼一次，正道的恐惧反应就加重一分，几个月下来，孙子被折磨成人不像人，鬼不像鬼。

这天夜里，高斌从梦中醒来，发现孙子双手搂着他的脚。这是正道从小到大与他同床睡的习惯。高斌的脚触到孙子一身硬邦邦的骨头，他坐起身，见孙子瘦得皮包骨头，禁不住潸然泪下，他想：我再逼他，他若死了，我高家岂不是绝了后？

这么一想，高斌叹了一口气。第二天，他对孙子说：“看来你的毛病难以治好，爷爷今后也不逼你去扒窃了，你想干什么就干什么。不过，在此之前，爷爷得给你留下高家的印记，这是规矩！”

正道不知道爷爷怎么给他留下高家印记，只得惊疑地跟着爷爷来到潇水河畔。河边有一幢房子，主人是一个姓蒋的屠夫。蒋屠夫妻子死了，女儿出了嫁，只有他一人天天一大早出门卖肉，过午回家休息。高斌撬开门锁，进屋翻箱倒柜搜了一遍，没搜到现钞和值钱的东西，就把屋里的橱柜家什、锅碗瓢盆、坛坛罐罐砸了个稀巴烂。尔后他把吓得半死不活的孙子拖进屋，绑在柱子上。

高斌刚把孙子绑好，就听到门外传来脚步声。他立即拿起一根木棒，对着孙子边打边骂：“你这个小偷，年纪不大，却这样可恶，偷了人家的东西，还要砸东西！等下把你交给蒋师傅，小心你的狗命！”

高斌左一棒，右一棒，噼噼啪啪，越打越急，起初还是装腔作势，高举轻落，但打着打着，他想起儿子媳妇抗命出逃，做下手脚，导致孙子临盗怯场，成了一个废物，不由气涌心头，就越打越重，打得正道嗷嗷直叫，此时，正道虽然疼痛钻心，但更令他害怕的是主人回来了。当他看见蒋屠夫手执杀猪刀出现在门前，吓得惨叫一声，两眼一黑，昏了过去。

高正道在昏迷中，听见爷爷说道：“蒋师傅，你家进贼了，我替你捉住了，你回来得正好，贼交给你，我走了。”高斌一走，正道骇得连气都不敢喘。他见蒋屠夫望着屋里一片狼藉，急得一边捶胸顿足，一边号着咒骂道："这个该死的贼，太可恶了！太可恶了！"

高正道心想这下完了，愤怒至极的蒋屠夫等会非杀了自己不可。此刻高正道有口难辩，有腿难逃，只得闭了眼睛等揍等死！但等了好大一会，蒋屠夫不但没出来揍他，连声音都没有了。正道感到奇怪，就慢慢睁开眼睛，见蒋屠夫躲在卧室门后探头探脑朝他张望，当两人的目光一接触，蒋屠夫马上就缩回去。

蒋屠夫这古怪行为，让高正道大惑不解。原来，蒋屠夫正在为如何处置高正道发愁。这个蒋屠夫，别看他身高体壮，外貌凶悍，却是个色厉内荏的胆小鬼。进屋时，他见满地狼藉，一时气得火冲脑门，恨不得一刀将小偷劈死！但继而一想，又胆怯了：世上有两种人不能得罪：一是无赖，二是小偷。无赖没骨头没廉耻，死缠烂打，谁招惹谁倒霉；小偷成帮结伙，得罪了一个，惹火了一群，天天盯着你，这日子还怎么过？

蒋屠夫后悔了：出门时自己为啥不留点钱在家，小偷偷到钱就走了，也不会砸东西发火呀。他又埋怨起那个捉小偷的老头：谁让你狗拿耗子多管闲事？你不捉他，他砸了东西出了气，不就拍拍屁股一走了之，哪会把事情弄得这么复杂尴尬呀？

蒋屠夫想来想去，觉得还是把贼放了好。三教九流，白道黑道，多个朋友多条路。蒋屠夫拿定主意后，定了定神，战战兢兢地从卧室里走出来柔声细语地对高正道说："朋友，您受委屈了。不过这不关我的事，是那个老头多事，让您受苦了。我绝不为难您，我放了您，您请走吧。"

高正道简直不敢相信自己的耳朵，但蒋屠夫确实走了过来，替自己解开了绳子。绳子一松开，他只感到浑身瘫软麻木，“扑通”栽倒在地上，挣扎了好一阵，也没站起来。蒋屠夫吓得脸色煞白，他以为小偷受伤过重，动弹不得，忙说：“朋友，这不关我的事，我没有打您，您千万千万不能死在我屋里头啊！您等等，我去叫人，送您去医院。”

蒋屠夫说完，掉头就跑。高正道坐了一会，慢慢恢复了，就站起身往外走。走到门边，一探头，见蒋屠夫带着一个中年男子正急匆匆向这边跑来。高正道不敢往外闯，连忙转身，进了卧室，一头钻进了床肚底下。

和蒋屠夫同来的中年男子姓张，是蒋屠夫的好友。二人进屋，找来找去，也不见高正道的踪影。他俩还以为正道走了呢。蒋屠夫如释重负地松了一口气，说：“好了，贼走了！刚才真把我吓死了，贼被打得动弹不得，一定受了重伤，那老头下手也够狠的！我真担心贼死在我屋里，传出去，贼的同伴来找我报复，我可惨啦！现在好了，没事了！”

高正道躲在床下，听见蒋屠夫说的话，大感意外：他原以为世上只有做贼心虚，没想到还有怕贼心虚的！这姓蒋的还真怕他哩！胆小的贼碰上比贼还胆小的人，就像打了一针强心剂，使高正道的恐惧渐渐消失。他真有点儿后悔：早知道蒋屠夫是个脓包，自己早就大摇大摆走了！可惜晚了，现在他拽来了一个帮手，自己恐怕走不了啦。

高正道正在床底下吃后悔药，听见张老板说道：“老弟，谁说没事？贼是在你屋里挨打受伤，他不论是死是活，他和他的同伴都会来向你报复。贼报复那可是没法防！你在明处，他在暗处，一不留神，他就下手了，今天偷你一千，明天偷你八百，辛辛苦苦赚的钱，还不够贼偷！你要躲嘛，也没法躲。躲得过初一，躲不过十五，你总得要做生意吃饭呀！就算你不做生意，一走了之，可是走得了和尚走不了庙，你的家在这里，贼恼起来，一把火烧掉你的房子，你就更惨了……”

张老板叽里哇啦，说个不停，越说越玄乎。躲在床下的高正道越听越好笑，而蒋屠夫却是越听越害怕，忙问怎么办，张老板说:“怎么办?你赶快去追那贼呀！追上了，先说一些好话，向他赔礼道歉，把他送进医院治伤，然后送他一笔钱，算是贼的营养费和精神补偿费。”蒋屠夫连连点头：“好好好，我这就去追！”

高正道趴在床下正憋得难受，听见蒋屠夫要去追他，就在床下答话了:“别追了，我在这里呐！”蒋屠夫和张老板吓了一大跳，神色紧张地望着床下。高正道从床下钻出来，蒋屠夫看清是失踪的小偷，像是捡到宝贝一样高兴，上前握住高正道的手说道：“朋友，您还没有走？太好了！您的伤重不重？要不要到医院看看？不去？那就这样吧，我送你一笔钱，给你养伤。钱不多，你别见笑，就算是交个朋友！”

蒋屠夫掏出一沓钞票递过来，高正道毫不客气地接过钱就往外走，但刚一迈步就打了个踉跄，向张老板倒去。张老板赶忙扶住他，就在这一瞬间，高正道顺手牵羊，把张老板口袋里的钱包也夹了出来，塞进口袋。出门时高正道回头望了一眼，他这一望，吓得蒋屠夫和张老板冷不丁打了个寒战。高正道得意极了，仰天哈哈大笑，扬长而去。

午夜惊魂

高正道回到爷爷身边．将一大沓票子甩在爷爷面前。高斌问明经过，大喜过望，忙奔到祖宗的牌位前，“通通通通……”连叩了九个响头，第二天让人做了一块“当代神医”的匾，亲自送给蒋屠夫。蒋屠夫弄清真相，惊得瞠目结舌。他担心事情传开，自己成了人们的笑柄，于是，就一狠心，关门停业，跟女儿过日子去了。

当初，高斌将高强夫妇的骨灰只是草草埋葬，这次，为显示他高家后继有人，就用高正道偷来的钱，为高强夫妇修了个大坟墓，让高正道去拜祭父母。高斌一旁面对坟墓，得意洋洋地说："高强，文英，你俩看到了吗？正道如今有出息了，偷来钱为你们砌了墓，买了祭品，今后，他还要偷更多的钱，买更多的东西来祭奠你们，哈哈，高家有指望了！"

从此，高斌督促孙子，带着其他盗贼，四处作案。高正道有了蒋家那次经历，不但犯罪心理障碍荡然无存，而且变得胆大妄为，南北穿梭，频频作案，他特别喜欢入室行窃，看中哪一家，也不管白天黑夜，屋里有人无人，公然撬门入室，全无顾忌，而且竟每每得手……

转眼已经到了四十年代末，全国人民都在为迎接"解放"而欢呼。如此形势，对自命侠盗的高斌来说，不无影响。何况，如今他已是年过古稀的老人了。他多次告诫孙子要小心慎行，不要忘了高家"盗富济贫"的规矩，他还特别告诫孙子不要去广州作案。可如今的高正道是天马行空，独来独往，对爷爷的告诫，口中答应，一转身就忘了个一干二净。这年夏天，他还是来到了爷爷不让去的广州城。到了那里，他东游西荡，一边游玩，一边寻找目标。

这天夜里，他来到一座别墅前，像猫一样跳进院内，用工具撬开朝南的一扇窗子，一纵身穿窗而入，悄无声息，进入了室内。这是一间卧室，室内摆设古朴典雅，壁灯开着，放出淡幽幽的冷光。高正道瞟了一眼睡在红木大床上的中年妇女，就毫无顾忌地直奔床头的保险柜。

高正道正低头拨锁，背后突然响起刺耳的叫声："抓小偷！抓小偷——"这喊声把他吓得大惊失色。他出道以来，登堂入室，一帆风顺，即使有几次与人遭遇，也从未有人敢当着他的面喊叫！中年妇女这刺耳的叫声,在他的脑子里像炸弹一样“轰”的一声,脑子陡然炸裂开来。他急忙转身想逃，可女主人跳下床，勇敢地向他扑来。高正道慌乱之中,用盗具去挡,只听“啊!”一声惨叫,刺中扑来的妇女,一股鲜血喷射出来,溅了高正道一头一脸，女主人摇晃了几下,“咚——”扑倒在一旁的一架钢琴上，发出了“嗡——嗡”的响声。

高正道望着倒在血泊中的女主人，听到“嗡嗡”轰响的钢琴，他惊呆了。

“佳佳!佳佳!”随着叫声，一个五十多岁的老头冲进房，扑在伤者身上。一看伤者满身是血,转身揪住高正道,悲愤地叫道:“你杀了我女儿,你要偿命!你要偿命!”可此时高正道呆若木鸡，毫无反应。

这时，从窗口跳进一个人来。谁?高斌，因为前两天他听人说孙子窜到广州，不由吃了一惊，赶忙尾随追来。这天孙子偷这户人家，他就藏在暗处。这时高斌进屋一看出了命案，吃惊不小，赶忙来掰老头的手，好让孙子逃走。谁知老头一双手就像生了根似的，怎么也掰不开。高斌看看老头好面熟，再定睛一看，认出是潇水河畔的蒋屠夫，就说道:“蒋师傅，你不认识我们了?我们是老乡啊!蒋师傅，出了这样的事，我也很难过。不过这件事也不能全怪我孙子，你也有责任:前年要不是你治好了我孙子的病，也就不会有今天的事了。”蒋屠夫定睛一看，也认出了高斌爷俩，他万万没有想到，自己的怯懦不但将一个孩子推上偷盗之路，还连累了自己的女儿!蒋屠夫又悔又恨，心中一阵绞痛，两眼顿时发黑，撒开双手，昏倒在女儿身边。

“快走!”高斌急忙去推孙子，可高正道纹丝不动。正道恐惧地望着血泊中的尸体，这血淋淋的情景，还有凄厉的惨叫，勾起他埋藏在大脑深处的记忆，十五年前的恐惧刹时笼罩全身，他大叫一声，瘫软如泥,倒在地上。高斌抱了几下拖不动，又急又恼。这时，已是五更鸡啼，天快亮了，高斌听到四周传来脚步声，知道再不走就来不及了，他松开手，向窗口奔去，但走了几步又停住脚步，嘴里喃喃自语："儿子死了，孙子注定又完了，自己还有什么必要逃呢？"

（半　州）

（题图：杨宏富）

上海滩上斗虫记

中秋，一个乞丐在敲门

在一个中秋节的夜里，桂花飘香，明月高悬，此时，上海大多数人家都在共度良宵，团聚赏月，而在市西福康里的卢家大宅里，却显得十分冷清而沉寂，似乎笼罩着不祥之气……

事情是这样的：数天前，卢家少爷卢小开瞒着卢老爷去斗蟋蟀，上海人把斗蟋蟀叫作“斗虫”，又叫“上棚”——蟋蟀决斗时是在一个长方形的笼栅里，故得其名。卢小开是上海米行大老板的儿子，这天他拿去的是一只出自上海七宝地区的名虫“蟹青铺铁砂”，而对方是地皮大王的小开金少爷，他的虫叫“柏叶青”，出自山东宁津，“聊斋”中有一篇《促织》，这故事中说的蟋蟀就出在那里。双方下的赌注是十二根金条，最后卢小开输了，这一下他可急坏了：入秋斗虫赛事开始以来，卢小开已将卢老爷交他经营的五家大米行输得仅剩一家，原想翻本，才下了大注，这一输则意味着卢小开名下的米行全部输光了！卢小开从小养尊处优，哪经得起如此打击？他顿时冷汗如雨，手脚麻木，当场昏倒在斗房。下人将卢小开送回卢府，卢老爷又急又气，一边连连骂着"不肖之子"，一边派人速请名医前来诊治，医生来后诊视了一番，临走时对卢老爷讲：少爷只是急火攻心，再加上心情紧张，人就虚脱了，好生调养即可。两天下来，卢小开的病情渐渐好转……

眼下中秋之夜，卢小开正独自一人在桂花飘香的前花园小坐，一边喝着有些苦涩的绿茶，一边翻阅着南宋"蟋蟀宰相"贾似道编著的《促织经》，想从中悟出些什么，他对这一次的败北，还是耿耿于怀。

也就在这个时候，卢家大院的前门被人轻轻叩响："笃、笃、笃"，管家前去开门，一看，站在眼前的是一位衣衫褴褛的老乞丐，他中等个子，脸上胡子拉碴，面容有些憔悴，乞丐见了管家，吞吞吐吐地说："老板，能给口吃的吗？"

"去！去！去！"管家一边吆喝一边驱赶着，"讨饭也不看看什么日子，今天可是中秋节！"

"凡是今天来乞讨的，都是事出无奈。"那乞丐一边说着，一边摆出了一副不给不走的架势。这时，卢老爷在客厅里知道了这事，就传出话来："让他进来吧，带到厨房，拿些饭菜给他。"

过了一会儿，管家带着老乞丐从厨房里走了出来，乞丐打躬作揖给卢老爷道谢，也恰恰是在这时，老乞丐看到了卢老爷身后的一道红木屏风，屏风上镌刻的是杭州西湖的一景：湖光山色中掩映着一间书斋，窗外月光如洗、繁星满天，在书案后坐的是东坡居士。他身体微胖，宽袍大袖，正秉烛细观着一只蟋蟀，此虫头皮上透着紫光，黑翅闪出金光，黑背、黑腹、黄足，原来是一只铜头铁背将军虫！从东坡居士那专注的神情和微微展露的笑容中，可以感受到他觅到名虫后的高兴。仕途的凶险，官场的争斗，小人的算计，好像都被主人抛于脑后，老乞丐看到这里禁不住脱口而出："好一幅东坡品虫图！"

卢老爷平时在生意场上惯于察言观色，此刻马上感到眼前这个乞丐非同一般，便挺有礼貌地问道："老先生也懂养虫之道？"

"嗯，略知一二。"老乞丐不紧不慢地说着，"刚才老爷赏我用饭，我便听到隔壁房里有虫在叫，其中一只的叫声好像是在甏中发出的一般，此虫该是……"一边的卢小开急不可待地问："此虫是什么？"老乞丐挺自信地吐出三个字："跑马黄。"卢小开一听惊讶地赞叹道："嗨，真神了！"卢老爷则显得比较平静，他干咳了一声，说："哦，老先生是玩虫的高手。"于是他马上叫管家去泡茶，请老乞丐坐下。在这明月清朗的中秋之夜，老乞丐和卢家父子侃侃而谈，聊起了养虫、品虫、斗虫之道。

这老乞丐真名叫赵秉一，人称老赵头，曾是清廷内宫养虫师，精通养虫、斗虫之道。辛亥年后他流落到了民间，后来到一个军阀家中当养虫师，不料在一次上栅斗虫时被对方做了手脚，输了，于是被军阀一顿毒打，赶出北平。后来一位虫友告诉他，说是上海的虫事也很兴旺，是南方的斗虫胜地，不妨到那儿去看看。老赵头说到这里，长叹了一声，说："真是屋漏又遭连夜雨，我刚到上海，想不到在火车站内钱包就被偷了，只得漂泊街头，乞讨度日。"

老赵头的身世引起了卢家父子的同情，卢家恰好也想请一个好的养虫师，于是便将老乞丐收留了下来。

中秋过后即是秋分，天气已有了明显的凉意，卢家花园中的菊花金灿灿的一片，民谚说"菊花黄，斗虫忙"，今年的虫事，看来要风起云涌、群英争雄了!

老赵头入住卢府后，对卢小开养的一百多只虫进行了筛选，发现其中大都是冒充将军虫的“秧子虫”，是上不了阵的，更缺少能和强手匹敌的将才、帅才，秋分正是挑选将帅之才的最佳时节，于是，在征得了卢老爷的同意后，这一天吃过早饭，老赵头和卢小开便来到了东方大旅馆。

三十年代上海虫贩集中的堂口主要在老西门的息居饭庄、锦记客栈，天津路的日升旅社，山西路的新中华旅馆，而位于广东路的东方大旅馆则是几个堂口中档次最高的一个。在此时节，三教九流，各路来客，全都来这里“淘虫”。

老赵头尾随着卢小开从豪华的圆转门走进了东方大旅馆，先在楼梯上遇见了西装革履、手拿“斯的克”的欧阳老，此人是上海大东银行的董事长，也是上海屈指可数的几大虫家之一，斗虫时少不了用草逗引，这“引草”之术极为讲究，而欧阳老特别擅长此道，人称“欧阳神仙草”。

卢小开看到欧阳老后马上迎上前去招呼、寒暄，两人辞别了欧阳老后又在二楼大厅里遇见了新亚纺织厂的老板李士华，此人是“贴铃”高手，人称“江南圣铃手”，什么叫“贴铃”？就是蟋蟀上阵前需和雌虫交配，这叫“贴铃”，贴得好可增加战斗力。此刻，李士华的身后跟着一个身材瘦小、看似病恹恹的老头，这人正是上海大名鼎鼎的虫医柴亦非，人称柴老，被尊为“虫界华佗”，卢小开都和他们寒暄了一番。

一会儿，卢小开和老赵头走进了二楼的“208”房，那个虫贩是杭州人，和卢小开原本相熟，卢小开将老赵头作了介绍，精明的虫贩马上上下打量起来，随即拱手抱拳：“老虫师见多识广，还请您老多多包涵。”这算是道上拜老的行规，然后开始选虫，先是由卢小开初选，老赵头只是在一旁稍作指点，接着才是精选，卢小开主动让开身子，让老赵头来挑。

此时，只见虫贩走上前去，从床底下轻轻拉出了一只大竹笼……

清宫皇家养虫师的独门秘技

虫贩移开笼盖，里面放的是用稻草隔着的四只瓦盆，打开第一只盆后，老赵头极敏捷地用高笼罩将虫罩住，稍稍打量后说道："嗯，红砂青。"虫贩在一边恭维道："好眼力，这可是大将军之虫。"老赵头没有做声，又打开了第二盆，"乌青。"老赵头漫不经心地说道，"这两只都是青虫，老板可有黄虫？"虫贩应声道："养师是行家啊，黄虫现在是越来越难觅了，我有几只上品黄虫，你看看。"虫贩又从床底下拖出一只大竹笼，取出一只后轻轻移开盆盖，卢小开看了后掩饰不住激动之情："嚯，黄花头！"老赵头则不动声色，将盆轻轻地放到桌上，虫贩有些迷惘了："怎么，这么好的虫都看不上？"老赵头微微一笑，说："不是看不上，而是想挑挑，这只'黄花头'头大项宽，但可惜脑线中斗线不长不透，可能底气不足。"

虫贩听了这话，随即从身边的一只大黑皮包中取出一只长方形红木盒，打开盒盖，里面放着三只老盆，第一只盆里放的是一只多年未见的"茄皮紫黄"，虫贩指着盆里的虫说："我原来是想把这三只虫给法租界严督办的，今天遇到高手了，才拿出来的。"老赵头用引草引牙，见牙板黑中透红，中间有一小点隐隐的红尖锥，是不易为一般人察觉的，这是"茄皮紫黄"中的"杀手"！老赵头的眼睛平视着虫，慢吞吞地说道："此虫尚可，只是紫翅中隐有红光，如果是茄皮紫红，那就是普通虫了。"

虫贩有些急了："您老可真挑剔呀！"说罢，虫贩又打开一只盆盖，只见这虫头形宽方，项肌强壮，六足粗壮，全身透着蜜蜡一般的光泽，特别是一副牙钳宽厚带钩，而且乌黑如墨，老赵头看到了这虫，才禁不住说道："好一只'墨牙黄'，已多年未见了。"虫贩有些得意地讲："怎么样？这可是虫中极品呀！"老赵头朝虫贩看了一眼，话锋一转："'墨牙黄'虽是多年未见，但此虫开斗前必须贴铃，贴铃到位，所向无敌，否则，废虫一只。"

"老虫师果然是精通虫道，佩服！"虫贩此时已五体投地，经过一番商谈，卢小开以六根大金条的价格买了虫贩的几只好虫。

两人离开了东方大旅馆，回到卢府后便将购回的虫给卢老爷一一过目，卢小开还将老赵头选虫的经过说了一遍，卢老爷眼睛顿时一亮：真是皇家养虫师出身，选虫也有一番独门秘技呀！然而老赵头却挺实在地讲："七分虫种，三分靠养，而且每一只好虫，也都有不足之处，要靠后天的养功来调整。"卢小开问老赵头："在选虫时，每一只虫你都要说出它的不足，是不是为了压价？"

老赵头笑吟吟地说道："是有一定原因，但也不全是，讲出每只虫的不足，是为了后天的调养。"老赵头接着又告诉卢小开：选虫，除了看前三路，即头形、颈项、胸部，还要看色相、肉身、牙板、六爪，更重要的是能对每只将军虫的不足之处对症下药，因虫施食，如那只"黄花头"的确是好虫，但斗线不长，影响爆发力，就要用食来调养；那只"茄皮紫黄"的紫翅中隐红光，说明此虫隐有内热，需用药驱热散火；"墨牙黄"要贴铃后才能见分晓，因此"墨牙黄"又称"色虫"，贴铃到火候，威力无穷，但一旦贴铃过火，则萎靡不振，甚至会废了……听了老赵头的一番虫经后，卢家父子喜不自禁。

卢家聘请养虫师一事，在上海玩虫圈内不胫而走。当时在上海聘养虫师的屈指可数，于是，虫友们不时前来卢府品茗谈虫，同时，下帖子来相邀斗虫的也很多，老对手金少爷特地来卢府观虫并相约上棚，卢小开因觅到好虫而有些跃跃欲试，但老赵头却婉言拒绝了金少爷，他知道自己选的虫还需好好调养。

秋分过后，秋意渐浓，飒飒的西风已使人感到了几分寒意，老赵头知道现在正是养虫的关键时段，也是出真正大将军的时候，于是他不动声色、紧锣密鼓地调养着那几只买来的好虫，他按照“早养地，中养桌，晚养箱”的古训，将虫全部搬到一张红木八仙桌上，并在桌面上铺了一层羊毛毯。他还对不同的虫用了不同的调养法:“黄花头”内力不足，需喂以蟹肉、虾肉，以滋体强身；对“茄皮紫黄”则喂以菱肉、绿豆粥及少量的西洋参汁，为的是泻火调阴；而对于“墨牙黄”则喂新鲜水果及鱼肉、鸡肉、黄豆，以求阴阳调和。

老赵头对盆也十分讲究，要选泥性好、透气性强的盆，他从卢家所存的上百只盆中挑选出了十多只，又把这些盆轻轻地一一扣击，挑了一些声音清脆的，注入水后，便见盆身通体滋润，当从地面上拿起盆后，地面留有水的印痕，此为精品盆，特别是其中一只大鼓形圆盆，因盆壁较厚而看似有些粗糙，但四周的龙饰浮雕极为生动，盆壁上有一层水气，可见其透气性能极好，卢小开在一旁介绍说:“这是一只祖上传下的老盆，做得有些粗，但透气好，所以保存了下来。”老赵头听了后拿起那只鼓形盆，用手指反复擦着盆壁，惊喜地对卢小开讲：“这可是一只宋宣和盆，因为是用整块澄石雕成，所以看上去有些粗相，其实是传世不多的宝盆。这种澄石是从河底采集，制盆后滋阴生津，很适合于将帅之虫。我以前在宫中曾经见过，但盆盖已残了。”卢小开听了后如获至宝似的捧起老盆，仔细观察，若有所悟地自言自语：“难怪欧阳老曾讲过‘玩虫玩一秋，玩盆玩一世’。”

寒露前的几天是观虫的最佳时候，这天，老赵头在子夜时分相约卢家父子前来观虫……

东方大旅馆里的好戏开场了

老赵头打开一只蟋蟀盆，只见盆里的“黄花头”已神气大变，脑门斗线又长又挺，金光铮亮，见光时显得毫不惊慌，而是枪须左右横扫，大气凛然，卢老爷脱口说道：“真乃大将军也！”

接着，老赵头又移开了一只盆的盖子，盆里养的是那只“茄皮紫黄”，只见这虫黑紫透亮，翅中红色已被一片浓紫掩盖，六爪坚挺，八面成风。卢小开看到这里，问道：“这两只虫可以上栅相斗了吗？”老赵头胸有成竹地点了点头：“可以，你看盆底，虫拉的是干屎，虫谱中讲：‘变色完，屎已干，虫上栅。’”

再看那只“墨牙黄”，只见它项阔腰厚，双须灵动，斗丝闪金。卢小开又问：“这虫也可斗吗？”老赵头仔细看了一下“墨牙黄”的脸面，摇了摇头：“这虫的脸色虽然黑亮，但泛出黄底色，况且粪中有一些水，证明这虫还没有最后成熟。贴铃期未到，这虫不贴铃是不能上栅的，故而老话称此虫为‘洞房花烛后，方可开牙斗’。”听了这话，卢家父子都笑了起来，卢小开调侃道：“怪不得‘墨牙黄’长得如此漂亮，看来是为了猎色。”老赵头则轻轻补了一句：“是呵，虫界犹如人世，也是气象万千，有趣得很呢！”

每年秋季一过“白露”，即是斗虫的好季节，眼下已到了“寒露”节气，更是斗虫的黄金时刻，当然，最后的决战之期是霜降。现在，上海的一些大棚早已做好了充分的准备，东方大旅馆这时也成了烽火弥漫之地，旅馆的客房及酒水生意已经停掉，旅馆成了虫局上棚的专门堂口，底层大厅中央的两根雕龙圆柱上悬挂着一副对联，那是白龙山人王一亭手书的："将军本色，一副牙钳打天下。王帅之气，二秋争霸称英雄。"数十张红木八仙桌成两行排开，专用的聚光灯也已装好，显得十分气派。上海各个养虫大户已在前些天将上棚之虫送入了"公养房"，由旅馆派专人饲养，并统一供水进食，虫家不得私自进入，否则即有舞弊之嫌。此外，负责监督赛事的"监板"也已将所斗之虫放进象牙小圃筒后称出了分量，写上厘码贴于盆盖，分重量级、中量级、轻量级，就像拳手决斗一样。

这天正是上棚之日，卢小开、金少爷又在棚房里相遇了，两人对今天的赛事极为重视，这从他们各自的穿着上也可看出：卢小开穿着一套薄花呢的印条西装，而金少爷上身则是一件手工刺绣、做工考究的深蓝对襟中装，下身是宽松式的黑纺绸裤。此刻，他们各自带着自家的养师，正静候在东方大旅馆的包房内。

今天，决斗双方是卢小开的"黄花头"和金少爷的"铁砂青"，两人下的赌注是"八根大条"，而大厅内聚着二三十位看客，他们都是跟着下些小赌注的，有的跟金少爷，认为他是棚场上的常胜将军，有的跟卢小开，认为卢小开请了皇家虫师。在看客中，欧阳老和身边的李士华正低头交谈着……

负责上棚的"监板"上场了，跟在他身后的茶房将一个老鸡翅木制成的笼棚拿上桌面，笼棚顶部有圆形的竹笼，中间有一道闸门，两头放的正是准备决战的蟋蟀，上面罩着一块黑丝绒布。"监板"操着苏州话叫道："开棚！"随即他轻轻地揭去了黑丝绒布……

卢小开的“黄花头”和金少爷的“铁砂青”果然都是将军气派，只见它们不惊不慌，枪须轻扫，一个是虎步缓行，步步逼近；一个是昂首站立，冷静观察。“监板”用草轻挑一下双方的门牙后，马上拉开笼栅中的闸门，“铁砂青”立即发威，猛地冲上前去，而“黄花头”则不慌不忙，沉着应战，但是“铁砂青”仗着身强力壮，奋力将“黄花头”向前猛推，“黄花头”抵挡不住，步步退却，这时，看的那些人稍稍骚动起来，卢小开攥紧了手心，金少爷则得意地摩挲着左手中指上的嵌宝翡翠戒，就在“黄花头”节节败退的时候，只见这虫突然机敏地将门牙猛地左右摇晃，利用颈肌力量，借力将“铁砂青”摔在了船边，然后乘它惊魂未定之际猛力进攻，“铁砂青”抵挡不住，狼狈逃窜……

按惯例，这时可以“引草”，作为下一局的过渡。双方都推举欧阳老为引草人，于是“监板”从红木盒中取出一枝茸毛长而软的公草，走到欧阳老面前，俯身鞠躬：“有劳欧阳老大驾。”话音刚落，大家的目光一下子全盯住了欧阳老手中的那枝草，因为这“引草”极有讲究。轻重缓急、上下左右，都会产生不同的效果。这时，欧阳老缓缓起身，很有风度地将手中的草用大拇指和中指轻轻弹了三下，以示公正，接着就用草轻轻地点拨了几下“黄花头”，似在安抚，又似在鼓励，使“黄花头”保持了高昂的斗志……

一旁的老赵头带着钦佩的口气低声对卢小开说：“好！这是上风草，又称冲锋草。”接着，欧阳老又用草极快而有力地拖引“铁砂青”，似在安慰，又似在激励，使“铁砂青”稳定了惊慌的情绪，卢小开看到这里，忙问：“这是什么草？”老赵头答道：“此是下风草，又称旺性草。”欧阳老“引草”一结束，“黄花头”便马上冲了上去，而“铁砂青”也毫不退缩，举钳相迎……

方寸小盆里的血雨腥风

“黄花头”这次使出了绝命钳，“铁砂青”一下被掀翻在地，头破项裂，一命呜呼，于是“黄花头”振翅鸣叫了几声，“监板”随即高声唱道：“卢小开的‘黄花头’升帐！”金少爷内心很恼火，但在场面上他还是很有风度地起身拱手，向卢小开祝贺。

卢小开斗虫得胜后，卢家一扫昔日衰败之气，全府上下喜气洋洋。这天，卢老爷特地在客厅里设下了酒宴款待老赵头，席上他郑重宣布：从今天起，正式聘请老赵头为卢府养虫师，还取出了烫金的聘书，双手捧着交到老赵头手上。从这以后，卢家老少对老赵头更是相敬如宾，一般下人用餐都在后客堂，而老赵头却在前客堂和主人家一起吃饭，另外，卢老爷还配了一个名叫秀儿的使唤丫头给他。

老赵头为了报答东家之恩，养虫更加勤谨，早起清盆捡食，下午用自调的中草药汤给将军虫过浴，晚上则数次看室温，寒露前夜里凉气很大，他就用大灯泡加温，还特地把被子从楼上抱到阴暗的虫房，临时搭了一个小床铺。上次那只“黄花头”得胜后，因体力消耗太大，牙板有伤，老赵头就请柴老前来诊视，柴老反复看了“黄花头”的项部，发现了几乎难以观察到的隐隐血丝。这是发力过猛留下的隐伤，需“吊”出为妥，于是，柴老开了一张方子，其中一味药是活的“地鳖虫”，而且从捉到地鳖虫到把虫入锅泡药，整个过程不得超过一个时辰，老赵头为此亲自到虹桥乡下去抓，然后就地将地鳖虫碾烂带回，用汁泡三七成汤，让“黄花头”疗伤，一周后这虫牙伤已愈，项中血丝也全消退，显得格外精神。

这时，养虫圈内传说金少爷的养虫师从安徽购得几只大将军，特别有一只“铜头黑翅”，是帅级之虫，十分了得。果然，寒露过后不久，金少爷就来下帖了，约请一周后上栅相斗，于是卢府内又进入了决战前夜。卢老爷认为要避其锋芒，不想应战，而卢小开却还想用“黄花头”迎战，老赵头考虑了一下，认为不妥，据虫经上讲：“小打小斗者为七日，大打恶斗者为半月。”“黄花头”虽然恢复得较快，但离半月还缺几天，恐怕内力不足。老赵头说，要上船就用“茄皮紫黄”，这一阵子，老赵头对“茄皮紫黄”精心调养，每日喂以菱肉拌栗肉，配以车前草沐浴，“茄皮紫黄”已紫中发黑，项阔背圆，光泽滋润，但是卢老爷有顾虑，他认为“茄皮紫黄”虽是名虫、好虫，但气质高傲，这类虫没有经历过恶斗，常常会败于恶虫的刁斗。老赵头觉得卢老爷的顾虑有道理，于是有些迟疑了。卢老爷沉思良久，提出是否可让“墨牙黄”出马，只要贴铃贴好，“墨牙黄”的爆发力、冲击力是很强的，老赵头听了后沉默了一阵，说：“先看看虫再讲吧。”

老赵头和卢家父子来到了虫房，老赵头刚将“墨牙黄”的盆打开，这虫立即“嚯、嚯、嚯”地叫了起来，而且振翅速度很快，又见它头面亮而有光，用“引草”逗引虫尾，尾部左右抖摇，这一些迹象都说明“墨牙黄”恰好到了“贴铃”的时机。为了保险起见，老赵头提出还是请“江南圣铃手”李士华来。李老板和卢老爷也是老友，所以第二天一早就来到了卢府，他先看了老赵头备下的三只雌虫，马上称赞道：“老虫师有眼力，这些是山东雌虫，个大肚圆，细糯和顺，性子也大，极好。”卢小开在一边笑着说：“这‘墨牙黄’可是艳福不浅，要配三房四妾呢。”李老板看罢雌虫又看了“墨牙黄”，觉得这虫确实可以“贴铃”，而一旦“贴铃”成功，则击败敌手的可能性极大。当天，李老板就留在卢府，看着老赵头分早、中、晚三次将雌虫轮流放入，当大家用完晚饭再看“墨牙黄”时，只见这虫已容光焕发，神采照人，特别是开盆见光时，它踱着将军步，十分威风，卢老爷极为高兴，向李老板连声道谢。

半夜时分，老赵头再去看“墨牙黄”，立刻大惊失色：这虫的尾部有了白色粪水，这是“贴铃”过头了，就像一个人纵欲过度，淘空了身子啊！这下可惊动了卢家父子，老赵头声音发颤地讲：“此虫废了……”但是金少爷的上栅帖子已接，已经没有退路，卢老爷狠了狠心：“就用‘茄皮紫黄’吧！”事已至此，也只好出此下策了！

上栅之地仍在东方大旅馆，赌注是12根大条，当“监板”叫茶房将栅笼拿上时，大家的目光一下子全盯在那块黑丝绒布上，“监板”随即揭布，只见“茄皮紫黄”威风凛凛，翅闪紫黄光泽，头形饱满硕大。六足粗壮挺拔，牙钳宽厚老结，而那“铜头黑翅”也非等闲之辈，铜头黑项威猛方正，翅面如墨，隐闪乌光。决斗开始了，“茄皮紫黄”首先发威，“铜头黑翅”也不示弱，张开牙板相咬，四钳相夹，杀气腾腾，真是你要我的命，我要你的魂！突然，“茄皮紫黄”猛扑上去，将“铜头黑翅”摔向了左边，随即高傲地叫了数声“嚁、嚁、嚁”。声音中充满了杀气，可“铜头黑翅”也是一位真将军，被摔后先是有些发蒙，但“茄皮紫黄”的几声鸣叫反而激起了它的斗志，它也振翅“嚁、嚁、嚁”叫了三声，接着猛冲上前重口相钳，“茄皮紫黄”刚才还沉浸在小胜的得意中，现在“铜头黑翅”猛冲上来，它仓促应战，牙钳还来不及全部张开即被对手钳住，僵持了数十秒后，“铜头黑翅”突然摔倒了“茄皮紫黄”，随即又是一阵猛攻，“茄皮紫黄”险些被摔到栅外，终于抵挡不住而败下阵来……

这次战败，对卢家打击不小，退场时，卢小开拉长了脸，卢老爷马上拉着儿子的袖子，压低声音，严厉地讲：“这次最后决定上栅的是我们，在老赵头面前不能有一句埋怨的话，斗虫总会有输赢，但做人的人品不能输！”卢老爷当年之所以喜欢上斗虫，主要是觉得虫性通人性，养虫斗虫，能修身养性，后来儿子也迷上了斗虫，卢老爷是有些自责的，连卢夫人也责怪他影响了儿子，可卢老爷的目的是想通过斗虫来磨砺儿子的性情，但为此付出的代价实在是太大了。

尽管斗败的当晚已是半夜，为了冲淡一下大家不快的气氛，卢老爷还是叫老赵头一起到福州路上的鸿运楼吃宵夜，同时相邀的还有欧阳老，席上，老赵头举起酒杯时已是泪眼蒙眬，他将杯中的酒一饮而尽，说："卢老爷请宽心，我老赵头就是拼了这条老命，也要为卢老爷在霜降时作最后一搏！"

虫斗也是人斗

大家离席时，欧阳老悄悄地将卢老爷拉到衣帽间，急切地问："你们是不是叫李士华贴过铃？"卢老爷点头称是，欧阳老脸色顿时一变："问题就出在这李士华身上！"原来李士华因日本棉纱的大量流入而亏本，为了周转资金，他向金少爷的父亲贷款，于是，金少爷乘机向李老板打听卢家贴铃之事，当他知道"墨牙黄"由于"贴铃"过量而废掉后，马上猜到肯定是卢家会让"茄皮紫黄"上栅。金少爷的虫师知道"茄皮紫黄"的斗力很强，但生性高傲，应付不了刁斗，于是专门到虫贩处买了一只生性狡猾的川虫和自家的"铜头黑翅"试牙，训练其刁斗技法，还向欧阳老学"调性草法"，用那种引而不发的引草法来调试虫性，尽管欧阳老仅是敷衍了一下，但他仍感到卢家此次凶多吉少，他想去提前密告卢家，可为时已晚，双方的虫已在前一天进了"公养房"……

第二天，卢家将八仙桥那间卢家最大的米行抵押给了欧阳老，卢老爷颤抖地将抵押文契交给了欧阳老，欧阳老调侃地笑着讲："卢兄啊，我只是代为掌管一段时间。”

“茄皮紫黄”败下阵后并没有像一些败虫那样垂头丧气，依然是气宇轩昂，一派不服输的样子，老赵头对它仍是恩宠有加，整日相伴左右，他将甘草、田鸡草捣烂后拌西洋参汁让它服饮，同时将蟹肉、虾肉和黄豆粉拌在一起让它进食，为的是滋补强身；为了防止虫再度发胖，老赵头每天还给“茄皮紫黄”喂了适量的黄瓜、苹果、地梨等，让虫排泻通畅，而卢老爷却像忘了斗败后的不快，整天忙于生意场上的事，只是晚上吃饭时和老赵头谈几句虫事。

金少爷战胜了卢家之后，在上海虫界煞是威风，被尊为“蟋蟀黄帝”，名气一大，各地虫贩纷纷向他进贡好虫，虫房内将虫、帅虫云集，上海各斗虫棚房内到处可见金家少爷在挂牌相斗，赛事不断，日进斗金。当然，金家少爷没有忘记老对手，也有帖子邀请卢家参赛，卢小开不服气，想让“黄花头”上阵，但被老赵头力阻。

这一天晚上子夜时分，老赵头披衣又进了虫房，他在大灯泡下掀开了“茄皮紫黄”的盆盖，突然，他发觉这虫正在用前爪磨牙，再仔细一看，心头不觉一颤：上次和“铜头黑翅”相斗时，这虫一副牙板中的两粒黑尖锥被咬伤了，但是伤后的血茄斑现在竟已脱去，变得犀利、尖挺而有硬质感，见此情景，老赵头喜从天降：“天助我也！”

再说金府内此刻正是喜气洋洋，因为金少爷又觅得一只龟鹤蟋蟀，这种蟋蟀被看作异形虫，而且是异形虫中的极品，百年难遇！此虫胸部宽大，项板饱满似仙鹤，六足粗壮似龟形，牙板厚重似铁钳，就好比是虫中的黑铁塔，战斗力强，爆发力猛，出口凶残，古谱中有诗说：“项阔身驼背似龟，斗尽场中独占魁。”

金少爷得了这宝贝后乐坏了，约了数家上棚，都被婉拒，因为虫家都知道：和“龟鹤虫”相搏，这不是找死吗？金少爷不死心，在东方大旅馆张榜公示，说是凡和“龟鹤虫”相斗，赢者，他赔十；输者，对方只要赔十分之三，下注的底数是100根大金条。张贴数天后，依然无人敢来揭榜。

卢府当然也知道了这消息，但卢老爷认为自己无虫可上栅，万一输了，也得赔30根金条，卢家现在已是十分困难，再输这么多金条，那就差不多要破产了，不料这天用过晚饭后，老赵头突然把卢家父子请到虫房，他郑重地将“茄皮紫黄”的盆盖轻轻移开，只见此虫神态静穆，枪须微微平扫，项板、身圈泛出蜡样光泽，老赵头低声说道：“卢老爷，此虫可斗‘龟鹤虫’！”

“什么？”卢老爷刚喝了一口茶，茶水还未咽下，一急就喷了一地，他顾不得掩饰失态之状，连连摇头：“不可，不可！此虫虽已养好，但毕竟是败虫，怎可和‘龟鹤虫’相斗？”卢小开也在一边说：“这怎么行？‘龟鹤虫’形体、牙板都要超过‘茄皮紫黄’，一个是刚升帐的元帅，一个是败下阵的将军，怎么斗？”老赵头见卢家父子拒不答应，竟“扑通”一声跪于地上，说：“卢老爷，卢少爷，请相信我老赵头，此虫可与‘龟鹤虫’上栅！卢老爷对我恩重如山，我这次决不会让卢老爷失望！”

卢老爷连忙上前要扶起老赵头，但老赵头一把推开了卢老爷的手：“卢老爷如不答应，我就跪死在这里！”卢老爷僵立在那里，沉思片刻，问：“老虫师为何决意要用‘茄皮紫黄’和‘龟鹤虫’相拼？”老赵头面有难色：“这……这……天机不可泄露。”卢小开有些急了：“啊呀，这可不是天机可泄不可泄的问题，要是输，我们可赔不起呀！”

卢老爷的目光庄重地凝视着老赵头，沉默了良久，然后端起小茶盅，一饮而尽，随之以拳击桌：“明天去揭榜！”

金、卢之战在当时的上海成了一大新闻，大大小小的报纸登满了有关这次赛事的报道。离上棚只有三四天了，老赵头更是全力以赴，不敢有一丝懈怠，特别是凌晨四点时，老虫师便将装有“茄皮紫黄”的南宋宣和老盆捧了出来，小心翼翼地将盆放于卢府后花园大松树下的一个红木圆凳上，让“茄皮紫黄”吸纳天地精华之气。大约过了一个时辰，老虫师便将自己的衣裤脱去，仅剩一条短裤，将双手合于腹下的丹田处，运气收腹，再将两手缓缓舒展，划出一个漂亮的圆弧，最后将手合于蟋蟀盆上，左右上下摩挲……此时的老赵头似癫似痴、似醉似醒、似疯似狂，头上几根稀疏的白发根根竖起，身子左右摇晃着，时而激烈如狂风骤雨，时而舒缓如水上浮萍。每次发功完后，浑身大汗淋漓，人像虚脱一般……这天，卢老爷特地把卢小开从床上拖了起来，父子俩来到二楼书房的窗边，对着后花园，观看老赵头为虫发功，当看到老赵头褪去衣裤后形销骨立的身子后，卢老爷的心灵被震撼了：老赵头呀，我原本不过是想借你养虫斗虫之功来赢回输掉的钱财，想不到你竟这样以命相搏，你真是奇哉人中龙呀！

此时的卢小开看得一愣一愣的，卢老爷压低了声音，一字一顿地讲：“看到了吗？做人做事，有如此投入的精神，就没有过不去的坎，虫斗还不如说是人斗啊！”卢小开点头“嗯”了一声。

上棚决斗之日终于到了……

这是上海开埠以来规格最高的一场虫局

这天，东方大旅馆盛况空前，观斗和下注的被严格控制在80人，实际上也尽是些上海滩上的头面人物，连平时很少露面的法租界严督办、环亚洋行石董事长、地皮大亨黄之荣都来了。来客中还有李士华，因为上次那事的缘故，他见了卢老爷免不了有点尴尬，但卢老爷十分大度，毫不在意。今天跟着下注的也是大手笔，都以四五根大金条相拖，特别是有一位神秘人物竟然在“茄皮紫黄”后拖了20根大条子，这种“拖花”是从未有过的，当“监板”报出这个数字后全场哗然，金少爷的心里也禁不住“咯噔”了一下。

栅局开始了，此局由东方大旅馆的张老板亲自主持，一切均按程序严格操办，“公养房”请印度巡捕看门，特别是临斗前，“监板”还特地邀请柴老用刚进口的药剂对双方的虫作了兴奋剂测试，然后进行公示。当“监板”将栅笼提到红木大圆桌的台面上时，全场肃静，今天卢、金两家下注的数目是100根大金条，这可是上海开埠以来规格最高、规模最大的一场虫局，就在这一刻，栅笼顶上那块黑丝绒布揭开来了……

金少爷的“龟鹤虫”果然名不虚传：体形宽大肉厚，牙钳苍黑泛红，形似两把板斧，一副异相，霸气十足；再看那“茄皮紫黄”，形体雄健，头面泛光，胸腹扩张，六足强劲，牙板紫中隐黑，也有大将风度。起闸后，“茄皮紫黄”主动进攻，“龟鹤虫”则张牙相钳，四牙合并，互相使力，出现了短暂的僵持局面，片刻后，“龟鹤虫”凭借胸腹之力，使了一招“霸王举鼎”,将“茄皮紫黄”猛地举向半空,“茄皮紫黄”这次有了战斗经验，它一点也不慌张，而是顺势向下压，“龟鹤虫”也随机应变，顺势一拖，将“茄皮紫黄”拖在栅笼底边……

见此情景，金少爷眼中透出光彩，习惯性地用右手大拇指摩挲一下戴在左手食指上的嵌宝翡翠戒子，而卢老爷则倒吸了一口冷气，屏住呼吸，眼睛一眨不眨地看着两虫相斗的紧张局面：“龟鹤虫”发起了第二次冲锋，“茄皮紫黄”一个避让，“龟鹤虫”扑空后险些摔倒，但它到底是名虫，见势猛地立定，杀了个回马枪。这次“茄皮紫黄”是主动进攻，立即张口迎战，矛钳互相顶抵，形成了“架桥”，这是两虫牙钳力与项肌力的较量，它俩僵持着……

两虫似乎各自都在寻找着击溃对方的契机，此时随着“桥形”的隆起，四牙为了调整咬口而互为移动，也正是这种移动，“茄皮紫黄”牙钳中的尖锥才找准了角度，它对着“龟鹤虫”牙钳的齿形缺口狠狠地刺了进去，“龟鹤虫”一阵颤动，随即扭头便逃，“茄皮紫黄”穷追不舍，猛扑上去将敌手的大腿咬断了半截，“龟鹤虫”痛得在栅笼中连连打转。“监板”见状，便问主持这场赛事的张老板是否再引一次草，张老板摇了摇头，说：“‘龟鹤虫’已是残虫，我看就不必引草了吧。”可金少爷不同意，他执意要“引草”，但是奇迹并没有出现，“引草”过后，“茄皮紫黄”斗志更旺，而断了半截腿的“龟鹤虫”不敢迎战，扭头就逃，“茄皮紫黄”凯歌高奏，卢家胜了！

赛事落幕后，双方虫家都在各自的包房歇息，金少爷躺在榻上一声不吭，金家的虫师则长叹一声：“天不助我！”想不到这句话激怒了金少爷，他把憋在心中的火气全倾泻了出来：“什么天不助我？是你功夫不到家！你不懂‘茄皮紫黄’牙中的暗器，你这个饭桶，滚！”

金家包房里死气沉沉，而卢家的包房内则是一派喜气，卢老爷这时紧紧抱住了老赵头，欲哭无泪，欲笑无声，自从入秋斗虫以来的千般艰辛、万种辛酸，一下子全迸发了出来，他老泪纵横，哽咽着说：“老赵头，我们终于……终于赢了！”老赵头的神色间有着一种如释重负后的坦然，他用有点嘶哑的声音说：“这是你卢老爷祖上积德，还有虫儿的造化！”

卢老爷早已约了一些虫友到大鸿运酒家吃宵夜。大鸿运酒家二楼的包厢内，数盏巨大的水晶吊灯显得十分气派，四周的墙壁上挂着海上书画名家的丹青，临街的玻璃窗上闪烁着霓虹灯不断变幻的优美图形，临窗而观，尽见夜上海十里洋场的繁华。卢老爷本是这家上海出名的本帮酒馆的股东老板之一，前一阶段虫事吃紧，他已抽掉了一半的股份，而今凯旋，自然要到这里来庆贺一番，一方面也是为了讨个好口彩，从此鸿运高照。

席间，酒过三巡后，欧阳老用敬佩的口气对卢家父子讲：“老赵头可是天下第一虫师呵,你家的这只‘茄皮紫黄’也是一只百年才遇的奇虫，一般人是不识货的，即使识了也不知怎样调养。为了这事，鄙人曾翻遍了历代虫谱，后来从一本元代古谱中才看到了一段鲜为人知的记载，说是‘茄皮紫黄’牙中的尖锥一定要实战拼斗一回后才能结壳变硬，故此虫又叫‘二翘头’，因此古谱中有诗赞道：‘茄皮紫黄堪称奇，牙钳尖锥藏杀机。二翘头后才升帐，过关斩将擎胜旗。’你家的这虫第一次败了，第二次胜了，老赵头可是深知其中的奥妙啊！我实话相告，跟你们下注的人中，下得最大的其实就是鄙人。”

卢老爷马上接口说：“欧阳老，想不到你对古虫谱如此精通呀！”欧阳矜持地微微笑了笑，这时，他又看了看四处，问道：“咦，怎么不见老赵头？”卢小开答道：“老赵头说他有些头晕，先回去休息了。”欧阳老接着又问；“那么，在开头的前几天，老赵头是不是每天早上发功安抚虫了？”卢小开点了点头：“我们还偷偷看过他发功呢。”

欧阳老听罢，“当啷”一声，手中的酒杯掉在地上，摔得粉碎，他也顾不得了，急着说：“不好，老赵头恐怕是性命难保！古虫谱上讲，二翘头的得力最后要靠虫师的精血之功，而大多数虫师在发功后的几天内都会体衰而死！”卢家父子听罢这话也急了，欧阳老沉吟了一下，又说出了一个秘密：“罢了，我索性全说了吧，老赵头原是拿了我北京一位朋友的推荐信来找我的，是我要他化装成乞丐在中秋节夜探贵府的，唉，是我害了他呀！”卢家父子听后立即起身回府，到家后直奔后厢房老赵头的住处，只见老赵头穿戴齐整、躺在床上，好像安详地睡着，秀儿说：老赵头一回来就叫她烧水，说是要洗澡，洗完澡后又说他要早些睡了，因为近来太疲劳了……秀儿说着说着就哭了。卢老爷走上前去，用手一拭老赵头的鼻翼，顿时泪如雨下……

那天，老赵头的灵柩抬到了卢家墓地，当老赵头的棺木在墓穴内徐徐放下时，卢老爷叫卢小开解开随身带的一个黑包袱，从中取出那只“宣和”古盆，移开盆盖后，卢老爷轻轻用手指碰了碰那只“茄皮紫黄”，只见那虫“扑”地跳了出来，极有灵性地跳到了老赵头的棺板上，一动不动地伏着。卢老爷见此情景，感叹道:“好一只义虫，好一个义士啊！”说着，他深深地对着灵柩三鞠躬，随后吩咐下人：“盖土。”随后，卢老爷用庄重的语气宣布：“卢家从此再不斗虫，永不上栅！”

（王琪森）

（题图：杨宏富）

编绘 / 欧阳小子

2013
"原"原漫扶
力国动版计划

ISSN 1673-8

9 771673 847179

邮发代号:64-1　售价:6.00 元

卡通故事会

漫画

幽 p®